301호 그 男子와

302호 그 女子

301호 그 男子와 302호 그 女子 1
렌쥐 N세대 연애 소설

초판 1쇄 찍은 날 § 2003년 7월 23일
초판 1쇄 펴낸 날 § 2003년 8월 2일

지은이 § 렌쥐
펴낸이 § 서경석

편집장 § 문혜영
편집책임 § 이종민
마케팅 § 정필 · 강양원 · 이선구 · 김규진 · 홍현경

펴낸곳 § 도서출판 청어람
등록번호 § 제1081-1-89호
등록일자 § 1999. 5. 31
어람번호 § 제4-0013호

주소 § 경기도 부천시 원미구 심곡1동 350-1 남성B/D 3F (우) 420-011
전화 § 032-656-4452 팩스 § 032-656-4453
http://www.chungeoram.com
E-mail § eoram99@chollian.net

ⓒ 렌쥐, 2003

값 9,000원

ISBN 89-5505-763-6 (SET)
ISBN 89-5505-764-4 04810

※ 파본은 본사나 구입하신 서점에서 교환하여 드립니다.
※ 저자와 협의하여 인지를 붙이지 않습니다.

렌쥐 N세대 연애 소설

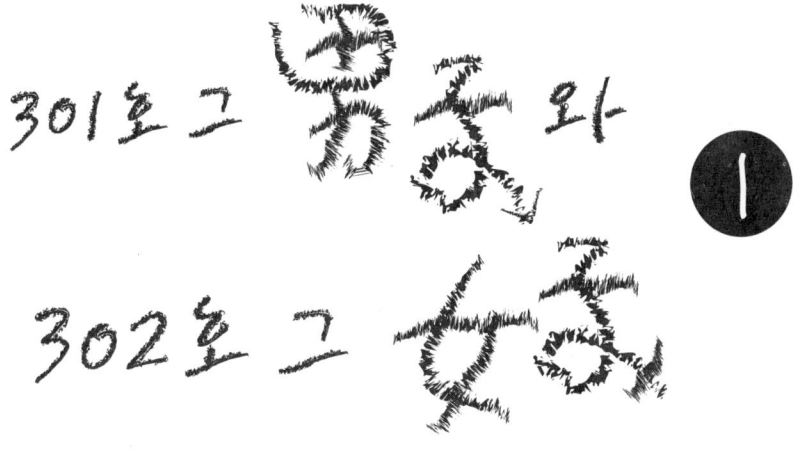

301호 그 남종와
302호 그 여종
1

CONTENTS

작가의 말 / 6

제1장 심술쟁이 이웃사촌 / 9

제2장 서로의 미련 지워주기 / 103

제3장 일본어 과외?! / 211

제4장 이게 질투라고? / 255

제5-1장 그 남자와 그 여자의 두 번째 사랑 / 305

안녕하세요? 내가 아는 사람들이 이 글을 읽고 있다는 생각을 하니 벌써부터 두 볼이 빨개지네요. 으아~

먼저 말이 부족한 제 글을 재밌게 봐주신 분들과 많이 애써준 편집부 종민 언니, 너무너무 고맙습니다. 앞으로도 늘 행복하세요~♡ 이 책을 읽고 경악할 우리 엄마. 글 쓸 때마다 야한 거 아니냐며 걱정스런 눈빛으로 날 바라봤는데… 엄마, 이거 야한 거 아냐!! ㅇ_ㅇ 그리고 방금 전까지도 옛날 사진 몇 장에 온 방 안을 뛰어다니며 피 튀기는 혈투를 벌인 이쁜 진주. 내 앞에서 스카이 폰 자랑 그만하고 우리 항상 이런 식이지? 사람 질리게 한다. 우리끼리의 유행어를 꼭 전파시키자!! ㅋㅋ 그리고 나에 대해 너무 많은 걸 알고 있는 착한 자경. 내가 우리 경한테 미안해. 알지? 내 맘 알지? 모르면 맛있는 걸 사주겠어. ^^ 늘 행복하자! 음, 섹시하고 도발적인 예비 간호사 희민!! 우리 육감이. 다모임 쪼끔만 하고 잠을 많이 자거라. 항상 당당한 희민, 힘내!! ^^ 마지막으로 제일 무서운 미미, 준영. 책에 자기 이름 안 넣어주면 책 안 사줄 거랬지? ㅋㅋ 지금 많이 힘들 텐데 꼭 이쁜 사랑하거라. 특별히 부적을 써 주지, 준영♡민기. 우리 우정 오래오래 간직하자!! 그리고 제 글 재밌게 읽어주신 우리 막강파워 런쥐 까페 가족 분들 사랑하구요~♡ 이름을 쭉 나열해 드리고 싶은

데 한도 끝도 없을 것 같고, 빠진
분들은 서운해하실 것 같아서…….
애고, 그래도 모두 정말정말 사랑합니다!! ^^ 그리고 우리 할머니, 전화 자주자주
드릴게요. 만수무강하세요. 손녀딸이 너무 사랑해요~♡ 참, 내 동생아, 누나가 이제
너를 부려먹지 않으마. ㅋㅋ 크레이지 겜 한판해봐야지. 얼른 와라. ^^

　이 책을 읽으시는 모든 분들 행복하시구요, 감사해요. ^^ 글재주도 없는 인간이
어울리지 않게 글이란 걸 써서 인터넷 까페 게시판에 올렸던 것뿐이었는데, 우연찮
게 이렇게 책으로 출판하게 되어 기쁘기보다는 조금은 당황스럽고……. 어렵게 글
공부하시고 힘들게 출판하시는 분들도 많은데, 이렇게 많이 부족한 인간이 덜컥 책
을 낸다니 왠지 그분들께 미안한 마음이 앞서네요. 그래도 저 나름대로 노력을 한다
고 하긴 했으니 아무쪼록 많이 서툴어도 이쁘게 봐주시고 모든 분들이 이 책으로
인해 행복해질 수 있었으면 좋겠어요.
　안녕요. 총총총~

2003 어느 여름날 렌쥐 드림

●제1장

심술쟁이 이웃사촌

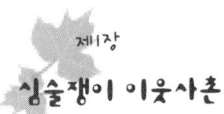

제1장
심술쟁이 이웃사촌

"이유는 묻지 말아주라. 그리고 미안하다. 염치없다는 거 잘 알지만… 내일 시험 잘 봐라. 나 같은 놈 땜에 너 대학 떨어졌단 소리 듣기 싫으니까……."

"흑… 나… 질린 거야? 내가 오빠 질리게 한 거야? 흑… 갑자기 왜 그러는 건데……. 이제부터 잘할게. 응? 맘에 안 드는 거 내가 다 고칠게. 이유도 안 가르쳐 주고 이러는 게 어딨어. 흑… 왜 그러는 건데!"

"이유? …사랑해서 헤어진단 말 정말 웃기지 않냐? 홋. 정말 웃기고 지랄 같은 말인데… 근데 만약 내가 너한테 이런 말 한다면… 이게 헤어지는 이유라고 말한다면… 너 어떡할래?"

　태어나서 처음으로 남자에게 울며 매달려 봤었다. 가지 말라고… 이제부터 잘하겠다고…….
　드라마나 영화에서 수없이 써먹었던, 이제는 낡은 구닥다리식 이별 용어가 된 사랑해서 헤어진단 말도 들어봤었다. 십대에서 가장 중요한 시기라고 불리우는 19세… 수능 전날 밤에 말이다.

　"야, 내가 그렇게 매력이 없냐? 끅. 얼마나 정이 확 떨어졌으면… 흑… 수능 전날 밤에 불러내서 헤어지잔 소릴… 했겠냐구요오. 흑… 나쁜 놈… 흑……."
　"박지민!! 몇 달이 지났는데 여적까지 이러고 있냐!! 이제 그만 좀 하자. 어? 이러고 있음… 이러고 있음 그 자식이 다시 돌아오기나 한대?! 어디서 잘살고 있겠지 뭐."
　"잊고 싶은데… 진짜 다 잊고 싶은데… 석이 오빠 닮은 뒷모습만 봐도 아직까지 가슴이 콩닥콩닥 뛰는데… 어떡하라고… 으음… 쿠……."
　졸음이 밀려와서 눈꺼풀이… 감긴다… 감긴다… 감긴다. 그리고 눈이 떠지지가 않우. =__=
　"이 잡것이 점점! 야!! 박지민!! 일어나!! 여기서 자면 얼어죽……."
　지영이 목소리가 귀에서 웅웅거려……. 참 시끄럽구나, 지영아. =__= 자고만 싶다. 졸립고… 오빠야… 보고 싶다…….

수능 전날 밤 정말 사랑했던 오빠에게서 헤어지잔 소릴 들었다. 밤새 울고 또 울고… 울다 지쳐 잠이 들었다. 다음날 시험장에 도착해 시험지를 받았는데… 눈앞이 뿌옇게 흐려져서 도무지 문제를 읽어 내려갈 수가 없었다. 좀처럼 마르지 않는 나의 눈물로 인해 더 이상 시험을 볼 수 없는 지경에까지 이르렀고… 결국 난 수능 시험을 포기하고 집에 돌아올 수밖에 없었다.

"이년이 어디서 술을 퍼마시고 기어들어 왔어!! 네가 정녕 맞아 죽고 싶어서 환장을 했구나!! 어? 안 일어나?!"

탁탁—

"으음. 뭐야… 시끄러. =__= 쫌만… 더 잘게……."

"시끄러? 못 일어나!! 이년이 대학 떨어진 게 자랑이라고 그렇게 퍼마셨냐!! 어!!"

번쩍—

"엄마… 그 말 다시 한 번만 해줘. …뭐라고?"

현실을 받아들이기 위해 무심코 내뱉은 말이었을 뿐인데 괜한 실수를 한 것 같군. 엄마의 오른손에 들려 있던 밥풀 묻은 주걱이 사정없이 내 머리에 내리꽂혔다.

"오늘 엄마랑 한번 죽어볼까? 어? 수능 시험 보러간 년이 시험 보는 도중에 미친년산발을 하고 교실 밖으로 뛰쳐나가서 낼름 줄행랑을 쳐!!"

"미… 미친년산발? 내 머리 산발이었다고?? 누, 누구한테 들었는데?"

"안 봐도 훤하지, 훤해!! 어쨌든 시끄러워!! 문제가 아무리 어려워도 그렇지, 이년아!! 나쁜 니 머리를 원망했어야지, 너 머리 나쁘다는 거 자랑한다고 뛰쳐나갔냐, 나갔기를!! 옆집 정희는 이번에 XX대 간다고……."

나쁜 내 머리라…….

"엄마, 가끔은 나도 나한테 이런 질 떨어진 유전자를 물려준 마미와 파파를 원망하곤 한다우. 누군 이렇게 태어나고 싶어서 태어났겠수. 궁시렁 궁시렁."

난 엄마 앞에서 당당하게 궁시렁거릴 만큼 용기가 가상하지 못한 여린 소녀였기에 침대에 고개를 파묻고 엎어진 채로 조용히 중얼거려 봤다.

"뭘 궁시렁거려!! 일어나, 이년아!!"

항상 옆집 사는 정희 기집애랑 날 비교하는데 정말 솔직히… 비교 당할 때 그 기분 몹시 구리다.

"훗… 그깟 대학교 내년에 내가 접수하겠어!!"

퍽—

"시끄러, 이년아!! 꼴값하고 있어, 정말!"

정말 좋아하던 석이 오빠였지만 이젠 아침마다 죽도록 원망하며 침대에서 몸을 일으킨다. 왜… 왜 하필 수능 전날이었냐고…….

욕실로 향하는 내 등 뒤에 비수가 되어 날아오는, 여적까지 다 못 끝낸 엄마의 잔소리로 인해 그렇지 않아도 어제 마신 술 때문에 지끈거리는 머리가 터질 듯이 아파온다. 그렇지만 밥풀 묻은 주걱으로 머리를 가격당하는 것도, 알람 소리 대신 이년 소릴 들으며 잠을 깨는 것도 오늘이 마지막이 되는 셈이다. 깨끗하게 과거 청산하고 내일부터 뽀송뽀송한 맘으로 새 삶을 맞이하리.

엄마에게 맞을 각오까지 하시고 20살이 되면 독립시켜 준다는 아빠의 목숨을 건 약속. 아빤 나와의 약속을 지키기 위해서 12시간 13분 49초 동안의 무모한 단식 농성 투쟁으로 엄마를 제압하시고, 비록 집 근처이긴 하지만 내가 살 원룸 하나를 구해주셨다. 엄마에게서 한 달 동안 용돈이 끊겼다는 것 같았지만 별 내색 하지 않고 딸을 독립시켜 준 우리 집의 힘없는 가장이자 대한민국의 불쌍한 셀러리맨… 그는 나의 아비였다. =___=

세간사리 정리는 어제 대충 끝난 상태였기에 오늘 오후에는 몇 개 안 되는 나의 옷가지들만 들고 가 새로운 내 보금자리에서 아주 자알~살기만 하면 된다. 어이없게 생각지도 못했던 일로 뒤엉켜 버린 내 인생을 다시 되돌려 놓기 위해서… 그러기 위해서… 모든 걸 잊고… 혼자서 다시 시작하고 싶다.

"야, 이 잡것!! 어제 그렇게 술집에서 퍼자 버리면 낸들 어떡하라고!! -0- 니 업고 오면서 길거리에다 열 번도 더 패댕겨쳐 버리려다가… 말을 말자, 말을 마. 바쁜 사람 오늘은 또 왜 불러내냐?"

"사기치지 마, 지영아. 난 시험 보는 도중에 뛰쳐나와서 대학 떨어

졌다 치지만 넌 뭐니? 왜 떨어졌니? 할 일없어서 맨날 벽만 긁어대는 주제에."

"훗. 눈치 빠른 년. 왜 가슴 아픈 데를 찌르냐, 찌르긴! 같은 재수생 주제에. 시험 팽개치고 미친년산발을 해가지고 뛰쳐나간 니 뇌는 어디 제대로 박힌 뇌냐? 것도 사내 새끼한테 걷어채였다고 쥐어짜면서. 쯧쯧."

미친년산발이란 말이 심히 거슬리긴 했지만 정지영, 그래도 고맙다. 표현이 다소 투박스럽고 거칠어서 그렇지 누구보다 날 걱정해 주고 위로해 주잖아. 니가 내 친구라는 게 너무 고맙고 기쁘다.

"내 면상에 뭐 붙었냐? 기분 나쁘게 뭘 그렇게 쳐다봐, 아까부터? 으하, 솔직히 내가 좀 이쁘긴 하지. 신이 내린 얼굴, 몸매랄까? -_-"

"니가 말해 놓고도 무안하지? 알면 그 입 다물으렴."

"흥. 근데 뭐야? 진짜 여기서 혼자 사는 거냐? 대학도 떨어진 년이 뭐 한다고 혼자서 독립은 하고 지랄이냐. 나 같은 애가 이런 데서 혼자 살아야 돼!! 집에서 얼마나 긁어대던지 노이로제 걸리겠어. 나 놀러가면 재워줄 거지이? 잉? 잉?"

"니가 정녕 내 친구라면 그 딴 재수없는 비인간적인 아양은 삼가 해 주길 바래. =__="

"위세 떠냐? 근데 여기 오어얼~ 신축 원룸이라 그런지 외관도 깨끗하네."

"음. 좋아좋아. 씨익."

"그런 웃음 짓지 마!! 너 더 멍청해 보여!! 근데 넌 몇 호에 사는 거냐?"

"302호."

"그래? -_-"

"뭐니, 그 떨떠름한 말투랑 표정은? 부럽지? 부럽지?!"

"이년 좀 보게, 부럽긴 개뿔이 부럽냐!!"

하지만 지영이의 표정은 정말 부러워하고 있는 표정이었다.

주인니임~ 전화 왔어요오~

"웬만하면 이제 그 유행 지난 벨소리 좀 바꾸지 그래?"

"시끄러. -_- 유행 지났다 해도 내가 좋으면 그만이야! 쉿. 마우스 묵념! 여보세요?"

도대체 발신자에 누가 찍힌 건지 나랑 대화할 때랑은 180도가 무어요, 360도 다른 목소리로 여보세요라는 말을 지껄였다. 참 지나치게 듣기 거북한걸?

"어? 아~ 지금 뭐 하냐고?"

옆에 있던 내가 거슬렸던 젠지 기분 나쁜 눈길로 한번 쓰윽 쳐다봐 주는가 싶더만 애써 올라가지 않는 입꼬리를 억지로 올려가며 다시 전화기로 고개를 돌리던 친구라는 인간이 입을 달싹였다.

"어. 아냐. 어제 새로 산 책, 음… 그러니까 인체의 신비 그것을 파헤쳐 보자. 하하! 그거 읽고 있었어. 236페이지. 넷.째.줄. 꺄르르륵~"

가식적인 것. 방금 내 친구인 게 고맙고 기쁘다라고 했던 말 당장 취소하는 바이다. 내 기회되면 너의 그 실생활의 신비 그것을 파헤쳐

보리다.

 탁—

 "너 방금 보기 흉했어. 내 친구 지영이는 학교 다닐 적에 나와 함께 교과서를 베개 삼아 코를 골며 잠자던 친구였어."

 "훗. 그래서?"

 "24시간이 잠이 고픈 불쌍한 녀석이라 교과서조차 읽을 겨를이 없었던 애였는데. 넌 지영이가 아니구나. 안녕. 나 먼저 간다."

 "그래, 맘껏 지껄여라. 꺄르륵~ 사랑을 하면 눈이 멀고 인간 하나 폐인되는 거 순식간이랬어! 사실 어제 나이트에서 부킹……."

 "어제 넌 나와 술을 마시지 않았던가?"

 "너 업어다 집에 던져 버리고 난 뒤 튀었지. 원래는 너도 데려갈까 싶었는데 니가 먼저 뻗어버리는데 어쩌겠냐? 캬. 쫙 차려입은 삐끼들이 고사리 같은 손으로 나눠주는 명함 딱지를 차마 거절할 수가 없던걸?"

 "그거랑 가식적인 니 태도랑 무슨 상관인데? 니가 왜 인체의 신비를 파헤쳐? 니네 집엔 그 남자들 사로잡기, 떠난 그놈 잔인하게 복수하기. 뭐 그 딴 책밖에 없잖아."

 "수준 차이나는 것. 너랑 무슨 대화를 논하겠누? 내 몸속엔 니가 모르는 뭔가가 들어 있어. 고상미가 폴폴 풍기는 피를."

 "M이겠지. =___="

 "시끄러! 흠. 지금 대학생이냐고 물어보길래 차마 대학교 떨어졌단 소린 못하겠고 내 이미지를 100% 반영해서 의대생이라고 거짓말

했지 뭐."

"이미지로 봤을 땐 넌 사회 체육학과에 다닌다고 말했어야 했어. 의대생이랬다고 그대로 믿는 그 남자 안 봐도 뻔해."

"닥치게나. -_- 그런 의미로다가 정말 진짜 진정 집 정리를 도와주고 싶은 내 절절한 마음만 받아들여. 아훔. 이만 바빠서. 그이가 내가 보고 싶다네. 귀여운 자식."

"그려, 잘 가. 우리 다신 보지 말자."

그렇게 지영이를 떠나보내고 친구 같은 건 다 쓸데없는 거야라는 혼잣말을 중얼거리며 터덜터덜 3층으로 올라왔다. 4층으로 지어진 건물. 아래층과 위층으로 향하는 계단을 사이에 두고 두 집이 마주하고 있다. 맞은편에 있는 301호의 문패가 조금은 기분 나쁘게 번들번들거린다. 새로 들어와 살게 된 기념으로 떡을 돌린다는 건 현대에 뒤떨어진 나 같은 촌스러운 애들이나 하는 짓이려나. 혼자서 이런저런 잡다한 생각을 하며 내 집이 생겼다란 왠지 모를 설레임을 진정시키며 열쇠 구멍에 열쇠를 넣어 돌려본다.

찰칵—

경쾌하게 열쇠 구멍이 돌아가는 소리가 들렸고 드디어 현관문을 열어 새로운 내 보금자리에 첫발을 내디뎠다.

아직 많이 어수선하지만 기분은 상당히 좋아, 좋아. 내가 좋아하는 색은 분홍색. 다 큰 것이 어린애도 아니고 뭐 하는 짓이냐고 물을지도 모르겠다만 난 여적까지도 키티라는 캐릭터에 환장을 한다. 그래서 커튼과 침대 시트, 잠옷을 비롯해 웬만한 세간사리들은 독립한 기

념으로 큰맘먹고 죄다 키티 세트로 구입해 버렸다. =___= 키티라는 캐릭터의 특성상 방 분위기가 일순 야시맹랑 분위기를 연출하는 시뻘건 정육점 분위기가 되어버렸고 후에 엄마가 집에 들렀을 때 나에게 가해지는 폭언과 폭력이 조금은 무섭기도 했지만 이제는 내 공간에서만큼은 그 누구에게도 방해받지 않으리 하며 두 주먹을 불끈 쥐었다.

대충 이곳저곳 눈에 보이는 곳만 고양이 세수하듯 닦아내고 쓸어대며 나름대로의 정리가 끝났을 무렵 사과 하나를 베어문 채 노트북이 놓여져 있는 탁자로 슬금슬금 기어갔다. 노트북 전원 버튼을 켜고 방석 위에 철푸덕 주저앉아 익숙한 손놀림으로 인터넷 다음 카페에 접속한다. 그리고 '아직도 사랑하세요' 라는 이름에서부터 우울함이 배어 나오는 칙칙한 카페에 들어가 이런저런 글들을 읽고 있다. 잊어야 하는데… 이젠 이러는 거 정말 싫은데.

석이 오빠와 헤어지고 난 뒤 우연히 알게 된 다음 카페. 아직도 사랑하냐는 우울한 멘트에서도 알 수 있듯이 실연한 사람들이 주로 가입해 아직도 그놈을 사랑한다라는 글이 올라온다치면… 동병상련의 아픔을 안다고 했던가. 괜스레 아무것도 아닌 글에 눈물을 훔치며 고개도 끄덕여 주며, '그려, 나도 그 맘 안다우. 잊으라우. =___=' 라는 리플들을 하나씩 달아주며 심신을 달래는 일종의 실연한 사람들끼리의 모임이다. 이제는 다 잊고 싶은데… 더 이상 슬픈 추억 떠올리면서 추하게 궁상떨기 싫고, 그 사람 생각 하기 싫은데 버릇이란 게 참 무섭다.

우당탕—

"뭐, 뭐니?"

'그놈을 잊으리우'라는 리플을 달기 위해 타자기를 타닥거리고 있을 때쯤, 그러니까 시계가 새벽 1시 30분을 가리키고 있을 때였다. 항상 그래왔듯 오늘도 야심한 밤을 지새우는 내 귓구멍에 이상한 소리가 포착됐고 새집에서의 첫날밤이라 그런지 덜컥 겁이 나기 시작했다.

슬금슬금.

행여 발자국 소리에 들킬라 기다시피 현관문으로 엉거주춤 다가가 문에 귀를 들이대 봤지만 누군가가 중얼중얼거리는 듯한 소리만 들려올 뿐 무슨 말을 하는 건지 도통 알아들을 수 없었다. 근데 내가 지금 뭐 하는 거지? 겁이 난다던 인간이 어째서 현관문에다 귀를 바짝 들이대고 밖에서 들려오는 대화 소리를 포착하기 위해 무던히도 애를 쓰고 있는 건지 당사자인 나도 알 수가 없다.

뭐라는 거야. 으. 아무 소리도 안 들린다. 무서운 와중에도 인간의 궁금증과 호기심이란 억제할 수 없는 것이기에 떨리는 마음을 진정시킨 채 조심스럽게 문고리를 돌렸다. 사태를 파악하기 위해 고개만 빼꼼이 내밀어 눈알이 빠지도록 눈동자를 굴리다 내 두 눈에 포착된 장면!! 어둠침침한 계단에 기대어 한 남자와 여자가 서로를 으스러지게 부둥켜안고서는 민망하리만치 진한 키스를 하고 계시는 중이었다. 아니, 다시 보니 남자가 여자를 구석진 벽으로 확 밀쳐 놓은 것 같았다. 어찌 되었든 방해하면 안 될 것 같단 예감이 내 머리를 스쳐

지나갔지만 남이 키스하는 장면을 실제로 본 건 처음인지라 몸이 얼어 움직여지지가 않았다. 변명이란 생각이 들진 모르겠지만 몸이 얼어 어쩔 수 없이 그 상황을 지켜볼 수밖에 없었다. =__=;

"나 오늘 자고 가면 안 돼?"

헉!! 동방예의지국이라 불리는 우리 나라가 언제 이렇게 되어버린 걸까. 로~옹 키스를 마친 뒤 여자가 남자에게 꺼낸 간단명료한 그 말은 나에게 상큼한 충격으로 다가왔다.

"왜? 키스론 부족해?"

더 더욱 충격적으로 다가온 남자의 말. 더 이상 저 두 남녀의 대화를 듣고 있다간 과다출혈로 인해 병원으로 이송될지도 모를 것 같단 진심 어린 걱정에 약간의 아쉬움을 가슴에 품고 현관문을 슬그머니 닫았다. 집터가 좋지 않은 것 같단 예감이 스쳐 간다. 저 둘 중 한 명은 네 이웃일 가능성이 높다. 내 신변의 안전을 위해서가 아닌 이상은 머리를 굴리거나 쓰는 걸 탐탁지 않게 여기던 내가 나름대로 머리를 굴려 추리를 한 결과 둘의 대담하고도 도발적인 대화 내용을 봤을 때 아마도 남자 쪽이 나의 이웃사촌이 될 것만 같았다. =__=

저 여성이 야시맹랑한 콧소리를 내며 자고 가면 안 되냐는 자극적인 발언을 내뱉었으니 더 이상의 무슨 설명이 필요하겠는가. 그 한마디로 모든 추리와 이야기는 끝이 난 셈이다. 계단이 워낙 어두웠기에 남자의 얼굴이 보이진 않았지만 그놈을 요주의 인물이라 칭하고 피해 다녀야겠어.

철컥—

잠시 후 앞집에선 문 따는 소리와 함께 안으로 들어가는 인기척이 들렸고 그와 동시에 내 머리 속을 꽉 채운 의문점 하나. 과연 둘은 같이 들어간 것일까, 아니면 남자 혼자 들어간 것일까. 괜스레 이상한 상상에 사로잡힌 난 뜬눈으로 컴퓨터를 하며 또 하룻밤을 지새우고 있었다. 새벽 동이 틀 때까지 내 뇌는 서로 대립된 주장을 펼치며 격렬한 논쟁을 펼쳐 대고 있었다.

'분명' 같이 들어갔다 파. '설마' 혼자 들어갔다 파. =___=

오늘도 결국 밤을 샜다. 대입에 실패하고, 실연에 상처받고, 밤샘에 지쳐 버린 20살의 만신창이가 된 몸을 이끌고 방 안을 뜨겁게 내리쬐고 있는 아침 햇살을 막아보겠다는 일념 하나로 가까스로 창문까지 기어가 커튼을 쳤다. 그러자 방 안은 다시금 평정을 되찾은 듯 참으로 깜깜했고 그제야 내 입에서 야릇한 미소가 감돌았다. 에헤라, 여기가 지상낙원이다.

"씨익. 이제 자자."

아침 7시. 모두가 일어날 그 시간이 내 취침 시간이다. 대입 실패 후, 항상 이런 식이다. 변화없는 내 생활. 쳇바퀴 속 다람쥐처럼 하루하루 반복되는 내 생활. 장현석이란 사람이 내 인생에서 없어져 버린 그날 이후 내 하루하루는 늘상 이렇다.

주인니임~ 전화 왔어요오~

지영이 이 몹쓸 친구야. 언제 내 벨소리를 니 꺼랑 똑같은 걸로 바꿔놓은 게냐. 잠에 취해 있는 도중에도 일단은 발신자를 확인하자 액정엔 사랑하는 '나의 마미'라는 글이 두리둥실 찍혀져 있었다. 사랑

하는 나의 마미께서는 나에게 무슨 말이 하고 싶어서 이렇게 이른 아침 일찍 전화를 하신 걸까. =__=

"왜에?"

[이년아!! -0- 또 밤새고 지금 자려고 자리에 디비 누웠지?! 엄마 눈에 선하다, 선해!! 애미가 니 머리 꼭대기에 올라가 있다!! 당장 못 일어나?]

"엄마, 딸한테 이년이 뭐야, 이년이. 전화를 했으면 여보세요를 먼저 해야지 다짜고짜 이년이라니. 딸 상처받았다우."

[이게 어서 토를 달고 있어!! 얼른 일어나서 현관 밖에 요구르트 배달 온 거 들여놓고!! 엄마가 말하기 전에 부지런히 몸뚱어리 움직여서… 여보세요? 박지민?]

"쿠우……."

[여보세요? 여보세욧?! 박지민!! 두고 봐라, 이년!!]

그렇게 사랑하는 마미님과의 전화 통화는 끝이 났고 통퉁 부은 두 눈을 비비며 일어난 시간은 오후 4시였다.

"장해, 박지민. 어제보다 1분 빨리 일어났어. 아, 요구르트!"

새벽 6시에 요구르트 아줌마가 현관문 앞에 고이 모셔놨을 요구르트를 저녁 4시까지 문 앞에 방치해 뒀으니. 앞으로 이런 밤샘 폐인 생활이 계속되는 한은 신선한 요구르트를 먹긴 틀린 것 같구나.

거울을 들여다보자 반쯤 부은 눈에 요새 귀신들도 쪽팔려서 안 하고 다닌다는 산발머리를 하고선 꼴에 잠옷이라고 유치한 분홍색 키티 파자마를 몸에 두르고 있는 여인네가 보인다. 인정하긴 싫었지만 나였다.

"=＿= 하아."

더 이상 거울을 보고 서 있기가 싫어서 요구르트나 가져올 심산으로 현관문을 열었다.

덜컥—

역시 여적까지 무방비로 방치돼 있는 불쌍한 요구르트. 잠시 쭈그리고 앉아서 요구르트를 만지작거렸다. 하루에 두 개씩 온다던 요구르트가 하나밖에 없길래. 그랬기에 현관문 앞에 쪼그린 채 잠시 깊은 생각을 했다. 그런데 그때 문제의 앞집 301호의 현관문이 벌컥 열렸다.

멀쑥하게 큰 키에 검정색 잠바를 입고 목도리를 목에 휘감고 있는… 쓰읍, 잘생겼구나. 그리고 옆에는 어깨까지 오는 찰랑거리는 머리, 머리에서 발끝까지 성숙성숙 섹시섹시를 두루두루 겸비한 도발적인 여성 분도 함께 있었다. 동이 터오르는 새벽녘까지 당파가 나뉘어 내 머리 속을 혼란의 도가니로 몰아넣었던 의문점이 한순간에 풀리는 순간이었다. 결국 어제 둘이 같이 잤구나. =＿=

분명!! 같이 들어갔다 파의 완승.

의문점이 풀렸다라는 알 수 없는 찜찜한 기분이 듦과 동시에 그들의 눈에 지금의 난 과연 어떤 모습으로 비춰질까라는 또 다른 의문점이 들기 시작했다. 쪼그리고 앉아서 요구르트를 만지작거리는 난 분

홍색 유치찬란 키티 파자마에 헝클어져 산발이 된 머리매무새와 퉁퉁 부은 금붕어 눈을 하고 있었다.

한 5초간 정지된 상태로 서로를 바라보고 있던 그들. 섹시하고 도발적인 여자의 입이 드디어 열려 옆에 있는 남자에게 나지막이 한마디를 건네더라.

"추하다. -_-"

추하다란 엄한 한마디를 내뱉고는 고목 나무에 들러붙은 매미 새끼처럼 남자의 팔짝에 매달려 엉덩이를 이쪽저쪽 씰룩거리며 계단을 내려가는 그녀. 나란 인간에게 일말의 깡이란 게 있었더라면 손에 들고 있던 요구르트를 저 여자의 뒤통수에다 사정없이 집어 던졌을 것이다.

도발적인 여자에게 팔짱을 끼인 채로 계단을 내려가던 앞집의 잘생긴 총각이 내려가던 발걸음을 우뚝 멈추더만 뒤돌아서서 아직도 요구르트를 만지작거리며 쪼그리고 앉아 있는 날 바라봐 줬다. 그리고 조금의 표정 변화와 조금의 미안한 기색 없이 딱 한마디를 남기곤 그렇게 내려가 버렸다.

"요구르트 맛있더라."

요구르트 범인은 301호 앞집 총각이었나 보다.

주인니임~ 전화 왔어요오~

발신자 사랑하는 '나의 파파' 라고 찍혀 있다.

"울먹. 어, 아빠."

[딸? 목소리가 왜 이래??]

"아빠. 나 이사 갈래. ㅠ_ㅠ"

쏴아아아아―

마른하늘에 날벼락이라더니 날이 어둑어둑해질 때쯤 몸도, 마음도, 날씨도 싸늘한 겨울에 눈도 아닌 장대비가 쏟아져 내린다. 괜스레 마음이. 더 울적해져 버렸다. 울적해져 버린 맘을 위로해 보려 베란다 창문을 활짝 열어젖히니 빗소리는 오늘따라 참으로 우울하게 들려오는구나.

오디오의 재생 버튼을 누른 후 베란다의 널찍한 창에 등을 기댄 채 빗소리와 함께 내 귓가에 울려 퍼지는 노랫소리를 경청했다. 비 오는 날 빗소리를 들으며 가수 비의 악수란 노래를 듣고 있는 이 기분 참 묘하네. 가사가 지금 내 처지랑 너무 비슷해서 남의 이야기 같지가 않다. 익숙하다 못해 이제는 질려 버린 그 노래를 흥얼거리며 그칠 줄 모르고 쏟아져 내리는 비를 한참이나 바라봤다.

"헤어지자는 말. 이제는 그만 만나자는 말. 어쩜 그런 편안한 표정과 말투로 할 수가 있는 건지. 어쩜 그렇게 쉬운지. 헤어지는 게 그대에겐 아무것도 아닌지. 어떻게 웃고 있는지. 내겐 사랑이었죠. 그대에겐 즐거운 시간이었지만 내겐… 아씨, 목 다 쉬었다. =___="

청승맞게 비 노래를 들으며 그칠 줄 모르고 하염없이 내리는 비를 구경하고 있는 내 모습이 새삼 처량하게 느껴진다. 내 인생 참 재미없다.

"비 오는 날은 만화책. 만화책이 땡겨요. 라라라라. 만화책 빌리러

가요. 가요. 가요오……."

집엔 아무도 없다. 그래서 이런 나에게 정신 나간 년이라며 삿대짓할 인간 따윈 없다. 귀신이 나와 같이 동거하고 있다면 내게 속삭였을 테지. 험한 꼴 보기 전에 나는 그만 이 집을 뜨겠다오라고. =__=

머리 정도는 빗어주고 나가는 게 주위 사람들에 대한 작은 배려가 아닐까 싶어 산발이 된 머리를 살짝 빗어주고 만화 대여점이 집 근처인지라 바닥에 널브러져 있던 추리한 츄리닝으로 갈아입고 난 뒤 현관문을 열려는 순간 생각해 보니 집에 우산이 없다. 겨울에 설마 이런 장대비가 내릴 줄은 상상도 못했으니 집에서 우산을 가져 왔을 리가 있나. 설령 안다고 했어도 엄마가 생일 선물로 사준 파란장미 우산을 가져오진 않았겠지만.

잠깐 현관에 서서 어떻게 할까 머뭇거리다 끝내 만화책의 유혹을 뿌리치지 못하고 츄리닝 점퍼에 달려 있는 모자를 뒤집어쓰고 냅다 달려갔다 올 생각으로 온 힘을 실어 현관문을 열어젖혔다.

턱—

뭐지? 현관문을 열자마자 들리는 둔탁한 소리와 함께 반쯤 열린 문이 앞에 있는 뭔지 모를 묵직한 물체에 가로막혀 더 이상 움직이질 않는다.

툭툭—

원래 천성이 의심 많은 성격인지라 약간의 두려운 반 호기심 반으로 그 묵직한 물체에다 한두어 번 발길질을 해봤다.

"아!! 아씨!! 뭐야?"

화들짝—

묵직한 그 물체가 마치 지가 사람이라도 되는 양 신경질을 낸다. 그리고 내 눈이 어느 정도 어둠에 익숙해졌을 때 난 그 묵직한 물체의 정체를 확인할 수 있었고 그 물체와 눈까지 마주쳐 버렸다. 술에 절어 반쯤 풀려 버린 눈에 비를 그대로 맞고 온 건지 흥건하게 다 젖어버린 축축한 옷을 입고 간간이 누군가의 이름을 애절하게 부르고 있는, 앞집에 살고 있는 301호 총각의 초점없는 두 눈과 내 눈이 마주쳤더란 말이다!! 으악!!

"저, 저기요. 이런 데서 이러고 자면 얼어 죽어요."

내 딴에는 사람이 얼어 죽을지도 모른다는, 그것도 하필이면 내 집 앞에서 얼어 죽을지도 모른다는 왠지 모를 불안함에 한마디 건네봤지만 이 사람 좀처럼 일어날 생각을 하지 않는다.

철썩— 철썩—

어디서 주워듣고 본 건 많아서 뺨을 몇 대 때려줬다. 이렇게 하면 정신 차리고 일어나지 않을까란 소심한 생각을 품고 말이다. 그렇지만 내 소심한 생각과 행동에도 불구하고 꿈쩍도 하지 않는 나의 이웃사촌. 몇 대 더 때릴 심산으로 다시 한 번 앞집 총각의 뺨에 손을 대려는 순간 갑자기 내 손목을 덥석 잡아 낚아챈다.

화들짝!!

아프다. 내 손목을 잡고 있는 이 남자. 혹여 정신을 차린 건 아닐까란 생각으로 얼굴을 들여다봤지만 여전히 초점없는 두 눈을 하고 있다. 근데도 잘생기긴 참 잘생겼고만.

"저기, 팔 좀 놔줄래요? 책방 문 닫을지도 모르는데."

앞집 총각의 손에서 내 손목을 빼내기 위해 한참을 낑낑거려 봤지만 무리란 걸 깨닫고 결국 우리 집 문 앞에 대자로 뻗어 있는 이 사람 옆에 같이 퍼질러 앉아버렸다.

"춥다. 안아주라."

"저기, 아무리 이웃사촌이라지만 그런 부탁은 좀. =___= 그것보다 저도 춥거든요? 이 손 좀 놔주실래요?"

"나… 다시는 이 손 안 놓을게. 아씨, 너만 보면 되잖아. 정미란, 약속할 테니까 나 버리지 마."

이 사람 술에 취해 날 다른 여자랑 착각하고 있는 것 같다. 슬슬 짜증이 밀려오기 시작한다. 하지만 한편으론 이 잘생긴 총각을 버리고 도망간 노망난 여자가 누굴까란 생각도 든다. 이참에 석이 오빠는 싹 잊어버리고 이 총각이나 주워볼까란 엄한 생각도 살짝 곁들여가면서.

주인니임~ 전화 왔어요오~

빗소리랑 어울려서 참 음산하게도 울려댄다. 발신자를 보니 사랑하는 마미시다. 자식들이 전화받기 곤란할 때마다 전화를 해대는 건 엄마들만이 가지고 있는 신비한 능력일까? 오른손은 꼼짝없이 붙잡힌 채였기에 왼손으로 점퍼 주머니에 있던 핸드폰을 꺼내 힘겹게 통화 버튼을 눌렀다.

[너 어디야!!]

"어, 어디긴 집이지. 뭐 하러 전화했어?"

[비 오는 날 싸돌아 댕기지 말고 집에 처박혀 있으라고 전화 걸어 봤다, 이년아!! 정말 집이야?]

"엄마!! 딸 말에 왜 그렇게 신용을 못해?"

[니 입에서 신용이란 말이 가당키나 한 소리라고 지껄이는 거냐, 지금? 그리고 아침에 엄마가 전화……]

"아, 추워… 안아달라니까."

[…=＿＿=]

"…-_-"

잠시 대화가 끊긴 엄마와 딸.

"키스… 하고 싶어."

"엄마, 오해야. ㅠ_ㅠ"

단순한 앞집 총각의 추태였다고, 아니, 술주정이었다고 변명한들 딸을 신용하지 않는 엄마가 과연 딸의 말을 믿어줄 수 있을까. 그럴 가능성은 제로에 가까웠다.

[네 이년!! 너 지금 어디야?! 옆에 어떤 놈팽이야!! -0-]

"어, 엄마 그게 아니라… 진짜 집 앞인데 그게 진짜 오해거든?"

[시끄러!! 집에 들어와서 얘기하자. 끊는다. 내일 당장 집에 들러!!]

끊어져 버린 전화를 멍하니 들고 있다 고개를 돌려 앞집 총각의 얼굴에 시선을 고정시켰다. 원래 자기 얼굴에 자신감을 갖고 있는 놈들은 사람을 이렇게 곤란한 지경에 빠지게 만들어놓고도 두 다리 뻗고 잠이 오는 걸까? 응? 앞집 총각, 말 좀 해봐. 그렇게 술 취한 척 나자 빠져 있지 말고.

따르르르릉— 따르르르릉—

비 오는 날 이런 단순무식한 전화벨 소리를 듣고 있자니 온몸에 소름이 돋는다. 차라리 아기가 혀 짧은 목소리로 주인장한테 전화 왔다고 중얼대는 내 벨소리가 더 낫지 않나 싶다. 영화 폰에 나왔던 죽음을 부른다는 벨소리랑 같았기에 더 더욱 무서웠다.

"이봐, 총각. 전화 왔어. =__="

은근슬쩍 말을 걸어봤지만 대꾸가 없다. 어쩔 수 없이 폰을 찾는다는 명목으로 앞집 남자의 몸 이곳저곳 더듬거렸다. 누군가의 더듬거리는 손놀림에 제정신을 차리게 된 건지 내 오른쪽 손목을 잡고 있던 총각의 손에서 서서히 힘이 풀리기 시작했고 덕분에 내 손은 자유로워질 수 있었다. 근 30여 분이 경과된 후 일어난 기적적인 일이었다. 그러나 손목이 자유스러워졌단 기쁨도 잠시, 너무도 대차게 내 집 문 앞에 대자로 뻗어 누워 있던 이 남자는 돌연 누워 있는 자기 쪽으로 내 몸을 끌어당겨 폭삭 안아버렸다. 난 이를 모를 앞집 총각에게 안겼다는 충격보다 비를 맞아서 축축하게 젖어 있는 이 남자의 옷으로 인해 나의 옷도 붙어 점점 젖어들어 가고 있다는 사실에 경악을 금치 못했다. 여전히 핸드폰 벨소리는 멈출 생각을 하지 않는데 이 총각은 받을 생각이 전혀 없는 것 같았다. 그때 내 귓전을 때리는 낮고 음침한 목소리 하나. =__=

"야, 너 변태냐? 왜 남의 몸을 더듬고 그러냐. 어?"

변태란 소리에 살짝 상처받은 마음을 추스르기가 조금은 힘겹다. 거기다 앞집 총각의 젖은 옷으로 인해 내 츄리닝 점퍼가 다 젖어들어갔다는 축축함과 이 남자의 몸에 배어 있는 알 수 없는 이 향기가 너무 좋아 머리가 터져 버릴 지경이었다.

"너 앞집 사는 아줌마지? 아줌마, 변태였어?"

"아줌마 아닙니다. 그리구요, 옷이 축축해져서 그런데 이것 좀… 이 팔 좀 풀어주세요."

"옷이 축축하면 벗으면 되는 거 아냐?"

보통 사람이 남들 앞에서 십 년에 한번 내뱉을까 말까 한 엄한 말들을 1분에 한 번씩 입버릇처럼 내뱉는 앞집 총각. 그렇게 야시꾸리한 자세를 취하고 있는 남과 여. 전화벨 소리는 그칠 줄 모른 채 여전히 울려대고 있는데도 받을 생각이 전혀 없는 이상한 앞집 남자. 조금만 반항을 한다면 충분히 이 남자의 품에서 벗어 나올 수 있었을 텐데도 오히려 그 상황을 즐기고 있는 듯한 이상한 앞집 여자.

한동안 아무런 말 없이 날 안고 있던 앞집 남자가 드디어 내 몸에 두른 팔을 풀었다. 그리곤 힘겹게 몸을 일으켜 우리 집 문 앞에 등을 기대앉아서는 젖어버린 츄리닝 점퍼를 만지작거리며 투덜거리는 날 빤히 쳐다본다. 붉어지는 나의 얼굴.

"저기… 일부러 몸을 더듬은 게 아니라 포, 폰… 핸드폰 때문에."

만화책을 빌리러 나간다던 인간이 앞집에 사는 청년 앞에서 왜 이런 쫌스런 변명이나 해대면서 앉아 있어야 하는 걸까.

따르르르릉— 따르르르릉—

화들짝!!

그렇다. 아직도 핸드폰은 그칠 줄을 모른 채 세차게 울리고 있었

다. 상대편이 전화를 받지 않으면 그만 포기를 해야 하는 것도 세상 이치이거늘 누굴까? 이제는 내가 더 궁금해진다. 앞집 총각도 짜증이 났는지 미간을 심하게 구기더니 그제야 호주머니에서 능기적 능기적 핸드폰을 꺼내 들었다. 그리고 액정을 한동안 쳐다보는가 싶던 이웃사촌. 그는 갑작스레 내 얼굴 앞전에다 핸드폰을 쏙 하고 들이민다.

"어, 어쩌라구요?"

"나 대신 받아주라. 나 찾으면 죽었다고 그래."

"내, 내가 누구냐고 물어보지 않을까요?"

"애인이라고 우기면서 개겨."

생판 모르는 이 남자와 내가 무슨 미친 짓을 하고 있는지 모르겠지만 일단 시키는 대로 하지 않으면 한 대 칠 분위기였기에 군말없이 핸드폰을 건네받았다. 액정에는 미란이란 이름이 찍혀 있다. 미란이라면… 잘생긴 앞집 총각을 버린 노망난 여인네가 아니던가. 떨리는 마음을 진정시킨 뒤 통화 버튼을 꾸욱 눌렀다.

"여, 여보세요?"

[어? 야, 이년아!! 니가 왜 지훈이 전화를 받는 거야!!]

다짜고짜 나에게 버럭 화를 내는 미란이라는 여자. 아무 죄도 없는 난 생각지도 못한 반응에 괜스레 소심해져 방금 앞집 총각이 시킨 그대로 말을 해야 하나, 말아야 하나를 잠시 망설이다 다부지게 입을 열었다.

"나 지훈이 애인인데."

[······.]

통화 저편에선 아무 말이 없었고 난 은근슬쩍 앞집 남자를 쳐다봤다. 오히려 나에게 뭘 쳐다보냐라고 묻는 듯한 표정을 하면서 딴청을 부리고 있다.

"저기, 그만 전화 끊어요."

[야, 이년아!! 너 거기 어디야!! 지훈이랑 같이 있는 거야? 어디야!! 당장 말 못해?!]

"애석하게도 지훈이 총각 죽었습니다. =_="

탁—

앞집 총각이 조금 놀란 눈으로 날 쳐다봤지만 난 시키는 대로 했을 뿐이다.

따르르르릉— 따르르르릉—

또다시 울려대는 핸드폰. 이제는 내 손에서 핸드폰을 확 낚아채더니 배터리를 빼버리고는 호주머니에 집어넣는다. 진작에 배터리를 빼버릴 일이지 왜 시킨 거야?

조용히 궁시렁대다 어제 이 총각이 도발적인 여자와 함께 정열을 불태우며 키스를 나누던 계단이 눈에 들어오자 나의 낯짝이 붉어져 버린다. 뒤늦게야 이 남자에게 상당한 경계심을 품은 채 슬쩍 뒷걸음질치며 자리에서 일어났다. 만화책을 빌려볼 마음도 한순간에 사라져 버렸고 그냥 집에 다시 들어가 젖은 옷이나 갈아입고 온풍기에 몸이나 녹여야겠다. 그래야겠어. 암, 그래야겠다. 이 총각이 우리 집 문 앞에서 비켜준다면 말이다.

"저기… 좀 비켜주실래요? 집에 다시 들어가 봐야 되는데."
"같이 들어가자."
"그건 말이 안 되구요. 추운데 빨리 집에 들어가세요. 바로 코앞이 집인데."
"열쇠가 없어졌어."

이럴 때 난 열쇠를 잃어버린 이 잘생긴 총각에게 무슨 말을 건네줘야 한단 말이던가. 그냥 모른 체하고 집으로 들어가자니 비를 맞아 흠뻑 젖어버린 옷을 입고 있는 이 남자가 너무 안쓰러워 보인다. 물론 나만의 착각인지도 모르지. 도무지 부탁하는 이의 표정이 아니었기에. 표정만 보면 되려 내가 집에 같이 들어가자고 부탁하는 그지꼴이었다. 그에 반해 저 총각은 내가 무안하리만치 너무도 당.당.했.다. 표정은 심히 내 심기를 불편하게 했지만 여기서 밤을 샜다간 겨울이라 정말 얼어 죽을지도 모르는 일이었다. 그것도 하필이면 내 집 앞에서 말이다.

한참을 망설였다. 1분이란 시간도 지금 이 순간만큼은 정말 한참처럼 느껴진다. 오늘 새벽, 집 앞에서 엄한 짓을 하던 위험 인물인데. 이런 내 마음을 읽기라도 한 건지 날 보며 건방지게 한마디를 내뱉어 준다.

"내 눈은 장식으로 달고 다니는 줄 아냐? 절대 아무 짓 안 해. 나 눈 높거든?"

눈치가 참 빠른 놈일세.

"몸 좀 녹이다가 금방 나가세요."

무슨 신파극에 나오는 대사도 아니고 내 입에서는 몸 좀 녹이다 가라는 수줍은 아낙네를 연상케 하는 듣기 민망한 말투가 불쑥 튀어나와 버렸다. 내 말에 그제야 문 앞에서 몸을 일으키는 앞집 남자. 입가에 보일 듯 말 듯한 옅은 미소를 머금으면서 말이다. 아무래도 내 말투를 비웃고 있는 듯했다. 바닥에 물방울을 뚝뚝 떨어뜨리며 내 옆에 서서는 내가 문을 열기만을 기다리는 이 남자. 나보다 배는 차이가 날 만큼 키가 컸다.
　철컥—
　전혀 알지도 못하는 남자를 여자 혼자 살고 있는 집으로 데려온다는 거 이유야 어찌 됐든 미친 짓이겠지?
　"집구석이 왜 이러냐? 고양이한테 한 맺혔냐?"
　이웃집 처자네 집을 방문한 앞집 총각이 집 안을 쓰윽 둘러보며 처음 내뱉은 말이었다.
　"고양이가 아니라… 키, 키티……."
　"생긴 대로 놀고 있네. 니네 집 뜨거운 물은 나오냐?"
　남의 집에 들어와서도 마치 자기가 집 주인인 양 저렇게 당당하게 말을 하고 유유히 욕실로 걸어 들어갈 수 있는 건 저 총각의 성격에 문제가 있다고 봐야 하는 걸까.
　잠시 뒤 샤워를 하려는 건지 욕실에서 물 떨어지는 소리가 들려온다. 사상이 의심스러운 저 총각이 나오기 전에 젖은 옷을 갈아입어야 한다는 생각에 옷장 문을 벌컥 열어젖히고 옷을 꺼내 갈아입고 있는데 벗어 던진 츄리닝 호주머니에선 혀 짧은 아기가 요란하게도 소릴

질러댄다.

　주인니임~ 전화 왔어요오~

　이제는 무섭구나. 벨소리 얼른 바꿔야겠다. 플립을 열어 무심결에 통화 버튼을 누르려던 내 손은 순간 멈칫하며 선뜻 누르지 못하고 있다. 발신자에 뜬 '석이 오빠' 라는 글자 하나에 심장이 덜컥 내려앉는 것 같은 놀람과 두근거림, 애처로움, 그리움. 발신자에 찍힌 그 이름 하나에 만감이 교차한다.

　왜? 이제껏… 연락 한번 없었잖아. 떨리는 가슴을 진정시키고… 한참이나 목소리를 가다듬곤 통화 버튼을 눌러본다.

　"여… 보세요."

　[……]

　말이 없다. 날 차버린 사람인데… 이 사람 때문에 내 인생이 뒤틀려 버렸는데… 그런데도 듣고 싶다. 석이 오빠 목소리가 듣고 싶다. 너무 미련하게도.

　[잘… 지냈냐?]

　드디어 통화 저편에서 들려오는 현석 오빠의 한마디. 술에 취한 목소리다.

　"어."

　[수능… 잘 봤냐?]

　"어? 어, 당연하지. 오빠… 잘 지내?"

　[아… 니.]

　움찔—

무슨 뜻? 지금 무슨 의미로 그런 말 하는 건데?

딸깍―

"야!! 입을 만한 옷 없……."

욕실에서 샤워를 하고 나온 앞집 남자가 달랑 수건 하나만 허리에 두른 채 걸어 나와서는 버럭버럭 소리를 질러댔고 지금 난 몹시도 당황스럽기 그지없다.

"아, 아빠가 집에 잠시 오셨거든. 저기 잠깐만……."

[손… 님 와 있었나 보네. 미안하다. 갑자기 전화해서… 끊는다.]

"아, 아니, 석이 오빠!! 그게 아니라 아빠! 우리 아빠!"

[뚜뚜뚜뚜―]

두 달 만에 걸려온 현석 오빠의 전화였는데… 그랬는데 이렇게 허무하게 끊어져 버렸다. 이 망할 총각. 넌 사람이 전화할 때마다 끼어들어서 초 치는 게 특기냐?

"저, 전화하고 있는 거 안 보여요? 갑자기 소릴 지르면……."

어라? 이 남자 말없이, 그리고 가느다란 실눈을 뜬 채 날 뚫어져라 쳐다보고 있다. 아니, 나의 얼굴에 반해 뚫어져라 얼굴을 쳐다보고 있다고 하기엔 그 시선이 조금은 아래로 향해 있는 것 같고… 애석하게도 옷 갈아입는 도중 석이 오빠의 전화를 받았기에 지금 난 속옷 차림으로 앞집 총각과 대면하고 있었다.

"뭐, 뭐, 뭘 봐요!! 고, 고개 안 돌려!!"

뒤늦게 자리에 주저앉아 바닥에 떨어져 있는 옷가지로 몸을 가리며 창피함과 쪽팔림에 고개를 숙이자 삐딱하게 서서 날 주시하고 있

던 앞집 총각이 내게 다가와 덩달아 쪼그려 앉는다. 그리고 볼 거 다 보고 난 뒤 뒤늦게 위로의 말이라도 건네줄 심산인지 넌지시 한마디를 건네더라.

"쑥쓰러운 척하기는. 아까도 말했다시피 나 눈 디게 높은 놈이거든? 어떻게 할 생각 절대 없으니까 일어나 옷 입어."

쑥스러운 척이라. 옷 입으라는 말을 해놓고도 내가 옷을 갈아입을 수 있게 자리를 피해주지도 않았다.

"이, 이렇게 같이 쪼그리고 앉아 있으면 내가 어떻게 옷을 입어요!!"

"하, 미치겠네. 왜 못 입어? 아무 짓도 안 한다니까?"

아기 같은 천진난만한 표정으로 아무렇지 않은 듯 저런 말을 아주 당연하게 내뱉는 앞집 총각이 참으로 부담스럽기 그지없다. 결국 그렇게 꿈쩍도 않는 앞집 총각을 피해 옷가지로 몸을 가린 채 뒷걸음질쳐 세차게 불어닥치는 비바람과 맞서 싸우며 베란다에서 옷을 갈아입었다는 후문이다. 그리고 언제까지 저 총각을 민망스럽게 수건 하나만 달랑 걸치고 널브러져 있게 내버려 둘 순 없었다. 옷장을 뒤적거리다 고등학교 때 입었던, 타 학교와 비교할 때 그래도 세련된 편이라고 나름대로 자부심을 가지고 3년 동안 입었던 남색 체육복을 휙 던져 줬다.

"장난해? 작잖아!!"

던져 준 체육복을 몸에 대보더니만 물에서 건져 주니 보따리 내놓으란다고 되려 무섭게 날 노려본다. 저런, 띠껍기도 하지.

"이런 것밖에 없는데 어째요. 입기 싫음 나가시던가요."

내 말에 얼굴 가득 입기 싫단 표정이 역력한데도 비를 쫄딱 맞고 난 뒤라 많이 추웠던지 체육복을 군말없이 입어주었다.

키가 큰 탓에 바지는 칠부 바지가 되어버렸고 상의도 쫄티가 되어 버렸지만 옷발을 잘 받는 게 다행인지 불행인지 생각보다 흉하진 않았다. 체육복을 갈아입고 난 뒤 너무도 자연스럽게 내 침대에 털썩 드러누워 버리는 저 총각의 깜찍한 행동을 목격했을 때 난 정말 기절하는 줄 알았다. ㅠ_ㅠ 그렇게 침대에 드러누워서는 베란다 앞에서 이리저리 방황하는 날 아주 뇌쇄적인 눈빛으로 쳐다봐 주는 저 부담스런 시선. 괜히 데려온 건 아닐까란 생각이 미침과 동시에 새벽녘 집 앞 계단에서 도발 여성과 함께 정열적인 키스를 하고 있던 앞집 총각의 영상이 머리 속을 휙하니 스쳐 지나가자 덜컥 겁이 나기 시작했다. 그리고 침대에 드러누워 뇌쇄적인 눈길로 날 쳐다보던 앞집 총각이 나지막이 입을 떼었다.

"같이 잘래?"

하하. =__=

가, 같이 잘래라니!! 그런 도발적인 멘트를 눈 하나 꿈쩍 안 하고 내뱉다니!! 나 박지민 앞집 총각의 꾸밈없는 당당, 당돌, 거만함에 박수를 보내는 바이다.

"눈이 꽤 높으시다며 안 건드린다고 했잖아요!!"

"그래서? 내가 눈 높은 거랑 너하고 같이 자는 거랑 무슨 상관이 있는 건데?"

"그게… 어떻게 다 큰 남녀가… 그것도 잘 알지도 못하는데… 말이 안 되죠!!"

"다 큰 남녀는 잠 안 자냐?!"

"그건 아니지만… 근데 왜 소리는 지르고 그래요?"

큰소리칠 사람이 누군데 앞집 총각이 되려 내 말에 조목조목 친절하게 토를 단다. 우리 엄마가 왜 엄마 말에 토를 다는 날 죽이려 달려들었었는지 그 기분이 지금 이 순간 조금 이해된다.

"어이, 아줌마! 혹시 이상한 상상 한 거 아냐?"

"이, 이상한 상상이라니?"

같이 잘래라는 그 말에 이상한 상상이 포함되어 있던 게 아니었나?

"이 변태 아줌마!! 내 말을 좀 순수하게 받아들여야지. 내가 같이 자자고 했지 니랑 밤일하재?"

내가 지금 무언가 심하게 헛다리를 짚은 것일까. 하지만 앞집 총각의 행실을 봤을 때 어떻게 같이 잔다라는 말을 순수하게 받아들일 수 있었겠는가. 나 완전히 새 됐다.

"그, 그래도 전 지금 잘 시간이 아니라서 순수하게라도 같이 못 자요."

"지금 안 자면 언제 자는데?"

"내일 아침 7시."

내가 말을 내뱉어놓고도 괜스레 무안해져 버렸다.

"잠 안 자고 무슨 짓 하는 하는 건데?"

"그냥 이것저것… 컴퓨터도 하고… 이것저것 끄적이기도 하고."

침대에 거만하게 드러누워서는 내가 밤에 잠 안 자고 무슨 짓 하는지에 대해 이것저것 캐묻는 앞집 총각의 의도가 궁금하다.

"아씨, 너 왜 이렇게 답답하냐? 어?"

나도 내 금단의 새벽 생활에 대해 이것저것 캐묻는 총각이 참 답답하우.

"지금 나하고 안 자면 진짜 덮친다. 경고했거든?"

정녕 진심이 배어 있는 듯한 앞집 총각의 말에 움찔거리며 뒷걸음질쳐 대고 있는데 이런 내 모습이 심히 신경에 거슬렸던 겐지 침대에서 벌떡 몸을 일으키더니 내가 서 있는 베란다 창쪽으로 성큼성큼 걸어온다.

"아, 아프니까 이 손 놓고 우리 말로 합시다!! 우린 대화가 필요해요!!"

"난 한다면 한다."

한다면 한다라니!! 처음 보는 여자 앞에서 야시맹랑한 소리를 잘도 해댄다. 녀석 역시 고수구나.

앞집 남자는 총각의 손아귀에서 빠져나오기 위해 발버둥 치는 앞집 처자의 손목을 붙들고 침대 앞까지 질질 끌고 갔다. 미쳤어!! 미쳤어!! 이 인간 미친 거야!! 그리곤 날 그 좁디좁은 싱글 침대에 내팽개치듯 내던지곤 자기도 뒤따라 한 명 자기도 비좁은 침대 위를 슬렁슬렁 기어들어 온다. 박지민 양, 큰 실수하셨군요. 차라리 집 앞에서 얼어 죽게 놔두셨어야죠!! 시체야 나중에 경찰 감식반이 와서 처리해

갈 터인데.

　너무 놀라 굳어버린 몸을 어찌할 줄 몰라 누워서 두 눈만 끔뻑거리고 있을 때 침대 속에 기어들어 온 앞집 총각은 돌부처처럼 굳어버린 내 몸뚱어리를 덥석 안아버린다.

　"꺄아―!!! 뭐야!! 뭐 하는 짓이야!! 미쳤어!! 미쳤어!! 꺄아―!!"

　그제야 뒤늦게 정신이 번쩍 든 난 앞집 총각의 귀에다 대고 꽥꽥 고함을 내질러 댔다.

　"아씨, 안 닥쳐!!"

　헉―

　"딸꾹."

　조용히 해라도 아닌 다, 닥쳐라는 말에 난 아주 조금 소심해져 버리고 말았다. =_=

　"이 한심한 아줌마야!! 내가 몇 번을 얘기해야 알아들을래!! 나 눈 높은 놈이란 말 못 들었어?"

　"딸꾹. 눈 높은 거랑 자, 자는 거랑 상관이 없다면서요?"

　"당연히 상관없지!! 웃기고 있네. 내가 설마 너 진짜 덮칠 거라고 기대했냐? 너 꿈 야무지다?"

　뭐야, 한순간에 총각이 덮쳐 주길 몹시 기대한 여인이 되어버렸어.

　"옆에 뭐가 없으면 잠을 못 자는 체질이라 너 죽부인 삼아서 잠 좀 자려고 그랬다!! 이제 좀 자도 되겠냐? 아주 혼자 소설을 쓰고 앉아 있네."

　죽부인이라니. 진작 그런 식으로 말을 했어야지. 진정 사람을 무안하게 만드는 데 천부적인 재능이 있는 총각이다. 그러나 아무리 하찮은 죽부인 대용이라지만 낯선 남자와 한 침대에서 눕는다는 건 제정신이 아닌 짓이었기에 죽을힘을 다해 총각을 밀쳐 내고 욕실로 줄행랑을 쳤다.

쿵—

"아씨, 야!! 죽고 싶어?!"

살짝 밀쳐 낸다는 게 힘을 너무 줬던 것 같다. 그 바람에 앞집 총각이 침대에서 굴러 떨어졌나 보다.

"……."

5분이 흐른 지금, 저 총각의 성격으로 봤을 땐 지금쯤 부숴질 듯이 욕실 문을 두드리면서 당장 나오라고 욕지거리를 해도 시원찮을 판인데 아무런 소리가 없다. 혹시 침대에서 떨어진 충격으로 뇌진탕에 걸린 건 아닐까. 그것도 하필이면 재수없게 이사 온 지 하루밖에 안 지난 내 집에서 머리에 피를 흘리며 죽어버린 건 아닐까란 찜찜한 기분에 휩싸여 욕실 문을 살짝 열어 방 안을 쓱 둘러봤다.

홱—

철푸덕—

고개만 빼꼼이 내밀고는 집 안의 동태를 살피고 있는데 갑자기 욕실 문이 홱 하고 당겨지는 바람에 방심하고 있던 난 중심을 잃고 누군가의 발 밑으로 철푸덕 쓰러져 버렸다. 남색 체육복을 위아래 세트로 착용하고 계신 앞집 총각이 자기 발 앞에 대자로 뻗어 있는 날 발

로 툭툭 건드린다. =＿＿=

"단순한 인간, 완전 범죄를 저질렀어야지."

이게 뭐 하는 짓이란 말인가. 상황 판단을 끝마치고 총각 앞에 뻗어 있는 모습에 살짝 창피스러움을 느낀 난 서둘러 자리에서 벌떡 일어났다. 아주 짜증난단 표정으로 날 쳐다보고 있는 총각의 부담스런 시선을 애써 외면한 채 욕실 문 앞에서 눈동자를 굴리며 서 있는데 이런 날 살포시 옆으로 밀쳐 내곤 욕실로 들어가는 총각.

문도 안 닫고 들어가길래 그냥 조금 뭘 하는지 궁금한 마음에 살짝 뒤돌아 봤다.

헉—

그리고 내 두 눈은 어이없어 죽겠다는 총각의 두 눈과 마주쳐 버리고 말았다.

"내 너 그럴 줄 알았다. 어떡하나 하고 일부러 문 안 닫아봤더니. 뭐가 궁금한데? 어? 뭐가 궁금해서 뒤를 돌아보냐?"

또 한 번 총각 앞에서 변태 아줌마로 낙인찍혀 버리는 순간이었다. 욕실 문을 닫지 않고 들어가 내 호기심을 자극한 변태 총각의 잘못이라고 살짝 우겨본다 한들 구질구질하고 쫌스런 변명처럼 들리겠지? 욕실에 들어간 총각은 아까 전 욕조에 벗어 던진 젖은 옷가지 속에서 자신의 가방을 끄집어내더니 그대로 주저앉아서 가방 속을 뒤적거리기 시작했다.

"아씨, 다 젖었다."

뭘 그리 열심히 찾나 싶었더니 결국 가방 속에서 끄집어낸 건 빗물로 다 젖어버려 담배 한 갑.

"어쩌나."

뭔가 갈망하는 듯한 눈빛을 지어 보이더니 갑자기 날 쳐다본다.

"또, 또 뭘 어쩌라구요."

"별거 아니고 집 앞 편의점에 가서 담배 좀 사다주라."

"시, 싫어요. 내가 왜 담배 심부름까지 해야 돼요?"

"그럼 편의점까지 따라가 줄 테니까 담배 좀 사주라."

독종이 이런 인간을 일컫는 말일 테지. 편의점까지 따라가 줄 테니까 담배 좀 사달라니. 돈이 없다는 소린가? 뭔가 앞뒤가 맞지 않는 말 같았지만 어느새 이 망할 인간은 내 손목을 잡고 현관문을 나서려 하고 있다.

"자, 잠깐!! 왜 자꾸 팔은 잡아요, 아프게."

"누군 잡고 싶어서 잡는 줄 아나? 담배 피우고 싶으니까 그렇지!!"

"담배 피우고 싶으면 직접 사러 가세요!! 이 차림으로 어딜 나간다고."

내 잠옷도 잠옷이지만 이 총각이 입고 있는 옷도 옷인지라 선뜻 집 밖을 나설 용기가 나질 않는다.

"아, 이거 하나만 계산하면 되나요? ^—^;"

하지만 결국 난 편의점으로 끌려오고 말았다. 분홍색 엄한 파자마 차림의 여자와 오른쪽 가슴팍에 세화여고라고 뚜렷이 박혀 있는 체육복을 입고 있는 몹시도 멀쩡하게 생긴 남자. 카운터에서 계산하는

알바생은 애써 입가에 어색한 미소를 띠고는 담배 한 갑을 계산하기 위해 바코드를 찍고 있다. 편의점까지 왔으면 온 김에 자기가 자기 손으로 담배를 계산하면 될 것을 편의점에 들어가기 전 날 잠깐 불러 세우더니 비에 젖어 눅눅해진 만 원짜리 한 장을 내 손에 꼭 쥐어주고 날 향해 작은 화이팅을 외치며 편의점에 들어가던 총각이었다. 여자 손으로 담배를 사게 만들어놓고는 내 뒤에서 팔짱을 낀 거만한 모습으로 그 모습을 너무도 부러운 듯이 바라보고 있는 이 총각. 정신이 온전하지 못한 것이 분명해!!

"야, 작작 좀 피워라. 기집애가 담배 좀 끊으라니까 죽어도 끊지 않고. 너 계속 그러다 골로 가는 수가 있다. 끊어라? 어? 끊어!!"

이건 또 무슨 소뿔 뜯어 먹는 소리란 말이던가. 내 뒤에 딱 붙어서는 담배 사는 내 모습을 마냥 부러운 듯이 바라보고 있던 인간이 대뜸 내게 한다는 소리다. 그것도 생긴 게 참 귀엽던 편의점 알바생 총각 들으란 듯이 고의성이 철철 흘러넘치는 크고 우렁찬 목소리로 말이다. 또 거기다 오늘 새벽따라 편의점 안에는 무슨 놈의 인간들이 그렇게 바글바글하던지. 편의점 청소를 한답시고 문이 활짝 젖혀져 있는 상황이라 바로 앞 버스 정류장에 옹기종기 모여 있던 수많은 사람들도 모두 날 주시했다. 앞집 총각의 한마디에 모든 사람들의 시선이 일제히 나에게 고정됐고 괜스레 무안해져 입가에 어색한 웃음을 띤 채 앞집 총각을 바라봤을 때 그 총각은 잘생긴 놈 첨 보냐고 말하는 듯한 버르장머리없는 표정을 내게 지어 보여주었다.

"뭘 보냐? 거스름돈 안 받아? 오늘 산 것만 다 피우고 담배 끊어야 된다. 알았지?"

편의점 알바생이 여전히 어색한 영업용 미소를 지으며 거스름돈을 내 손에 쥐어준다.

"손님, 여기 거스름돈요. ^—^; 감사합니다. 또 오세요."

너 같으면 또 오고 싶겠니? ㅠ_ㅠ 나 역시 어색한 미소로 답해준 뒤 서둘러 편의점에서 뛰쳐나와 버렸다. 편의점에서 나오자 먼저 나와 기다리고 있던 앞집 총각이 잽싸게 달려와서는 내 손에 쥐어진 담배를 아주 사납게 뺏어 들었다. 미친 듯이 담배갑 비닐을 벗기고 언제 챙겨온 건지 체육복 바지에서 지퍼 라이터를 꺼내 들더니 담배에 불을 붙이고 깊게 한 모금 빨아들인다. 그 표정이란. =_=

"후~우."

그리곤 내 얼굴에다 희뿌연 담배 연기를 내뿜어댄다.

"콜록! 이 사람이 콜록! 미, 미쳤나!"

"수고했다. 집에 가서 자자."

담배 한번 사줬다고 내 어깨에 팔을 두르고 애써 친한 척을 해대는 앞집 총각인데 그런 총각한테 자네 뒤통수를 한 대 때려주고 싶어라는 말을 해버린다면… 많이 슬퍼하겠지? 그렇게 오른팔을 내 어깨에 걸치고 왼손으론 담배 하나를 꼬나 물며 폼이란 폼은 다잡고 걸음을 옮기는 앞집 총각. 총각아, 너 왼손잡이구나. 왜 난 잘생긴 총각들 앞에선 한없이 약해지는 걸까. 여자들의 본능이란 남자들의 본능보다 더 무서운 것이라 사료된다. 어깨에 걸쳐진 이 손을 뿌리칠 수도 있는데 난 절대 뿌리치지 않았다. 이유는? …본능이다. =_=

　길거리를 지나가자 버스 정류장에 모여 있던 이들은 물론이거니와 지나가던 할아버지, 할머니마저 총각과 날 보며 배꼽을 잡고 자지러진다. 그렇지만 여자들의 반응은 조금 달랐다. 그 여자들의 눈은 하나같이 말하고 있었다. 내가 그 파자마를 입을 테니 옆에 있는 남자를 넘기지 않으련… 이라고. 하지만 남자들의 반응은 노부인과 별반 다를 게 없었다. 내가 그 여고 체육복을 입겠으니 여자를 넘겨달라 여기는 이도 없었을 뿐 아니라 날 불쌍히 여기지도 않았다. 그저 배꼽을 잡고 주저앉아 흐느끼듯 웃어 젖혔다. 저 망할 자식들. =__=
　내 인생의 회의감을 느끼며 피눈물을 삼키고 있을 때쯤 집에 가기 위해서 꼭 거쳐야만 하는, 낮에도 가로등이 켜져 있을 만큼 어둡디어두운 골목길에 도달했다.
　깜빡— 깜빡—
　이제 비는 그쳐서 더 이상 오지 않지만 오늘 갑자기 내린 비로 인해 가로등에 이상이 생긴 건지 자꾸만 깜빡거린다.
　"또, 또 저런다."
　왠지 오래전부터 이 동네에 살았단 사람 같은 말투. 그러고 보니 이 사람에 대해 아는 건 앞집에 살고 있는 총각이라는 것뿐이네. 아, 사상이 의심스럽다는 것도 덧붙이자.
　"저, 저기 이사 오신 지 꽤 됐나 보네요?"
　"아니, 나도 일주일 전에 이사 왔어."
　그냥 말을 말기로 했다.
　"혹시나 해서 하는 말인데 너 대학 떨어졌지?"

뜨끔―

"예? 어, 어, 어떻게 아, 아셨나요?"

혹시 대학 떨어졌수라고 내 얼굴에 쓰여 있는 건 아닐까란 생각에 얼굴을 쓱쓱 문질러 봤다.

"아~ 너 맞네. 크큭."

"저 아세요?"

원래 천성이 잘생긴 남자들을 한번 보면 쉽사리 잊어버리지 않는 성격인지라 다시 한 번 앞집 총각의 얼굴을 찬찬히 뜯어봤지만 처음 보는 사람인걸.

"수능 보다 말고 울면서 뛰쳐나갔던 애. 크큭, 너지?"

이건 꿈일 거라 생각했다. 이 총각이 기억하기 싫은 조잡한 내 과거를 어떻게 알고 있는 것일까. 하지만 무엇보다 날 씁쓸하게 만들었던 건 수능 보다 울면서 뛰쳐나간 날 목격한 놈이라면 같은 교실에서 같이 시험을 봤던 놈이리라. 고로 이 앞집 총각과 나는 어쩌면 동갑일지도 모른다.

"저 봤어요?"

"어. 울면서 뛰쳐나가는데 장난 아니게 추하더라."

"많이 추했나요?"

"어. 뛰쳐나갈 만큼 문제가 그렇게 어렵디? 평소에 공부 좀 하지 그랬냐? 어?"

어쩜 엄마랑 똑같은 말을 해대며 담배 연기를 내뿜는 앞집 총각. 우리 나라가 아무리 작고 비좁다 한들 나참, 어이가 없다.

"그, 그럼 너 나랑 갑이겠다?"

아직까지 내 어깨에 두른 팔을 내려놓을 생각이 없는 앞집 총각을 향해 조심스레 입을 열어봤다.

"개기는 거냐?"

가로등이 깜빡이며 음산하기 그지없는 골목길을 걷던 총각이 순간 걸음을 멈춘다.

움찔―

"아, 아니요. 그냥. =＿= 씨익."

이건 아니다 싶어 1초 만에 다시 말을 높였다. =_=

"너 올해 20살이지?"

말 대신 살며시 고개를 끄덕여 줬다.

"나이도 어린 게 개기기는."

서른데여섯은 먹은 듯이 말하는 저 말투. 얼굴은 동안이지만 어쩌면 정말 나이를 먹은 사람일지도 모르겠다 싶어 별로 내키진 않았지만 말을 건네봤다.

"몇 살인데요?"

"21살이다."

그냥 말없이 두 주먹만 불끈 쥐었다. =＿=

"근데 수능 본 거 보면 재수생이신가 보네요?"

"하, 날 왜 너 따위랑 같이 비교를 하는데!!"

너 따위… 너 따위? 나에게 크나큰 충격으로 다가와 버린 저 발언.

"누가 수능 시험 봤다고 그랬냐? 동생 놈이 수능 보러 갔는데 그

새끼 중간에 도망 못 가게 감시하라고 해서 학교 담벼락 밑에서 담배 피우면서 지키고 있는데 갑자기 어떤 기집애가 울면서 담을 넘더라. 작살나게 추했어. 아냐?"

그랬었다. =__= 우는 와중에도 교문 앞에 자식들 합격하라고 기도하고 있는 엄마들이 옹기종기 모여 있는 게 눈에 보이길래 쪽팔려서 담을 넘었었다. 내가 울면서 담 넘을 때 담장 밑에 누군가가 앉아 있었구나. 그날 교복이라 치마 입고 있었는데 이런, 다 봤겠구먼.

또각— 또각—

어두운 새벽 골목길에 울려 퍼지는 기분 나쁜 구두 굽 소리. 그리고 뒤이어 남녀가 다정스럽게 속삭이는 소리가 내 귀에 들려온다. 잠시 맞은편에 희미한 두 명의 형체가 그 모습을 드러내고.

"또 사람이네. 쪽팔려요. 이 팔 좀 내려요."

"내가 더 쪽팔릴 거란 생각은 안 해봤냐? 근데 니네 학교 체육복 생각보다 편하다?"

마주 오던 두 남녀가 드디어 우릴 본 모양이다, 킥킥거리는 웃음소리가 들려오는 걸 보니.

"아, 큭. 저것들 뭐야? 어? 저 남자가 입고 있는 체육복 우리 학교 꺼 아닌가?"

"여자 학교 체육복을 남자가 왜 입고 있겠냐?"

오, 마이 갓!!

껌뻑거리는 가로등으로 인해 두 남녀의 얼굴은 거의 보이지 않았지만 아무래도 내 악몽에 단골로 출연해 날 괴롭혀 대던 우리 옆집에

살고 있는 재수없는 정희 기집애 목소리임에 틀림없었다. 그리고 남자 목소리도 어딘가 매우 낯이 익었다. 이런 추하디추한 몰골을 정희에게만은 들키고 싶지 않았기에 일단은 총각의 귀에다 대고 속닥거렸다.

"저기, 나 먼저 집에 들어갈게요."

"뭐냐?! 별 얘기도 아닌 걸 가지고 왜 귓속말을 해!!"

이런 긴박한 순간까지도 날 무안하게 만들어 버린다. =_= 일단 고개를 푹 숙이고 젖 먹던 힘까지 내어 냅따 뛰어봤지만… 신은 날 버렸다.

"어머. 잠깐만, 잠깐!! 지민아!! 너 지민이 아냐?"

그냥 가던 길이나 가지 도망가고 있는 걸 뻔히 알면서 두 눈에 쌍심지를 켜고 날 잡으러 뛰어오는 양정희 저 기집애.

"어머! 지민이 맞네? 큭, 뭐냐? 너 진짜 귀엽게 논다. 자다 뛰쳐나왔니? 풋."

망할 년. 사람 무시하는 듯한 띠거운 저 목소리는 여전하다.

"어, 어, 정희네? 오랜만이다. =___= 씨익."

양정희. 유치원 때부터 얼마 전 고등학교까지 죄다 같은 학교를 다닌 우리 옆집에 사는 인간. 질기고 질긴 악연이라 해두고 싶다. 귀여움과 더불어 섹시함까지 두루 겸비한 외모 덕에 인기가 많은 건 물론이요, 질 좋은 뇌를 장착하고 있어서 뭐 빠지게 해도 될까 말까 한 나와 달리 공부란 것도 잘한다. 한마디로 빠질 게 없는 인간이다. 성격에 하자가 많은 게 흠이라면 흠이지만. 중요한 건 내가 잘못되는 걸

세상에 살아가는 낙으로 삼고 즐기는 나쁜 년이기도 하다. =__=

"너 밤에 뭐 해? 크크. 아, 저 뒤에 서 있는 남자 말야. 남자 친구야?"

정희의 말에 그제야 생각난 앞집 남자를 쳐다봤지만 미동도 않은 채 그저 잠자코 서 있기만 했다. 어두운 골목길이라 얼굴이 잘 보이지 않아 표정을 읽을 수가 없다. 무슨 생각을 하고 있는 건지 도통 알 수가 없다.

"남자 친구 아냐!"

"크. 아니긴, 아까 멀리서 보니까 어깨에 손도 올리고 다정하게 걸어오던데 뭐. 근데 저 남자 입고 있는 체육복 말야. 혹시 우리 학교 체육복 아냐? 크크."

그래 너 시력 좋아서 좋겠구나. =_=

"……"

"근데 너 독립했다며? 좋겠네. 너네 엄마가 어떻게 허락을 다 하셨냐? 딸을 못 잡아서 안달이 나신 아줌만데. 하긴 나가 사는 게 뭐 대단한 것은 아니지."

아빠가 단식 농성하셨다. 어쩔래. =__=

"……"

"아, 참!! 너 이번에 대학 떨어졌다면서? 나만 좋은 대학 가서 괜히 너한테 미안하다, 야."

미안한 거 알면 그만 좀 돌아가지 그러니. =__=

"……"

 "아! 내 남자 친구 소개해 주고 싶은데."

 정희의 말에 아까 정희와 함께 걸어오던 남자에게 잠시 눈을 돌렸다. 뒤돌아서 있는 저 남자 참 낯이 익다. 정희의 남자 친구라는 저 남자의 뒷모습에 나도 모르게 가슴이 두근거린다. 석이 오빠랑 뒷모습이 참 많이 닮았다.

 "현석 오빠, 뭘 쑥쓰러워하고 그러냐!! 잠깐 이리 와봐. 내 친구 소개해 줄게."

 철렁—!!

 현석 오빠? 장현석? 설마… 아니겠지, 아니다. 아니다. 저 사람은 그냥 동명이인일 거다. 그냥 정희 남자 친구일 뿐이다. 아니다, 아니… 힘겹게 뒤를 돌아서는 정희의 남자 친구란 사람의 얼굴이 내 시야에 들어오자 참고 참았던 눈물이 내 볼을 타고 흘러내린다. 하… 우리 나라 정말 좁다.

 "…잘 지냈냐?"

 방금 몇 시간 전에 나한테 전화했으면서… 그랬으면서… 정희랑 사귀는 거였어?

 "어머? 둘이 아는 사이였어? 아~ 그럼 내가 굳이 소개 안 해도 되겠다. 둘이 어떻게 아는 사이야? 어? ^^"

 알고 있잖아. 알고 있었잖아, 너도 봤었잖아, 내 남자 친구라고. 우리 집 앞에서 마주쳤던 날 내가 소개해 줬잖아. 내 남자 친구라고. 분명히 너한테 소개해 줬었잖아. 양정희 너 정말 사람 정떨어지게 한다. 너 나한테 이러면 안 되잖아.

"미안. 나 먼저 가볼게."

"오랜만에 만났는데 그냥 가려구?"

"흑. 미안한데 나 먼저 가볼게."

"어? 우는 거야? 왜? 왜 눈물이 나는 건데? ^^"

정희의 입꼬리가 살며시 올라간다. 내가 왜 울고 있는지 내가 내 입으로 말하는 걸 듣고 싶어?

"왜 눈물이 나는 건데? ^^"

"야, 이 기집애야!! 안 닥쳐?! 울고 싶으면 눈물이 나는 거 당연한 거 아냐? 넌 아이큐 한 자리로도 모자라는 년이냐?"

잠자코 아무 말 없이 우리 얘길 듣고 있던 앞집 총각이 억지로 구겨 신은 내 운동화를 터덜터덜 끌면서 내 앞으로 걸어온다.

정희와 현석 오빠, 그리고 그 둘 앞에서 초라하게 울고 있는 나, 엇갈린 삼각구도를 그리고 있는 세 명을 향해 걸어오는 앞집 총각. 앞집 총각의 손에는 아직 다 못다 피운 담배가 들려 있었다. 눈물방울이 쉼없이 내 볼을 타고 흐르고 가슴은 너무 아파 미칠 것 같다. 그런데 정희에게 짧은 욕지거리를 내뱉은 뒤 앞집 총각이 걸어오는데 그 모습을 보고 있자니 더 더욱 억장이 무너져 내려앉아 그만 그 자리에 주저앉아 펑펑 울어버리고 말았다. 현석이 오빠를 뺏어간 정희가, 정희랑 사귀고 있는 현석이 오빠가, 그리고 이틀 전에 큰맘먹고 산 내 새 운동화를 구겨 신고 있는 이 앞집 남자가 죽도록 밉다.

어느덧 내 곁으로 걸어온 앞집 총각은 정희 앞에 주저앉아 울고 있는 내 모습을 한동안 물끄러미 바라보더니 이내 정희에게 시선을 돌

린다. 손에 들린 담배를 입에 한 모금 빨아들이고는 내게 그랬듯 정희의 얼굴에다 담배 연기를 내뿜어 버리는 앞집 총각.

"캑캑! 뭐 하는 짓이에요!!"

"후우~ 넌 뭐 하는 짓인데?"

아주 껄렁한 포즈로 정희 앞에 서서는 연신 담배 연기를 정희의 얼굴에다 내뿜어대는 총각이었다.

"캑캑. 아, 뭐야! 미쳤어요?!"

"큭. 웃기네. 너 내 애인 왜 울리냐?"

애, 애인이라니? 총각이 아무렇지 않게 내뱉은 애인이라는 말에 난 놀란 심장을 움켜쥐며 울음을 뚝 그쳐야 했다. 울음을 그치고 살며시 고개를 든 난 현석 오빠가 쭉 날 주시하고 있었다는 걸 알았다. 검정색 코트 주머니에 두 손을 찔러 넣은 채 놀란 표정도, 화난 표정도, 슬픈 표정도 아닌 무덤덤한 표정으로… 조금은 미안한 표정이라도 지어줄 줄 알았는데. 그렇게 무덤덤한 표정으로 날 바라보고 있던 오빤 코트에 찔러 넣고 있던 오른손을 빼내더니 자기 눈가를 가리키며 날 쳐다본다. 내가 손을 들어 내 눈가에 손을 갖다 대자 그제야 살며시 고개를 끄덕인다. 아무래도 내 눈가에 맺혀 있는 눈물방울을 닦으라는 소리 같다. 이렇게 날 비참하게 만들어놓고는 저런 작은 상냥함으로 날 또 기대하게 만들어 버린다. 참… 잔인하다.

한편 앞집 총각은 자신의 특기인 꾸미지 않은 당당, 당돌, 거만함으로 정희에게 시비를 걸어댔다.

"별게 다 깐죽대고 지랄이다. 어? 야! 가!! 가!! 절루 가."

"뭐, 뭐라구요?"

"옥상에서 한 대여섯 번은 떨어져서 으깨진 면상같이 생겨서는. 너 진짜 억울하게 생겼네. 왜 사냐? 어?"

"하, 기막히네. 그러는 그쪽은 뭐가 그렇게 잘났어요?!"

"어, 나 많이 잘났어. 왜? 니 눈엔 내 얼굴이 별로라고 생각돼? 너 생긴 거랑 다르게 눈 꽤 높다?"

"뭐, 뭐야? 악! 재수없어, 진짜! 현석 오빠, 우리 가요!!"

그 시비라는 것도 참 유치했다. 하지만 결과는 앞집 총각의 압도적인 완승이었다.

"야, 박지민! 애인 수준이 어쩜 그렇게 너랑 똑같냐? 끼리끼리 논단 말 진짜 틀린 말 아니다. 또 보자. 현석 오빠, 괜히 이상한 것들 땜에 시간 버렸다. 가자."

패자는 말이 없는 법이거늘 참 말 많다. =__=

"저게 미쳤나! 죽고 싶어?!"

끼리끼리라는 말에 심하게 흥분하는 총각. 정희 기집애 총각의 말에 살짝 쫄았던 걸까. 급히 현석 오빠에게 뛰쳐가 나 보란 듯 오빠의 팔에 들러붙어 가진 자의 오만한 웃음을 지어 보여줬다. 그리고 현석 오빠는 더 이상 날 쳐다봐 주지 않았다. 그 순간에도 앞집 총각은 끼리끼리라는 말이 꽤 충격적이었던지 헤어 나오지 못한 채 한동안 꿈쩍도 하지 않았다.

현석 오빠의 팔짱을 낀 정희가 뒤돌아 걸어가려는 순간 뭔가 큰 결단을 내린 듯 비장한 표정을 한 앞집 총각이 왼손에 들고 있던 이제

는 거의 다 타버린 담배를 바닥에 탁 하고 내팽겨쳐 버리더니 대신 구겨 신고 있던 내 새 운동화 한 짝을 벗어서 손에 움켜쥐었다. 허허, 내가 상상하고 있는 그 짓만은 하지 않을 거라며 스스로를 토닥여 봤지만 아무래도 신은 날 좋아하지 않는 듯했다. 이번에도 날 무참히 떼어내 버리는 신이었다. 앞집 총각은 아주 멋진 폼으로 내 새 운동화를 집어 던져 정희의 뒤통수를 명중시켜 버렸다. =＿＿=

　퍽—!!

　"꺅!! 누구야!! 꺄악!! 뭐야! 뭐야!!"

　"야, 이 기집애야!! 누구더러 끼리끼리라는 거야!! 한 번만 더 내 눈에 띄면 죽을 줄 알아!! 오늘은 신발로 끝났지? 너 뒤통수 조심해라!!"

　나란 인간하고 똑같이 취급되는 게 정말 싫었던 모양이구나. 씁쓸함을 감출 길이 없군. 정희는 운동화에 뒤통수를 맞았단 사실이 많이 쪽팔렸던지 신발을 던진 사람은 앞집 총각인데 되려 날 심하게 째려러니 빠른 걸음으로 그 자리를 떠버렸다. 그렇게 두 달 만에 처음 본 현석 오빠는 정희와 함께 내 시야에서 사라졌다. 그리고 센과 치히로의 행방불명이라도 되는 양 내 새 운동화는 어두운 골목길에서 그대로 행방불명이 되어버렸다. 산 지 이틀밖에 지나지 않은 엄마를 졸라 아주 큰맘먹고 장만한 운동화였는데. ㅠ_ㅠ

　운동화 한 짝을 멋지게 날려 버린 앞집 총각의 오른발은 맨발이 되었고 비가 내리고 난 후라 땅이 아주 질퍽질퍽할 텐데도 아무렇지 않게 그렇게 걷고 있었다. 이제는 더 더욱 총각 옆에 다가가고 싶지 않앉다. 상하로 여고 체육복을 착용한 것도 모자라 신발마저 달랑 한 짝만 신고 걸어가는 저 남자와 같이 걸어봤자 나에게 득될 게 없다란 상황 판단을 마치고 슬금슬금 뒷걸음쳐 앞집 총각과 약간의 거리감을 유지한 채 모르는 사람인 양 뒤따라 걸었다.

한참을 말없이 걷는가 싶더니 음산한 골목길을 빠져나올 때쯤 돌연 가던 걸음을 멈추고 뒤돌아서 날 바라봐 준다.

"야!!"

화들짝—

"왜 소린 질러요? =_= 왜요?"

"나 멋있었냐?"

무엇이 멋있었단 걸까. 아니, 비록 정희와 유치한 말싸움이었지만 내편이 되어 날 거들어준 그때까지만 해도 조금은 고맙고, 또 조금 멋.있.었.다. 적어도 내 새 운동화를 정희 뒤통수에 명중시켜 행방불명시키기 전.까.진. 말이다. 떨떠름한 표정으로 일단은 살며시 끄덕여 줬다.

"그래? 아, 그렇단 말이네. 내가 멋있었단 말이네. 그럼 말야."

또 말끝을 흐리며 뭔가를 갈망하는 듯한 표정을 짓는 앞집 총각. =__=

"또, 또 왜 그러는 건데요?"

"한쪽 발이 맨발이라 더럽게 찜찜하거든. 니가 신고 있는 신발 내가 신으면 안 되겠냐?"

이럴 줄 알았어, 이럴 줄 알았어.

"씨이! 그, 그럼 난 어쩌라구요?"
"내가 업고 갈 테니까 신발 나한테 넘겨!"
난 필사적으로 고개를 흔들었다.
"시, 싫어요!! 왜, 왜 내가 업혀야 돼요?"
"좋으면서 내숭 떨기는. 야, 빨리 그 쓰레빠나 벗어!!"
"싫다니까, 이 사람이 왜… 아, 싫어요!!"
이 사람은 항상 이런 식이구나.
"아씨, 너 몇 킬로야!! 짜증나게 무겁네."
싫다고 극구 사양하는 사람에게 은근히 도와주는 척 다가와서는 뒤늦게 이게 아니다 싶으니까 화를 내는 이런 식이다.
"그, 그래서 싫다고 그랬잖아요, 내가."
"아. 시끄러. 조용히 해. 말 시키지 마. 말할 힘도 없어."
자기 무덤 자기가 파놓고는 왜 나한테 신경질인지.
이유야 어찌 됐든 처음으로 업혀본 남자의 등짝이었다. 앞집 남자의 널찍한 등짝과 단단한 어깨가 너무 듬직해 보여 나도 모르게 이 남자의 등에다 얼굴을 파묻고 눈을 감아버렸다. 이래서 여자는 항상 남자에게 기대고 싶은 걸까. 감은 두 눈에서 눈물이 흘러내렸다. 석이 오빠…….
"무슨 일인데? 더 이상 나랑 볼일없지 않냐?"
"누구야?"
"왜? 알 필요 없잖아."
"알잖아. 내 맘 잘 알고 있잖아!! 이러지 마. 내가 미안해."

시끄럽다. 누가 싸우는 건가? 어느새 총각의 등짝에서 잠이 들어버린 것 같다. 아직까지 날 업고 있네? 어? 집 앞이네.

눈을 뜨자 내 눈에 웬 여자 하나가 보인다.

"저, 저기 나 좀 내려주세요."

갑작스런 내 목소리에 조금 놀랐는지 고개를 돌려 날 쳐다보더니 아무 말 없이 내려주는 앞집 총각. 그리고 곱지 않은 눈길로 날 노려보는 이름 모를 여인네. 중요한 건 어제 봤던 그 도발적인 여성은 아니라는 거다. 도발적인 면과는 거리가 먼 아주 청순하게 생긴 여인네였다. 여복이 터지셨네요, 이웃 사촌 씨. 괜스레 두 사람의 눈치를 살피다가 낄 자리가 아니란 걸 깨닫고 슬그머니 뒤로 빠져 집으로 올라가는 계단으로 향했다

"야!! 어디 가!"

움찔. 가긴 어딜 가겠는가? 내 집에 가는 거지. =__=

"지, 집에 가야지요."

"왜 혼자 가!! 기다려. 같이 가자."

"야! 서지훈!! 나 끝까지 이렇게 비참하게 만들 거야? 핸드폰까지 꺼버리고. 네 애인이라고 전화받던 여자가 혹시 쟤야?"

움찔. 이를 어쩌나? 이 여자가 미란이라는 여자구나. 꼭 장난 전화하다 들킨 찜찜한 기분이다.

"하, 씨발. 끝까지 비참하게 만든 게 누구였는데!! 안 가?! 이제 내 눈앞에 나타나지 말라고!!"

"지훈아."

"가. 놔줄 테니까 가라고!! 다신 나 찾아오지 마. 너하고 나, 다 끝났으니까!"

화 많이 났구나. 앞집 총각이 금방이라도 울음을 터뜨릴 것 같은 표정으로 화를 내고 있다. 억지로 울음을 참고 있는 표정이 매우 슬프게 보인다.

난들 여기에 서서 어쩌란 말인가? 이러지도 저러지도 못하고 앞집 총각과 미란이라는 여자만 번갈아 쳐다볼 뿐이다.

"열쇠 주려고 온 거야. 우리 집 소파 위에 열쇠 떨어뜨리고 갔길래."

"……."

"안 받을 거야? 어떡해? 나 정말 사라져 줘?"

"늘 네 멋대로지?"

앞집 총각 열쇠 찾았구나. 그것도 미란이라는 여자네 집 소파 위에서 말야. 이제 열쇠도 찾았으니 밖에서 얼어 죽을 일 없이 자기 집에 들어가서 자면 되는 거다. 또 나만 새 된 건가란 생각에 괜히 무안해지기 시작했다. 이쯤에서 빠져 주는 게 좋을 듯했기에,

"저, 저기 나 그만 올라갈게요."

애써 가식적인 미소를 지어 보이고는 서둘러 계단을 향해 뛰었다. 총각은 날 붙잡지도 않았으며 잘 들어가란 말도 하지 않았다. 사실 가지 말라며 붙잡길 내심 기대했었는지도 모르겠다. 하지만 총각은 그렇게 아무 말 없이 날 떠나보냈다.

3층까지 쉬지 않고 뛰어올라 왔더니 다리가 후들거리며 떨려온다.

아무래도 운동 부족이지 않나 싶다. 고작 3층까지 뛰어왔다고 이렇게 헐떡거리며 맥을 못 추리니 말이다. 현관문을 열고 집에 들어오는 순간 나도 모르게 긴장이 풀려서 그대로 현관에 주저앉아 버렸다. 하루 동안 너무 많은 일들이 감당할 수 없을 만큼 한꺼번에 일어나서인지 모든 일들이 다 꿈만 같다. 내가 지금 꿈을 꾸고 있는 것 같다. 고작 새벽 2시를 조금 넘긴 시간, 나에겐 아직 초저녁이나 다름없는 시간인데도 오늘따라 참으로 피곤했다. 앞집 총각이랑 미란이라는 여자는 어떻게 됐을까? 별로 친한 사이도 아니니까 나랑 상관없는 일인가? 그리고 석이 오빠는 정희를 얼마만큼 좋아하고 있는 걸까? 지금이 정말 포기해야 할 땐가?

그렇게 잠이 들었나 보다. 앞집 총각과 현석 오빠에 관한 이런저런 생각을 하면서 말이다. 헤어진 지 몇 달이 지나도 떠나지 않고 내 머리 속을 지배하고 있던 현석 오빠의 자리에 만난 지 하루밖에 지나지 않은 앞집 남자가 조금씩 그 자리를 넘어오려 하고 있다. 하지만 난 그 사실을 인정하지 않을 것이다. 이제는 새로운 사람을 만나 사랑하게 되는 게 두렵다. 또다시 이런 아픔을 겪게 될까 겁이 난다. 그래서 더 더욱 인정하고 싶지도 않을 뿐더러 인정하지도 않을 것이다.

주인니임~ 전화 왔어요오~

"으음, 벨소리 짜증나."

그렇죠? 그렇겠죠. 이렇게 이른 아침에 전화하실 분이 그분밖에 없죠.

"아침부터 왜에?"

　　[이년!! 못 일어나? 해가 중천에 떴어!!]
　　"엄마! 차라리 내 이름을 지민이 말고 이년이라 짓지 그랬어? 박이년, 듣기 좋네."
　　[시끄럽다!! 그보다 엄마가 너하고 할 얘기 있으니까 오늘 집에 들러!! 뛸 생각 했다간 봐!!]
　　"난 잘못없어. 어제 그 남자 진짜 오해야, 엄마."
　　[사기꾼 말을 믿을지언정 니 말은 못 믿어!!]
　　탁—
　　엄마가 이렇게까지 날 못미더워할 줄은 미처 몰랐는걸. 사기꾼이랑 비교를 하다니 말이야.
　　"으아! 오랜만에 인간답게 일어났어. 박지민, 얼마만이우?"
　　일찍 일어난 기념으로 영화의 한 장면을 떠올리며 베란다 창문을 활짝 열어젖혔다. 어젠 난데없이 비가 쏟아지더니 비 온 뒤의 날씨라 그런지 춥다. 얼른 베란다 창문을 닫고 내 체온으로 따뜻하게 데워놓은 침대 이불 속으로 기어들어 갔다. 아침 8시 30분. 적응하기 어렵다. 시계는 분명 오후 8시가 아닌 오전 8시를 가리키고 있었다. 핸드폰 플립만 열었다 닫았다를 30여 분간 반복하며 침대에서 데굴데굴 굴러다니다 슬그머니 침대에서 일어나 욕실로 향했다. 욕실 문을 열자 욕조 앞에 앞집 총각의 비에 젖은 옷과 가방이 그대로 있다. 순간 지난밤에 있었던 일들이 머리에 떠올라 온몸에 닭살이 돋았다. =__=
　　"빨아서 갖다 줘야 되나? 세탁기도 없고 귀찮은데……."

욕조에 벗어놓은 총각의 옷가지를 하나하나 끄집어냈다. 검은색 털 달린 점퍼, 청바지, 목도리, 검은색 계열의 어깨에 메는 작은 크로스 백, 그리고 세련된 파란 사각 팬티까지. 앞집 총각의 대책없는 당돌함이 날 아주 소심하게 만들어 버린다. 지금 빨래를 한다 한들 오늘 안에 마르긴 힘들 것 같으니까 빨래는 어쩔 수 없지만, 호주머니에 들어 있는 핸드폰이랑 가방은 지금 갖다 줘야 되지 않나? 외출하게 되면 들고 나가야 하는 것들이니까.

호주머니에 들어 있던 배터리가 분리된 핸드폰과 가방을 집어 들고 욕실에서 걸어나왔다. 참, 세수하는 걸 깜빡했군. 다시 욕실로 들어가 낯짝도 씻고, 머리 끄댕이를 당겨가며 빗질도 하고, 파자마도 갈아입었다. 음, 이제 좀 사람답구나.

앞집 총각의 핸드폰과 가방을 손에 들고 집에서 걸어나와 네 발자국 앞에 있는 총각네 집으로 향했다. 그리곤 301호라는 숫자가 박혀 있는 현관문 앞에서 한참을 서성이다 드디어 굳은 결심을 하고 조심스레 벨을 눌렀다.

띠—

벨소리 한번 참 단순하다. 이사 오고 난 뒤 처음 들어보는 벨소린데 맑고 고운 벨소리가 아니라 실망이 이만저만이 아니다.

덜컥—

문이 열린다. 왜 이렇게 심장이 뛰는 걸까? 앞집 남자한테 뭐라고 말을 하지? 왜 물건을 흘리고 다니냐며 면박을 주면 무안해할까? 어쩌지? 어쩌… 어?

"아침부터 무슨 일이에요?"

문이 열리고 내 눈에 보인 사람은 앞집 총각이 아니라 어제 총각을 찾아왔던 미란이라는 여자였다. 야시시한 속옷을 몸에 걸치고 있는 이 여자는 내 얼굴을 보더니 순식간에 아침부터 기분 팍 상했다라는 표정으로 돌변한다. 그리고 몹시 딱딱한 말투로 내게 말을 건넸다.

"뭐냐? 니가 아침부터 뭐 하러 여길 찾아오냐?"

자기 얼굴에 어울리는 말투로 말을 건네줬더라면 조금은 덜 부담스러웠을 것을. 그렇게 청순한 얼굴을 하고 있으면서 말투랑 목소리는… 정말 솔직히 내 의견을 말하자면, 도통 재수가 없다. =_= 근데 왜 이 여자가 보일 듯 말 듯 야시시한 속옷을 입고 현관문을 여는 걸까? 뭐, 어제도 앞집 총각은 여자랑 같이 집에서 나왔으니 새삼스레 궁금해할 필요가 없다고 생각하려 노력했다.

"저 그냥 앞집 사는 사람인데 이거 저희 집에 두고 가셨거든요. 돌려주려고……."

이 여자, 내가 들고 있는 가방과 핸드폰을 힐끔 쳐다보더니 갑자기 버럭버럭 신경질을 낸다.

"지훈이 물건이 왜 니네 집에 있는 건데?! 야, 이년아, 너 뭐야!! 설마 진짜 지훈이 애인이라도 되는 거야?"

욕조 위에 사각 팬티도 벗어놓고 갔는걸요라는 말을 했다간 내 목숨이 날아갈지도 모를 것 같다는 두려움에 그냥 입을 꾹 다물었다. =_=

"애인 아니에요. 애인은 제가 아니라 그쪽이겠죠."

"알긴 아는구나. 너 앞으로 조심해!!"

"불조심은 항상 하고 있어요."

"이게 장난하나! 너 내가 우스워?"

내가 언제 우습다고 그랬었나? 내 나름대로 진지하게 내뱉은 말이었을 뿐이다.

"뭐야? 누구 왔어?"

화들짝! 앞집 총각 집에 있었구나.

"아, 아니야. 아무것도 아냐!"

"미란이 누나, 거기 앞집에 있는 요구르트 하나만 갖다 줘!"

"어? 어, 알았어."

상습범. 어쩜 저렇게 남의 집 요구르트를 자기 돈 내고 먹는 것처럼 당연하게 가져오라고 말할 수 있는 걸까? 앞집 총각을 요구르트 도둑이라고 말하기 이전에 그 뻔뻔함과 대범함에 다시 한 번 존경을 표하는 바이다. 앞집 총각, 참 존경스러운 놈이다. 그리고 방금 미란이 누나라고 그랬던 것 같다. 연상의 누님을 애인으로 둔 앞집 총각이구나. 능력도 좋으셔라. 미란이 언니는 내 어깨를 밀치고 속옷 차림으로 걸어나와서는 우리 집 앞에 다소곳이 놓여 있는 요구르트 두 개 중에서 하나를 집어 들었다. 그리고 내게 혀를 쏙 내밀어 보이고는 후다닥 집으로 들어가 현관문을 닫아버렸.

쾅—!!

눈앞에서 요구르트 도둑을 놓친 꼴이 되어버렸다. 그래도 하나만 가져오라고 말한 앞집 총각에게 조금은 고마워하고 있는 나. 나 정말

 등신일까? 어제 그렇게 화낼 때는 언제고 다정하게 집에까지 데려오셨네. 저 남자에게 있어서 집에 여자를 들인다는 건 아무렇지도 않은 일인가 보다. 총각이 아닌 미란이라는 여자가 총각의 집에서 나왔을 때 애써 담담한 표정으로 일관하고 있었지만 사실 혼자 사는 남자 집에 애인이라고 하더라도 저렇게 여자가 함께 있는 모습, 나에겐 참 낯선 일들이다.
 "나랑 상관없는 일인가?"
 긁적… 아무도 없는 문 앞에 서서 혼잣말을 중얼거려 본다.

 "누구야!! 똑바로 말 못해?!"
 "엄마, 그건 오해라니까!! 제발 내 말을 믿어줘!!"
 "무슨 근거로 네 말을 믿어!!"
 "앞집 사는, 아니, 그냥 술에 취한 사람이 집 앞에 널브러져 있었단 말이야!"
 엄마에게 어제 그 엄한 말을 지껄였던 사람은 행실이 좋지 아니한 앞집 총각이었다고 말해 버린다면 오늘부로 독립 생활 접고 개 끌듯 집으로 끌고 올 엄마다. 우리 앞집에는 신혼부부가 살고 있다는 거짓부렁을 해버렸기 때문에 앞집에 남자가 혼자 살고 있다는 소리를 들으면 파리채를 들고 길길이 날뛸 게 눈에 선하다.
 "엄마가 너 계속 볼 거야!! 엄한 짓 하려다간 봐!!"
 무슨 엄한 짓을 말하는 건가요, 어머니?
 "알았어."

"그리고 언제까지 그렇게 빈둥거릴 거야!!"

"몰라."

"공부도 안 되고 도대체 네가 잘하는 건, 아니… 그래, 네가 하고 싶은 건 뭐냐?"

내가 하고 싶은 거라… 그러고 보니 그런 것도 없다. 난 왜 태어났을까? 어렸을 땐 하고 싶은 것도, 되고 싶은 것도 많았는데 막상 이렇게 커보니 현실의 벽은 높았다. 어렸을 때가 좋은 거야. 대통령이 되고 싶단 당돌한 말을 해도 참 똑똑하고 똘망한 녀석이라며 다들 좋아해 주니 말이다. 크고 난 뒤에 내 꿈이 대통령이라고 말하면 모두들 혀를 찬다. 저런 정신 나간 놈이 있나? 철이 덜 들었네라고…….

"박지민!! 엄마 말 듣고 있어? 너 어렸을 때 엄마랑 아빠 잠시 별거 했을 때 일본에 있는 이모 집에서 살았었지?"

왜 아픈 과거를 다시 끄집어내고 그러시나요?

"그런데?"

"일본어는 좀 하는 거야?"

"기억날 턱이 없잖아. 초등학교 5학년 때, 그것도 잠시 1년 살다 왔는데."

"그걸 왜 기억 못해!! 뭐 하나 제대로 하는 게 없어, 증말."

"기억이 안 나는데 어떡하라고!! 왜 화를 내?"

"내일 학원 등록하고 다시 기억나도록 해!!"

"뭐, 뭘 또 기억나게 해? 왜 그러는 건데!!"

"옆집 정희 엄마가 너 대학 떨어진 거 가지고 이 엄마를 어찌나 무

시하고 닦달을 해대던지……. 그래서 내가 우리 딸은 비.록. 대학은 떨어졌어도 일본어 하나는 기가 막히게 잘한다고 거짓말했다. 어쩔래?!"

왜 비.록.이란 말을 강조하시는 걸까? 나와 엄마가 정희네 집구석 때문에 받는 스트레스는 정말 상상을 초월한다. 저 집구석의 손아귀에서 벗어나고 싶다. 남의 집안일에 왜 그리 관심이 많은지.

"엄마."

"왜, 이년아?"

"걱정 마. 내가 한 달 안에 일본어 마스터할게."

어느덧 내 손에는 일본어 학원에 등록할 수강비가 꼭 쥐어져 있다. 정희. 정희. 양정희! 두 주먹을 꼬옥 쥔 채 오랜만에 지영이의 얼굴이나 볼까 해서 우리 집에서 5분 거리에 있는 지영이네 집으로 향했다.

짹짹짹짹—

벨소리가 요란도 하지.

"음… 누구야?"

우리 친구 자고 있었구먼.

"나."

"미친… 새삼스럽게 벨은 왜 누르냐!! 우리 집 24시간 오픈이잖아. 겨들어 와."

괜히 새삼스러운 짓이 하고 싶었을 뿐이다.

"아씨, 아으… 그래서 그걸 그냥 냅뒀어?"

"그럼 내가 어쩌냐? 나도 기가 막혀서 눈물밖에 안 나오더라."

"아유, 그년이! 정희 년이 또 뺏은 거 맞네!! 정희도 정희지만 장현석 그놈은 뭐냐?! 내 그년놈들을 그냥 확!!"

"그러게."

"나쁜 것들. 근데 앞집 총각은 잘생겼냐? 어?"

어제 있었던 일을 지영이에게 고자질하는 나. 친구는 이래서 좋은 거다.

끄덕끄덕.

"진짜? 진짜? 누구 닮았어, 어? 연예인 누구 닮았냐고!!"

또 발광을 하기 시작한다.

"애인 있더라."

"요즘에 골키퍼 있다고 골 안 들어가냐?!"

"그렇지. 근데 그 골키퍼가 너무 이뻐서 탈이지."

"이뿌냐? 얼굴 봤냐?"

"어. 끝장나. 진짜 이뻐. 얼굴은 청순형인데 하는 짓은… 말자."

"이래서 쌍판떼기 잘난 것들은. 아참, 깜빡했다. 이제 생각났어!!"

"뭐가?"

"내 폰 번호는 어떻게 알았는지 정희 년한테 전화 왔었어. 나한테 너 이사한 원룸이 어디냐고 물어보더라? 그리고 집들이 안 하냐고."

"그걸 왜 이제야 얘기하냐?! 집들이 같은 거 없다고 그래!!"

"잠결에 받아서 꿈꾸는 건가 싶어 다 불어버렸는데?"

"젠장, 정희 꼴 보기도 싫어!!"

이틀 뒤에 고등학교 때 친구들이나 불러 조촐하게 집들이를 열 계

획이었는데, 정희 기집애가 거기까지 찾아오시겠단다. 이를 어쩐다? 밀려오는 짜증을 억제할 수가 없다. 괜히 죄없는 지영이에게 오만 신경질을 다 내고 다시 원룸으로 발걸음을 돌렸다.

터덜터덜 계단을 올라가 집에 다다랐을 때쯤 우리 집 문 앞에 누가 담배를 피우며 기대앉아 있는 모습이 보인다. 내가 걸어 올라오는 발소리를 들었는지 고개를 들어 날 쳐다본다. 앞집 총각이시다.

"아침부터 어딜 그렇게 싸돌아다니냐?"

오늘은 웬일로 까만 정장을 폼나게 차려입으셨다. 학교 체육복을 입고 있던 어제의 후줄근한 앞집 총각이 아니었다. 그 멋진 자태에 잠시 가슴이 두근거렸다.

"잘 입었다. 자, 이거 체육복."

그리고는 체육복이 들어 있는 종이 가방을 내게 내밀었다.

"나, 나는 아직 그쪽 옷 빨래 못했는데……."

"빨아서 갖다 주려고 그랬냐? 너 보기보다 착하다. 크큭!"

보기보단이라는 말이 내 신경을 살짝 건드린다. 총각의 말을 곱게 씹어주고 집에 들어가기 위해 문 앞으로 다가갔다. 그런데 이 앞집 총각이 문 앞에 떡하니 기대서서는 비켜줄 생각을 않고 있다.

"저기, 비켜요, 집에 들어가게."

"나는 저기가 아니라 지훈이거든."

"어쨌든 비켜주세요."

"지훈이 오빠 비켜주세요~ 해봐. 그럼 비켜줄게. 크큭!"

앞집 총각은 봤을까? 순간 내 미간이 꿈틀거렸다는 사실을 말이다.

덜컥—

난데없이 301호 문이 열린다. 어라? 하아… 앞집 총각은 나와 있는데 아직 안 갔나 보구나.

"뭐야? 둘이 뭐 해?"

고개를 돌리자 날 심하게 쏘아보고 있는 미란 언니가 눈에 들어온다. 왜 그 순간 화가 났던 걸까?

"비키라고 그랬잖아요!!"

괜히 신경질을 내며 앞집 총각을 옆으로 밀어내고 집에 들어와 버렸다. 그냥 이유없이 짜증이 났다. 문밖에서 미란이라는 여자가 투덜거리는 소리가 들려온다. 그리고 계단을 내려가는 둘의 발소리가 들리지 않을 때까지 현관문 앞에 기대서 앞집 남자가 주고 간 종이 가방만 물끄러미 쳐다봤다.

앞집 총각이 내게 건네준 종이 가방 안에서 체육복을 끄집어냈다. 체육복이 세탁소 비닐에 곱게 싸여져 있는 걸 보면 이 사람, 아무래도 초라하고 볼품없는 내 체육복을 세탁소에서 드라이 크리닝까지 맡겼나 보다. 옛말에 가는 것이 있으면 오는 것도 있어야 한다고 하지 않았던가. 총각 쪽에서 이런 식으로 나온다면 나도 총각의 옷을 세탁소에 맡겨서 드라이 크리닝해 줘야 된다는 말인가? 그렇지만 옷이 꽤 많던걸? 백수 주제에 돈이 어디서 나서 그 많은 옷을 세탁소에 맡기겠는가? 그중에서 제일 비싸 보이는 까만 점퍼 하나만 세탁소에 맡기고 나머지는 내 손으로 빨아보리라. 스스로 합의를 본 뒤 욕실로 향했다. 근데 내가 왜 앞집 총각의 옷을 빨아줘야 되는 걸까? 집주인

허락 없이 당돌하게 샤워를 한 사람도 총각이요, 샤워를 한다는 명분으로 옷을 벗어젖힌 사람도 총각이요, 열쇠를 찾았다고 해서 자기 옷은 나 몰라라 하고 자기 집으로 돌아간 사람도 앞집 총각인데 말이다. 하지만 군소리없이 욕실에 퍼질러 앉아 옷을 빨기 시작했다. 난 보기보단 착한 애니까.

우드득―

허리가 부러질 것 같다. 앞집 총각이 벗어젖힌 그 많은 옷을 기적적으로 다 빨아서 베란다에 널고 있는 중이다. 파란색 세련미 넘치는 사각 팬티까지 널고 난 뒤 허리를 부여잡고 그대로 침대에 쓰러져 버렸다. 엄마, 존경하우. ㅠ_ㅠ

딩동딩동―

벼르고 벼르던 벨소리를 드디어 바꿨다. 음, 여간 맑고 고운 소리가 아닐 수 없구나. 좋아! 그리고 액정에 철천지웬수라는 발신자가 뜬다.

"아침부터 왜?"

[쩝. 조금은 모른 척 시침 떼고 여보세요라고 지껄이면 어디가 덧나냐?]

"발신자에 베스트 프랜드라고 찍혀서 나오는데 새삼스럽게 여보세요를 왜 하겠느냐? 하하."

[거짓말 마, 이년아!! 저번에 너 핸드폰 벨소리 바꿀 때 내 발신자 웬수로 저장돼 있던 거 다 봤으니까!!]

"그, 그래? 근데 무슨 일인데?"

[심심해서. 넌 뭐 하는데?]

"지영아, 나도 백수거든? 내일 일어 학원 수강 신청해야 돼."

[으하, 수고하렴. 너 내일 집들이 준비해야 되잖아~ 그러니까 맛난 거 사러 갈 때 나랑 같이 가자고.]

"집들이? 참, 그것도 깜빡할 뻔했다. 근데 정희 진짜 오는 거래?"

[글쎄다. 그렇게 불안하면 문 앞에 정희 출입 금지라고 써붙이던가.]

"끊는다. 우리 다시 연락하지 말자."

탁—

하아, 양정희, 집들이하는 곳까지 찾아올 정도로 우리가 그렇게 친한 사이였던가? 또 무슨 일로 사람 염장을 지르려고. 그나저나 오늘은 또 뭘 하면서 시간을 때우나? 남들이 듣기에는 한심하기 그지없는 고민이겠지만 나에게 있어서는 참 심각한 고민이 아닐 수 없다. 점점 나라는 인간의 정체성을 잃어가는 중이다. 흠, 집들이도 있고 하니 오늘 하루는 청소를 해보련다. 정희에게 책잡힐 것을 만들지 않으려고 악을 쓰며 집 안 구석구석을 미친 듯이 청소했다.

백수의 하루가 늘 그렇듯 어느덧 해는 뉘엿뉘엿 저물어갔고 베란다에 널어놓은 앞집 총각의 옷도 뽀송뽀송하게 말라 있었다. 청소한 티가 너무 역력한 나머지 어찌 보면 깨끗함의 정도를 넘어 서버린 비정상적인 집 안을 혼자 흐뭇하게 바라보다가 베란다에 널어놨던 앞집 총각의 옷을 걷었다. 그리고 낮에 맡겼던 총각의 점퍼를 찾아오기

위해 집 앞 세탁소로 향했다.

"아저씨, 박지민이라고 맡긴 옷 찾으러 왔는데요."

"그래, 어디 보자. 여기 있구먼. 허허."

"아, 네. 수고하셨어요."

"근데 학생은 처음 보는 얼굴인디? 이사 왔나 보구먼?"

"아, 예. 얼마 전에 저기 앞 대현 원룸에 살아요."

"보자. 대현이면 지훈이 학생 사는 곳이구먼."

"자, 잘 아시는 사람인가 봐요?"

대단도 하시지. 이사 온 지 일주일밖에 안 됐다고 하더니 무슨 짓을 하고 돌아다녔길래 세탁소 아저씨까지 앞집 총각을 알고 있는 걸까.

"아다마다. 매일 출근하다시피 해서 옷을 맡기니까. 허허. 중요한 건 올 때마다 이쁜 색시를 하나씩 달고 온다는 거야. 복 터진 학생이지. 올 때마다 색시들이 달라."

"아, 네."

"오늘 아침에는 대뜸 체육복 하나를 맡기더니 30분 안에 해달라면서 어찌나 닦달을 해대던지. 그 학생이 성격은 좀 뭐 같아도 인물은 참 훤하드만."

뭐 같다라… 뭘까? 세탁소 아저씨는 총각의 그 뭐 같은 성격을 솔직히 뭐라고 표현하고 싶었던 걸까? 혹시 멍멍이를 한 단어로 줄인 말은 아닐까?

"아, 예. 그럼 가볼게요."

"허허. 그래, 학생 자주 와."

"아, 예."

예의 그 가식적인 웃음으로 세탁소 아저씨의 인사에 화답하고 비닐에 싸여진 총각의 옷을 품에 안고 세탁소를 빠져나왔다. 앞집 총각의 평판이 썩 좋은 것 같지는 않다. 나온 김에 편의점에 들러서 저녁 반찬거리나 살까? 으음, 편의점이라. 오늘 새벽 알바 총각 앞에서 그런 개망신을 당했는데… 됐다. 차라리 굶는 게 낫겠어. 그렇게 배고픔에 허덕이는 뱃가죽을 부여잡고 편의점으로 향하던 발길을 집으로 돌려야만 했다.

빠아앙—!!

화들짝! 잘빠진 검은색 스포츠카 하나가 매우 신경질적으로 클랙슨을 울려대더니 쌩 하니 내 옆을 스쳐 지나간다.

촤아악—!!

덕분에 난 어젯밤 내린 비로 바닥에 고여 있던 빗물을 온몸으로 막아내야만 했다.

"주, 죽일 놈."

그 차는 내가 번호를 확인할 틈도 없이 순식간에 시야에서 사라져 버렸고, 다행히 비닐에 싸여져 있던 총각의 옷은 타격을 많이 받지 않았다. 하지만 난 타격이 참 크다. ㅠ_ㅠ 이 근처는 주택가니까 여기까지 차를 몰고 온 걸 보면 분명 차주는 이 근처에 살고 있는 놈일 거라 추정된다. 내 손에 잡히는 날에 너의 그 쌔근한 스포츠카를 대못으로 멋들어지게 그어주리라 다짐하며 가던 길을 재촉했다.

　오늘도 여전히 음산한 골목길의 가로등은 반짝반짝 작은 별마냥 켜졌다 꺼졌다를 밥먹듯이 반복해 댄다. 혹시 오늘 새벽에 총각이 던져 행방불명된 내 새 운동화가 여기 어딘가에 있지 않을까란 소심한 생각에 이쪽저쪽을 기웃거려 봤지만 애석하게도 내 새 운동화는 이미 자취를 감춘 지 오래였다.

　허탈한 마음을 품고 원룸 입구에 다다랐을 때쯤 하하! 이게 웬걸, 9시도 안 된 이렇게 이른 시간에 총각이 원룸의 계단 입구 우편함에 기대서서는 웬 여자랑 키스에 열중하고 계신다. 지나가는 사람들이 보기라도 하면 어쩌시려고? 그보다 난 어쩌지? 마치 아무것도 못 봤다는 듯 시치미를 떼고 자리를 피해줘야 되는 건가? 아니, 조금 더 구경해도 괜찮지 않을까?

　이런저런 생각을 핑계로 시간을 끌고 있는데 키스에 열중하고 있던 총각이 갑자기 눈을 떠버리는 바람에 본의 아니게 눈을 마주쳐야만 했다. 일났네. 과연 이 상황에서는 구경하다가 들킨 내가 쪽팔려 해야 하는 걸까, 엄한 짓을 하다가 나에게 발각된 총각이 쪽팔려 해야 하는 걸까? 우물쭈물거리는 날 잠시 빤히 쳐다보는가 싶더니 다시 눈을 감고 아무 일도 없단 듯 키스에 몰두하는 총각이었다. 지금 저 행동 상당히 거슬린다. 날 사람 취급도 안 하겠다라는 식의 되먹지 못한 행동이 아니겠는가? 보통 사람이라면 키스를 하다가 지나가는 사람에게 들켰다면 화들짝 놀라는 척하면서 아쉬움을 뒤로 감추고 떨어지는 게 정상 아닐까? 앞집 총각에게 들켜 버려 이제 와 자리를 비켜주기도 뭐하고 이번에도 정말 어쩔 수 없이 그 상황을 계속 지켜볼 수밖에 없었다.

2분 정도 지났을까? 드디어 서로의 몸에서 떨어지는 앞집 총각과 또 다른 뉴 페이스의 여자. 어찌나 능력이 좋으시던지.

"오늘 재밌었어. 아프지 말고 꼭 전화해 줘!! 알았지?"

"감기 옮는다니까."

"내가 대신 아파주고 싶다."

정말 더 듣고 있다가는 몸속에 있는 이물질들이 입으로 쏟아져 나올 것만 같았다. 사람들이 흔히 이런 증상을 이렇게 표현하곤 한다. 쏠.린.다.라고.

"나 갈게. 약 먹고 쉬어. 안녕."

"어. 누나, 잘 가."

미란이 언니는 어디다 팔아먹었어, 총각? 나갈 때 여자 다르고 들어올 때 여자가 다르다. 뭐 하는 사람일까? 서, 설마 말로만 듣던 호, 호스트? 그렇게 색시를 떠나보내고 홀로 집 앞에 남겨진 앞집 총각은 세탁소 비닐을 품에 안고 있는 내게로 눈길을 돌렸다.

까딱까딱—

왼손을 들어 날 가리키는가 싶더니 참 시건방진 포즈로 손가락을 까딱인다. 어떡하긴 뭘 어떡하겠는가? 일 초의 망설임도 없이 앞집 총각 앞으로 냅따 뛰어갔다.

"너!"

"왜, 왜요?"

"다 봤냐?"

끄덕끄덕.

내 입으로 다 봤습니다라고 말하기도 뭐해서 그냥 고개만 끄덕여 줬다.

"변태. 남 나쁜 짓 하는 거 훔쳐보는 게 취미냐?"

"그, 그게 아니라 남들 지나다니는 이런 곳에서 그런 짓을 하는 그쪽이 잘못된 거죠. 근데 잘 알지도 못하는 사람한테 왜 맨날 변태라 그래요?"

"넌 꽤 상습적으로 훔쳐보니까."

저 말은 무슨 뜻일까? 상습적이라 함은 앞집 총각이 내 요구르트를 버릇처럼 훔쳐 먹을 그런 때나 쓰는 말인데.

"너 이번이 두 번째거든? 요 앞전에도 문틈으로 몰래 훔쳐봤잖아!!"

이사 온 첫날밤 계단에서 키스하고 있던 총각을 본 그날을 말하나 보다. 그날도 나 딱 걸린 거였었군.

"그게 일부러 보려고 그런 게 아니라 그… 이상한 소리가 나서 그게……."

"너 말야."

거만하게 벽에 기대서서 날 조롱하던 앞집 총각이 몸을 일으켜 세우더니 매우 진지한 표정을 지은 채 내 얼굴을 향해 다가왔다.

"뭐, 뭐예요? 얼굴 치워요."

총각의 코끝과 내 코끝이 닿을 듯 말 듯한 아슬아슬한 거리에 있다. 검은 정장 바지 주머니에 손을 찔러 넣은 채 내 코앞에 얼굴을 들이밀고 있는 앞집 총각. 그 표정이 너무도 진지해서, 그 얼굴이 너무도 눈부셔서 숨이 막혀온다.

"너 말야."

"내, 내가 뭘요?"

"혹시 말야."

"뭐, 뭐가요?"

"욕구 불만이야?"

욕구불만이라니! 앞집 총각을 만나 정말 별의별 소리를 다 듣는 것 같다. 아줌마, 변태, 욕구 불만. 다른 사람들 눈에 비친 내 모습이 정말 저러하다면 여기서 목숨을 살짝 끊어보는 것도 내 인생을 위해서 좋은 길이지 싶다.

"그, 그런 거 아니에요!!"

"아냐? 그짓말하고 있네. 니 얼굴에 써 있네 뭐."

순진한 난 총각의 말을 곧이곧대로 믿고 또다시 얼굴을 쓱쓱 문질러 봤다.

"뭐가 써 있어요, 써 있기는."

"나랑 키스하고 싶다고 네 얼굴에 써 있는데?"

그 말과 함께 정말 키스를 하려는 심산인지 스르륵 눈을 감고 고개를 살짝 비틀더니 지금의 이 아슬아슬한 거리를 조금씩 더 좁혀오는 앞집 총각이었다. 뿌리쳐? 아니, 이건 아닌데, 진짜 이건 아닌데. 조금 전까지 다른 여자랑 키스했던 주제에…….

팍—!!

털썩—!!

"뭐, 뭐예요? 장난치지 마요!"

"아야, 아프다. 힘만 키웠냐?! 아씨!"

정말 내 힘이 너무 셌던 걸까? 살짝 밀친 건데 바닥으로 나가떨어져 버리면 내가 참 무안할 거란 생각을 총각은 조금이라도 해봤을까? 그러고 보니 안색이 안 좋다. 바닥에 주저앉아서는 일어설 생각을 하지 않는다.

"왜 그래요? 어디 아파요?"

"아프면, 내가 아프면 어쩔래!!"

아프면 아픈 거지 그걸 가지고 왜 나한테 따지려 드는 건지 알 수가 없다.

"아프면 병원 가야죠."

"병원은 싫어."

"그, 그럼 약이라도 사 올까요? 어디가 아픈 건데요?"

"약도 싫어."

병원도 싫다, 약도 싫다. 덩달아 총각도 싫어진다.

"나 우리 집까지 데려다 주면 안 잡아먹지."

우득—!!

그냥 저대로 내팽개치고 집에 올라가고 싶은 충동이 들었지만, 장난스런 저 말조차 힘겹게 내뱉는 걸 보면 앞집 남자가 많이 아픈 것 같다.

"저기요, 팔을 내 어깨에 걸칠 수 있겠어요?"

"내 이름은 저기요가 아니라 지훈이거든."

그냥 꾹 참았다. 지금 앞집 총각이 많이 아프니까.

"부축해 줄 테니까 팔을 걸쳐 봐요."

절뚝절뚝—

내 집이 3층에 있다는 사실에 오늘처럼 진심으로 짜증을 냈던 적은 없었다. 왼손에는 세탁한 옷을 들고 오른손으로는 앞집 남자를 부축해 가며 기나긴 계단을 힘겹게 올라갔다.

"너 말야, 힘이 지나치게 센 거 알지?"

"조용히 하시죠."

힘겹게 계단을 오르는 와중에도 쓸데없는 말을 해가며 내 진을 빼놓는 총각이었지만, 난 별달리 화를 내지는 않았다. 아픈 사람이었으니까.

"하아… 다, 다 왔어요. 이제 들어가세요."

"문은 안 열어주냐? 이왕 서비스하는 거 확실히 해야지."

내 친절을 서비스로 받아들인 몹쓸 총각 같으니라고.

"이, 진짜… 열쇠 어딨어요?!"

"내 호주머니에."

"이 사람이! 호주머니가 한두 개예요?!"

"바지."

열쇠를 찾아야 했기에 또 한 번 총각의 몸을 더듬어야만 했다.

"큭! 변태."

멈칫! 내가 왜 이런 강아지 소리까지 들어가며 이 총각을 위해 희

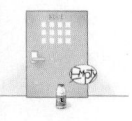

생해야 되는 거지?

"저 갈래요."

"소심하긴."

소심하다는 말에 살짝 상처받긴 했지만 아픈 사람이었기에, 그래서 모든 걸 이해해야 했기에 아무렇지 않은 듯 바지 주머니에서 열쇠를 찾아내 열쇠 구멍에 집어넣었다. 어라? 열쇠가 안 맞는 것 같은데?

"저, 저기 열쇠가 안 맞는 거 같은데요?"

"크큭! 등신. 그거 차 키야. 집 열쇠는 내 가방 안에 들어 있다."

그렇다. 아픈 사람이기에 참아야 했다.

덜컥—

무사히 문을 열고 앞집 총각을 부축해 집 안으로 데려왔다. 잠시 현관에 서서 집 안을 쓰윽 둘러봤다. 화이트와 블루가 적절히 조화된 깔끔하고 차분한 인상을 주는 인테리어. 집주인의 행실과는 사뭇 다른 분위기를 풍기는 집 안 풍경이 조금은 의외였다고 해야 하나.

"뭐냐? 남자 집 처음 들어와 봤다는 듯한 그 가식적인 표정, 거슬려. 침대까지 데려다 줄 거지?"

이 사람은 아픈 사람이다.

우득—!!

신발을 벗고 총각의 신발까지 벗겨주고 거의 끌다시피 해서 침대까지 데려와 무사히 침대에 안착시키는 데 성공했다.

"저기, 저는 이제 그만 가볼게요. 집에 연락해야 되는 거 아니에요?"

"필요없어."

"저 그럼 애인한테라도 전화하는 게……."

"됐어."

아픈 사람 혼자 두고 가는 게 마음에 걸려서 이것저것 신경을 쓴다고 쓰는 건데 저런 식으로 나온다면 나도 더 이상 어쩔 수가 없다.

"그럼 저 가볼게요. 몸조리 잘하세요."

"가는 거냐?"

어느새 침대에 대자로 뻗은 앞집 남자. 쏟아지는 형광등 불빛이 따가웠던지 눈언저리에 손목을 얹은 채 힘없는 목소리로 말한다.

"가볼게요. 혹시 어디 아프거나 그러면……."

"진짜 가는 거냐고."

"진짜 가는 건데요."

"그래, 잘 가라."

"네, 잘 갈게요."

"……."

"불 끄고 갈게요."

잔인하지만 아픈 총각을 집에 홀로 남겨두고 내 집으로 돌아와 버렸다. 난 할 만큼 해줬다. 여기까지가 내가 해줄 수 있는 만큼이다. 만약 여기서 내 도를 지나쳐 버린다면 그건 친절이 아니라 내 마음속에 자리 잡고 있는 앞집 남자에 대한 감정을 친절이란 이름을 빌려 숨기는 꼴밖에 되지 않으니까. 난 아직까지는 누군가를 사랑할 용기조차 없는 겁쟁이다.

토닥토닥—

"아, 삭신아. 다리도 후들거려."

신발을 벗고 집으로 들어오는데 그제야 왼손에 들린 총각이 옷이 눈에 띈다.

"오늘 갖다 줘? 많이 아픈 것 같은데… 많이 아프면 나중에 애인이나 집에 전화하겠지?"

은근히 사람 신경 쓰이게 만드는 종족이다. 탁자 위에는 오늘 빤 총각의 옷가지들이 내 손에 의해 얌전히 개어져 있다. 그리고 그 옷들이 마치 '우리 주인님 품으로 데려다 주세요'라고 말하는 것 같아서 그 옷가지들을 매몰차게 외면해야만 했다.

띠—

결국 드라이한 옷과 직접 빤 옷가지들을 손에 들고 앞집의 벨을 누르고 있는 나. 나도 참 대책없는 인간이다. 집 안에서 아무 기척도 들리지 않는다. 슬슬 불안해지기 시작했다. 이 사람 아파서 죽은 건가? 그럼 죽어가는 사람을 내팽개치고 매정하게 등을 돌린 난 살인방관죄가 되는 걸까?

쾅쾅—!!

"저기, 괜찮아요? 설마 재수없게 아파서 죽거나 그런 건 아니죠?! 무, 문 좀 열어봐요!!"

아!! 난 바보였어요. 내가 나올 때 그냥 나왔으니 문이 열려 있을 테지.

덜컥—

문을 열고 조심스럽게 집 안에 발을 디뎌봤다. 더듬거리며 불을 켜자 그제야 집 안의 모습이 내 눈에 들어온다. 그런데 침대에 누워 있어야 될 앞집 총각의 모습이 보이지 않는다.

"저, 저기 저 잠시 들어가요."

어차피 들어갈 거였지만 난 원래 새삼스러운 짓을 잘하는 녀석이라 들어가기 전에 격식 차리는 척하려고 들어간다는 한마디를 해주었다. 정장 재킷이 침대 밑에 떨어져 있는 걸 보면 어디 나간 것 같진 않다. 하긴 그 몸으로 어디 나갔을 리도 없을 테지만 말이다. 침대 밑에 정장 재킷이 있고, 한 발 건너 푸른색 셔츠가 널브러져 있고, 또 한 발 더 건너 양말, 한 발 더 건너 벨트. 뱀 허물 벗듯 죽 늘어져 있는 그 옷들은 벨트를 마지막으로 침대와 욕실 문을 연결하고 있었다.

벌컥—!!

욕실 문을 벌컥 열어보니 앞집 총각이 샤워기를 손에 쥔 채 욕조에 기대앉아 있는 모습이 보인다. 그나마 바지는 입고 앉아 있는 게 다행이라는 생각이 들었다.

"뭐, 뭐 하는 거예요?!"

"샤워하려고 들어왔는데 씨… 힘이 하나도 없다."

이마가 불덩이처럼 뜨거운데 꼴에 샤워한답시고 욕실에 들어온 모양이다. 일어설 기운도 없는 주제에 깔끔 떨기는.

"샤워는 무슨. 빨리 일어나요!! 이러다 진짜 일나겠네."

"큭! 니가 내 마누라냐?"

사람의 호의를 꼭 그런 식으로 받아들여야만 하는 걸까? 도와주고

싶은 마음이 싹 가셨다.

"마누라 아니고 앞집 사는 아줌만데요."

"간다고 그럴 때는 언제고. 큭!"

"오고 싶어서 온 게 아니라 옷, 어제 벗어놓고 간 옷 갖다 주려고 온 것뿐이니까 오해하지 말아요. 어서 팔이나 내 어깨에 걸쳐요!!"

"큭큭! 또 그짓말하고 있네."

이 총각도 참 말 많다. 울컥하는 마음에 총각의 팔을 잡고 시체 끌고 가듯 침대 앞까지 질질 끌고 와버렸다.

"너 나 나으면 그때 죽는다."

나름대로 조심스럽게 끌고 온다고 하긴 했는데 이리저리 벽에 머리를 부딪친 모양이다. 아파도 입은 살아서……. 죽을힘을 다해 총각을 들쳐 업어 다시금 침대 위에 눕혔다. 오늘 이 총각 때문에 내일은 내가 골병이 들지 싶다.

"또 갈 거냐?"

"그냥 옷 갖다 주러 온 것뿐이니까 가, 가야죠 뭐."

나도 참 가식적이지. 옷은 내일이라도 갖다 줘도 됐을 텐데 굳이 지금 온 이유가 뭐겠는가.

"가지 마."

"예? 뭐라구요?"

"등신. 가지 말라고."

가지 말라는 말로 날 붙잡는 앞집 총각. 그런데 가지 말라는 말 앞에다 굳이 등신까지 붙여야 했을까?

"가, 가지 말라니, 무슨?"

"시끄러. 말이 많네."

"……."

부탁을 해도 시원찮을 판에 말이 많으니 잠자코 있으라?

"너!!"

"왜요?"

"왜 자꾸 내 눈앞에서 알짱거리는 건데!!"

저건 또 무슨 눈 내리는 하늘에 날벼락 치는 소리! 자기가 가지 말라고 방금 분명 그랬으면서. 말이 나왔으니 말인데 난들 어찌 알겠는가? 어쩌다 보니 자꾸 그쪽 앞에서 알짱거리는 꼴이 되어버렸네.

"알짱거리긴 누가 알짱거렸다고……."

"이봐, 또 개기냐? 너 내 눈에 상당히 거슬려."

우득—!!

난 이 총각 앞에서 대체 어느 정도까지 인내심의 한계를 느껴야 하는 걸까? 방 안에 감돌고 있던 어색한 침묵은 총각의 을씨년스러운 벨소리에 의해 깨져 버렸다.

따르르릉— 따르르릉—

벨소리는 여전히 전날 밤 그대로였고 여전히 정감이 가지 않았다.

"야, 지금 몇 시냐?"

침대 옆에 시계 있는 거 뻔히 알고 있으면서 왜 나한테 묻는 건지… 알 수도 없고 알 길도 없다.

"10시 조금 넘은 것 같은데요."

"뭐 하냐? 핸드폰 벨소리 울리는 거 안 들려?"

이 자식 이러려고 가지 말라고 그랬구나. 씁쓸한걸?

"어딨는데요?"

"침대 밑 내 가방 안에."

자기가 손 뻗으면 닿을 거리에 있으면서 왜 날 시켜? 우선 시키는 대로 가방 안에서 핸드폰을 꺼내 손에 쥐어줬다. 그런데 받을 생각도 않고 발신 번호만 뚫어지게 쳐다본다.

"전화 안 받아요?"

"자, 전에 하던 것처럼만 하면 돼."

전에 하던 것처럼이라. 내 손에 다시금 거칠게 핸드폰을 쥐어주고는 이불을 머리끝까지 뒤집어쓰고 나 몰라라 하는 총각이었다. 역시 발신자에는 미란이라고 찍혀 있다.

툭툭—

"저기요, 이제 내가 애인이라고 그래봤자 안 통할 텐데……."

"우기라니까."

내가 무슨 우격다짐인 줄 아는가 보다. 자기 애인이면서 왜 맨날 전화를 안 받으려는 건지. 바람피우다 들킨 건가? 음, 그래. 바람피우다 들켰나 보구나.

"여, 여보세요."

일단은 받아야 했다.

[야! 네년은 또 뭐야!!]

무서운 사람. 말 좀 곱게 하면 내 심장이 조금은 덜 놀랐을 것을.

"뭐긴요, 애, 애인이지."

[너 앞집 산다던 걔냐?]

"아닙니다. 뒷집 사는 순자예요."

[지훈이 옆에 있어, 없어? 그것만 말해.]

"지훈이 총각 죽었다고 몇 번 말해야 돼요!!"

탁―!!

대담했어, 박지민. 훌륭해. 짝짝!

"저기, 애인한테 이러는 건 좀 너무한 거 아닐까요?"

너무한 짓 저질러 놓고 너무한 거 아니냐고 물어보는 나. 다시 말하지만 참 가식적인 소녀다.

"저기가 아니라 지훈이라 그랬지. 죽을래?"

머리끝까지 끌어 올린 이불을 내릴 생각도 않은 채 내게 말을 건네는 그 모습이 조금은 무서웠다.

"아, 예. 지훈 씨."

"나이도 어린 게 또 개기냐?"

이름 불러드렸는데 개기긴 뭘 개겼다고 저러는 건지. 한 살 차이 가지고 저렇게 유세 부리는 모습, 참 꼴사납다.

따르르릉― 따르르릉―

"애인한테 또 전화 왔는데요?"

"배터리 빼."

"그래도……."

"이제 그 사람 내 애인 아니니까 배터리 빼버려."

이제 애인이 아니다? 시키는 대로 배터리를 빼버렸긴 했지만 도저히 이해 불능이다. 오늘 아침까지만 해도 둘이 같이 있었으면서, 다정스럽게 내 요구르트까지 훔쳐 먹고 말이다. 오늘 헤어진 건가?

"오늘 헤어진 거예요?"

머리 속을 가득 메운 호기심과 궁금증을 참지 못하고 기어이 총각을 향해 조심스럽게 말을 건네봤다. 근데 갑자기 이불을 확 걷고 벌떡 일어나더니 날 세차게 노려보는 총각이었다.

"짜증나게 남 사생활에 뭐가 그리 궁금한 게 많냐!!"

화들짝—

"그, 그러게요."

입 한번 잘못 놀렸다가 한 대 맞을 뻔했다. 살벌해라.

"야! 배고프니까 밥이나 좀 해!!"

가지 말라는 이유가 있었구나. 이런 젠장할 놈아!! 이렇게 부려먹을 거였으면 매일 바뀌는 네 색시들이나 전화해서 부르던가!!

하지만 모두 부질없이 내 마음속에서 외치는 말들일 뿐, 군소리없이 주방으로 향했다. 내 말에 심하게 흥분하는가 싶더니 다시 이불을 덮고 눈을 감아버리는 저 남자. 인정할 순 없지만 어쩌면 정말 아픈 사람일지도 모른다고 생각했다. 그리고 보니 어젯밤 술에 쩔어 비에 젖은 옷을 입은 채 집 앞에 널브러져 있었는데 그때 감기에 걸린 건가? 근데 무슨 밥을 하라는 걸까? 냉장고 안에는 생수통이랑 캔 맥주 수십 통, 반쯤 먹다 남은 바게트 빵밖에 없다. 뭘 먹고 사는 걸까? 맥주로 배 채우고 빵으로 영양을 보충하는 걸까? 혹시나 해서 싱크대 이곳저곳을 뒤적거리며 먹거리를 찾아봤지만 나온 건 헤이즐넛 커피 가루 한가득, 라면 한가득, 잡다한 술안주 한가득이었다.

"미안한데 쌀이 없어요."

내가 왜 미안해해야 되는 건지는 모르겠다. 아픈 사람 귀찮게 하기는 싫었지만 아무리 찾아봐도 정상적인 먹거리가 나오지 않았으므로 찾는 걸 포기하고 소심하게 앞집 총각을 부를 수밖에 없었다.

"누가 쌀 먹고 싶대?"

"방금 배고프다고 밥 하라고 그랬잖아요."

"시끄러. 커피나 좀 뽑아라."

분노로 인해 떨려오는 두 손을 진정시키며 커피를 뽑으라는 총각의 명령을 수행하기 위해 식탁 위에 있는 커피 메이커로 손을 뻗었다. 싱크대 서랍에 한가득 재워놨던 헤이즐넛 봉지를 하나 꺼내서 헤이즐넛 커피 가루를 거름종이에 털어 넣고 물을 부었다. 잠시 뒤 집안 가득 퍼지는 그윽한 헤이즐넛 향이 분노로 일렁이고 있는 내 마음을 편안히 가라앉혀 주는 것 같아 조금은 진정이 된다. 쿵쿵. 냄새 좋아.

"야."

식탁에 앉아 헤이즐넛 향에 도취되어 정신없이 쿵쿵거리고 있는데 총각이 침대에 누워 날 부른다.

"왜요?"

"일루 와봐."

거기로 오란 말이군. 근데 내가 왜 총각이 오라면 와야 되고, 밥 하

라면 밥 해야 되고, 가라면 가야 되지? 하지만 내 몸뚱어리는 거기로 갔고 어느새 총각이 누워 있는 침대 밑에 조신하게 꿇어앉아 있었다.
"꼭 개 같다, 너."
개라면 왈왈거리는 멍멍이를 말하는 거겠지?
"욕이죠?"
"어."
"……."
"근데 너 뭐냐? 내가 뭐 하는 놈인지, 내가 누구인지, 나에 대해서 아냐?"
여자 다루기에 능한 놈이시고, 앞집 사는 총각이시고, 행실이 그다지 좋지 않습니다라고 말하고 싶었지만 아픈 사람이었기에 상처 주고 싶지 않았다. 침대에 비스듬히 누워 날 보고 있는 총각의 표정이 어울리지 않게 사뭇 진지해 보인다.
"그냥 뭐, 앞집 사는 사람이란 거, 수능 보다 도망가는 내 모습을 목격한 유일한 사람이라는 거, 중얼중얼……."
"큭! 그러냐? 단지 앞집 사는 사람인데 왜 내가 시키는 대로 다 해주는 건데?"
"그거야 그쪽에서 맨날 우기고, 화내고 그러니까……."
"내가 나쁜 사람 같아 보이냐?"
고개가 끄덕끄덕거려지는 걸 자제하느라 참 힘이 들었다.
"애인이 있는데도 바람피우고 그런 거 보면 좋은 사람 같진 않은데요."

"큭큭! 바람? 하긴… 큭!"

내 말이 우스워서였는지, 가소로워서였는지 침대 시트에 얼굴을 파묻고 어깨까지 들썩이며 웃고 있다. 들썩이는 어깨로 인해 앞집 남자의 이마와 귀를 살짝 덮고 있던 옅은 갈색 머리도 덩달아 찰랑거리며 흐트러짐을 반복했다.

"왜 웃는 건데요? 저기 좋아하는 사람이 자기를 쳐다봐 주지 않는 거, 그거 꽤 슬픈 일이거든요. 그 언니한테 잘해줘요."

그래, 잘 알지도 모르는 사람 앞에서 이런 말하는 내가 우습기도 하겠다. 나도 이런 내가 우스운데 뭐.

"너 나한테 관심있냐?"

"마, 말도 안 되는 소리 하지 마세요!!"

"말이 안 되긴 뭐가 안 되냐? 나 같은 놈한테 관심이 없다는 거, 그게 더 말이 안 되는 거지. 안 그러냐?"

하하. 모든 여자는 날 보면 반해야 한다는 식의 거만하고도 버릇없는 사상을 가지고 있는 위험한 총각이다.

"그렇겠네. 앞집에 살면 연애하기도 편하겠네."

앞집에 살면 연애하기가 편하다? 무슨 근거로? 아니, 무슨 근거이기 전에 그 말의 뜻은?

"무슨 소린가요?"

"솔직히 네가 내 타입은 아니지만 자꾸 보면 정이 들겠지."

무슨 소리 하는 건지는 모르겠지만 썩 기분 좋은 소리 같지는 않다.

"지금 무슨 소리 하는 거예요?"

"나이는 알지? 너보다 한 살 많고. 큭! 이름? 서지훈. 대한민국에 사는 억세게 잘생긴 놈에다가 음주, 가무, 여자를 즐길 줄 아는 놈이거든? 인간이 된 놈이지. 취미는 음주가무. 특기는 키스. 지금 하는······."

지금 내 눈에는 인간이 덜 된 놈으로 보이는걸?

"자, 잠깐, 그래서 지금 무슨 말이 하고 싶은 건데요?"

"좋으면서 나 같은 놈이랑 사귀어보고 싶지 않냐? 사귀어줄 테니까 나랑 사귀자."

아파서 제 몸 하나 제대로 가누지 못하는 앞집 총각은 그 상황에서도 농담이 하고 싶어서였을까? 힘겹게 침대에 누워서는 내게 사귀어줄 테니 사귀자라는 말을 했다. 현석 오빠와 헤어진 지 두 달하고 4일 되던 날 밤이었다. 이 사람이 지금 날 가지고 놀고 있다는 것쯤은 나도 알고 있다. 내가 이 순간 화가 났던 이유는 농담일지라도 애인을 두고 다른 여자에게 사귀자는 말을 하는 이 남자의 태도가 정희에게 가버린 현석 오빠를 떠올리게 했기 때문이다. 현석 오빠도 이 남자처럼 내가 있는데도 정희에게 사귀자는 말을 했을 거란 생각이 들자 그냥 가슴이 아파서.

"항상 이런 식이에요?"

여전히 침대에 비스듬히 몸을 뉘인 채 날 보던 앞집 남자가 가라앉은 내 목소리에 묘한 표정을 지어 보인다.

"뭘? 뭐가 이런 식이야?"

"아무리 장난이라도 이러면 그쪽 애인이 슬퍼할 거란 생각은 안 해봤어요? 그리고 매일 다른 여자를 만나고 있다는 거, 그쪽 애인이 알면 상처받을 거란 생각은 안 해봤어요?"

잠자코 내 말을 듣던 이 남자, 대뜸 몸을 일으켜 침대 머리맡에 등을 기대더니 날 보며 우습다는 듯 잠시 입가에 보일 듯 말 듯한 미소를 지어 보이는가 싶더니 이내 굳어버린 표정으로 입을 연다.

"네가 뭘 아는데?"

"……."

"너 시건방지다. 아까부터 애인애인 그러는데 내가 말했지, 그 여자 이제 내 애인 아니라고."

"네?"

"그 여자 다음 달에 결혼할 사람이거든? 내 첫사랑이었는데 그 첫사랑이 다음 달에 결혼하신다고!! 알았냐? 잘 알지도 못하는 너한테 쪽팔리게 이런 말까지 해야 되겠냐?"

결혼한다? 앞집 남자의 첫사랑이 그럼 결혼할 여자라고?

"오늘 아침에도 같이 있었으면서……."

"큭! 하룻밤 같이 보낸 게 어때서?"

"……."

그렇게 말해 버린다면 나도 할 말이 없다. 그래, 이 남자가 누구랑 뭘 하든 상관없다.

"언제까지 그러고 자빠져 있을 건데!! 내가 사귀자고 그러면 감지덕지해야 하는 게 정상이거늘 따지고 들기는. 무서워서 장난도 못 치

겠네. 커피나 줘."

그렇다. 또 헛다리를 짚어버렸다. 사귀자는 말, 농담이란 거 알고는 있었지만 나도 모르게 꽤 진지하게 받아들이고 있었나 보다. 미란이라는 여자가 앞집 남자의 첫사랑이었구나. 성격보다는 얼굴을 중요하게 여기시는군. 괜히 혼자 오버한 것 같다는 생각에 쪽팔림을 느끼고 붉게 물든 두 볼을 감출 심산으로 고개를 푹 숙인 채 커피 메이커에서 커피를 뺐다. 그리곤 상전이라도 되는 양 침대에 거만하게 드러누워 있는 총각한테 갖다바쳤다. 난 언제까지 저런 작은 농담 하나에까지 현석 오빠와 연관시켜 흥분하고 가슴 졸여야 하는 걸까? 그러시나 저러시나 아픈 몸에 저렇게 커피를 마셔대면 해롭지 않나?

"커피 먹으면 속 쓰릴 텐데……."

중얼거리는 내 목소리를 들었던 걸까? 맛있다고 정신없이 홀짝홀짝 마시던 커피 잔에서 입을 떼더니 반쯤 감긴 눈으로 날 바라봤다.

"손에 힘이 빠졌다."

몹쓸 놈. 잘도 거짓말을 해댄다. 내 눈엔 이 남자의 반쯤 감긴 섹시한 눈빛과 저 말이 참으로 수상하지 아니할 수 없다.

"손에 왜 힘이 빠져요? 커피 잔 잘 들고 있다가 그것도 갑자기."

"그래서 말인데 네가 입으로 먹여주면 안 될까?"

그 말인즉 마우스 투 마우스, 입과 입으로 커피를 나눠 마시자? 그런 도발성 멘트를 아무렇지 않게 내뱉을 수 있는 것도 앞집 총각만이 가진 당돌한 매력이겠지?

"저기 나는요, 잘 알지도 못하는 사람하고 그런 이상한 짓 할 수 있을 만큼 비상식적이지도 않고, 그러고 싶지도 않은데요?!"

"뭐가 이상한데?"

되려 고개를 갸웃거리며 그러는 니가 더 이상하다라고 말하는 듯한 표정을 짓는다.

"이상하죠. 자기 입 두고 왜 남의 입으로 먹여달라는 거예요?"

"순진한 척하는 것도 한계가 있거든? 내가 그렇게 눈치를 줬는데도 모르겠냐?"

"무슨 눈치?"

"너 뭐 믿고 남자 혼자 사는 집에 겁도 없이 들어온 건데?"

"그거야 아픈 사람이니까."

"아픈 사람은 남자도 아니냐? 너도 다른 여자들처럼 나한테 바라는 게 있어서 다시 온 거 아냐?"

"그게 아니라 난… 저 그만 가볼게요."

순간 이건 아니다 싶어 서둘러 자리에서 일어서려는데 갑자기 내 손목을 강하게 붙잡는 이 남자. 뭐야? 아파서 일어설 힘도 없던 사람이 왜 이래? 남자는 더 이상 움직일 수 없도록 내 손목을 잡아끌더니 자기가 기대앉아 있는 침대에 날 억지로 눌러앉혀 버린다.

"뭐, 뭐 하는 거예요?! 아프니까 이 손 놔주세요!!"

"싫은데?"

"나 그쪽한테 뭐 바라고 온 거, 그런 거 아니에요. 아프니까 걱정돼서 그래서 온 거라구요!! 놔!"

"이런 거 재미없어? 난 여자랑 말야, 니가 말하는 이런 이상한 짓

하면서 노는 게 재밌는데 말야."

"그쪽이 뭘 하고 놀든 나랑 상관없으니까 이거 놔줘요!!"

"어쩌지? 오늘은 감기 옮을지도 모르는데 괜찮아?"

"놔달라는 소리 안 들려요? 이 손 놓으라구요!! 가지 말라고, 이러려고 가지 말라고 그랬어요?!"

"큭! 가지 말란 내 말에 안 간 건 너거든?"

●제2장

서로의 미련 지워주기

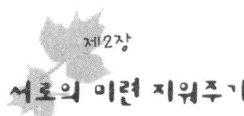

제2장
서로의 미련 지워주기

    오른손은 여전히 헤이즐넛이 가득 담긴 커피 잔을 쥔 채였고, 왼손은 내 손목을 잡고 놓을 생각을 안 하는 이 남자. 남자의 왼손으로 인해 손목에 꽤 심한 통증이 밀려온다. 난 이 앞집 남자가 조금은 괜찮은 사람일 거라 생각했는데… 제멋대로에다 말은 좀 거칠지만 괜찮은 사람일 거라 생각했는데… 아주 조금은 이 사람에게 기대고 싶다는 생각도 했었는데…….

    "아, 혹시 커피 싫어해? 큭! 그럼 맨입으로 그냥 할래? 내 혀 맛도 꽤 맛있다고들 그런던데. 큭큭!"

    "이 손 놔. 그런 얘기 듣고 싶지도 않아."

    "내가 하라는 거 다 하더니 왜 이깟 키스는 안 되는 건데?"

"그래, 흑! 그깟 키스, 난 못해. 그쪽이 그렇게 어느 여자하고나 아무렇지 않게 하는 그깟 키스, 난 못해. 이거 놔. 흑!"

돌연 날 잡고 있던 손에서 힘을 풀더니 놓아준다. 아마도 내가 흘린 눈물에 당황했나 보다. 나도 모르게 내 볼을 타고 흐르는 이 액체에 말이다.

"아, 재미없다, 너. 누가 잡아먹는대? 짜증나게 왜 울고 그래!! 촌스럽게. 진짜 생긴 대로 놀고 앉아 있네."

"흑! 뭐야? 사람 갖고 장난쳐요?!"

"나도 감기 옮길 생각 없으니까 오늘은 가봐라. 그리고 말인데, 남자 혼자 사는 집에 여자가 그렇게 겁도 없이 들락거리는 거 아니다. 남자들은 믿을 게 못 되거든, 나처럼."

짜악—!!

앞집 남자의 손에서 풀려나 자유스러워진 그 손을 들어 사정없이 뺨을 때려 버렸다. 나 많이 상처받았으니까. 그리고 이 남자에게 실망했으니까. 앞집 남자는 내가 뺨을 갈긴 덕분에 오른손에 들고 있던 커피를 이불 위로 쏟아야 했다. 식지 않아 여전히 뜨거운 김이 모락모락 피어오르던 커피는 그렇게 이불 위에 쏟아졌고 쏟아진 커피는 앞집 남자의 손 이곳저곳을 축축히 적시고 있었다.

"아! 저, 저기 난 그저… 괜찮아요? 안 뜨거워요?"

어쩔 줄 몰라 하는 내 목소리에 고개를 들어 날 쳐다보는 앞집 남자.

"이 등신, 너 죽을래? 안 뜨거? 니 눈에는 그럼 이게 차갑게 보이냐? 아씨!"

저렇게까지 화를 내다니 무안하다. 지금 화를 내야 되는 쪽은 나인 것 같은데. 영화에서 본 것처럼 멋들어지게 이 남자의 뺨을 갈긴 뒤 길길이 날뛰며 화를 내려던 내 계획은 수포로 돌아가 버렸다. 아무래도 전세가 역전된 것 같다.

"난 그냥… 고의로 그런 게 아니라……."

"흣! 왜? 한 번 더 때려보지 그러냐? 그렇게 때려서 아픈 사람이 나가떨어지겠냐?"

꾸벅—

"죄송합……."

"그냥 보내주려고 그랬는데 말야, 너 안 되겠다."

"예?"

내 대답이 끝나기도 전에 연신 미안하다며 꾸벅꾸벅 고개 숙이는 날 다시 침대로 끌어당겨 버리는 앞집 남자. 갑작스럽게 날 잡아당긴 까닭에 난 중심을 잃고 침대에 털썩 쓰러져 버렸고 침대에 쓰러진 내 위로 능기적능기적 기어오르는 이 사람. 으악! 미친 거 아냐? 무슨 짓을 하시려고오!!

그리고 내가 반항할 틈도 없이 어느새 내 두 팔을 결박한 채 내 얼굴을 내려다보는 묘한 자세를 만들어 버리는 앞집 남자의 민첩함과 날렵함. 더 더욱 놀라 버린 내 가슴을 진정시키느라 애를 먹어야 했다.

"뭐, 뭐 하는 짓이야?!"

"벌."
"벼, 벌은 무슨? 미쳤어!! 당신이 선생이야?!"
"아주 이제 대놓고 개기시겠다?"
"놔. 이 손 놔달라고!!"

날 내려다보고 있는 앞집 남자의 표정에서 장난스러움을 읽을 수가 없다. 그리고 이 남자의 얼굴이 내 얼굴을 향해 조금씩 내려오는데… 정말 어떻게 할 수가 없다. 점점 내 눈에 클로즈업되는 이 남자의 얼굴을 보지 않으려 눈만 질끈 감아버릴 뿐이었다. 길지도, 짧지도 않은 앞집 남자의 흘러내린 앞 머리칼이 내 이마를 간지럽히고, 집 안 가득 퍼져 있던 헤이즐넛 향을 비집고 들어오는 앞집 남자의 머리칼에서 나는 은은한 샴푸 향이 내 후각을 자극한다.

지금은 이런 감상에 젖어 있을 때가 아니다. 순간 정신을 되찾고 질끈 감고 있던 눈을 떴다. 부릅뜬 내 눈에 보인 건 내 시야를 다 채운 채 슬며시 두 눈을 감는 그놈의 모습이었다. 거부할 틈도 없이 어느새 내 입술에 닿은 앞집 남자의 입술. 으어! 소리를 질러야 되는데… 발버둥을 쳐서라도 뿌리쳐야 되는데… 내 입술을 헤집고 들어오는 앞집 남자의 익숙한 혀의 놀림에 나도 모르게 눈을 또다시 감아버렸다.

키스를 잘한다. 그 말은 그만큼 여자 경험이 풍부하다는 소리인 거다. 방금 전 다른 여자와 키스하던 앞집 남자가 지금은 아무렇지도 않게 나에게 키스를 하고 있다. 키스를 잘하는 사람과 키스를 못하는 사람의 차이. 나는 그 차이에 대해서 잘 모르지만 어쨌든 지금 이 순간 빌어먹게도 내 첫키스 상대가 되어버린 이 남자, 적당히 키스를 즐기면서 키스 중에도 상대방을 배려할 줄 아는 이 남자, 이런 건가 보다. 너무 분하지만 정말 키스를 잘하는 사람이다. 하긴 키스를 생활화하는 사람이니까. 익숙해질 대로 익숙해져 버렸을 테니까.

그렇게 몇 분이 흘렀나 보다. 뜨거운 입김을 내쉬며 내 입에서 입을 떼는 앞집 남자, 내 양손을 풀어주더니 내 옆으로 힘없이 누워버린다. 그리고는 멍한 표정으로 움직일 생각도 못하고 굳어 있는 내 귓가에 속삭인다.

"뭐야? 너 처음이냐?"

순간 처음이냐라는 앞집 남자의 빈정거리는 듯한 말투에 머리가 빡 돌아버렸다. 밤낮 안 가리고, 여자 안 가리고, 그렇게 스스럼없이 키스를 해대는 너한테는 우습기도 하겠다. 난 비록 지금은 헤어졌어도 내 첫키스는 장현석이란 사람이다라는 공식이 아직까지 머리 속에 뿌리박혀 있는 미련한 앤데…….

냉장고 문을 열어 차가운 생수 한 통을 꺼냈다. 그리고 힘겹게 숨을 내쉬며 누워 있는 앞집 남자의 머리에 이가 시릴 정도로 차가운 생수를 한 방울도 남김없이 탈탈 쏟아 부어버리고 그 길로 집에 돌아와 버렸다. 끝까지 거부하지 않은 채 눈을 감아버린 내가 한없이 원망스러워 화가 난다. 그렇게 내 자신을 원망하며 울다 지쳐 잠이 들었다.

다음날 역시 예상했던 일이 벌어졌다. 감당할 수 없을 정도로 띵띵 부어버린 이 두 눈으로 외출을 하기에는 상당한 용기가 필요했기에

일어 학원 수강 신청은 내일로 미룰 수밖에 없었다. 어제 있었던 일은 덮어두기로 했다. 내 마음 속에 덮어두고 잊기로 했다. 지금 내가 할 수 있는 건 잊는 방법밖에 없으니까. 그래, 박지민, 광견병 걸린 개한테 물렸다고 생각해!! 아니, 미친개. 그래, 지나가는 똥개한테 입술을 뺏긴 거야. 그래. ㅠ_ㅠ

딩동딩동—

철천지웬수라. 그래, 친구란 좋은 거다.

"지영아."

[여보세요 좀 하라니깐!! 근데 목소리가 왜 그러냐?]

"술 사주세요."

[미친… 지금 어딘데?]

"하우스."

[그럼 오후에 튀어나와라. 너 집들이 준비도 해야 되고 하니까 딱 한 잔만 하자.]

"고마워."

[고맙긴. 술 값만 네가 내면 돼.]

"끊어!!"

친구가 좋긴. 이런저런 잡다한 생각으로 멍하니 시간을 보내다 지영이와 약속한 시간에 맞춰 옷을 갈아입고 집을 나서본다. 문을 열고 나와 301호라고 박힌 앞집 문패를 빤히 쳐다봤다. 어제 생수통에 들어 있던 물을 머리에 쏟아 부었을 때 앞집 남자는 커피가 이불 위로 쏟아졌을 때처럼 길길이 날뛰며 내게 화를 내지 않았었다. 그렇다고 해서 미안하다는 말을 한 것도 아니었고 미안해하는 표정을 짓지도 않았다.

　잠시 그렇게 문 앞에 서서 301호라는 숫자만 뚫어지게 바라보다가 쓴웃음을 짓고는 계단을 내려가려는데 내 발 밑에 있는 요구르트 두 개가 내 눈길을 사로잡았다.

　"참, 요구르트… 오늘은 안 훔쳐 먹었구나. 하기야 그런 중죄를 저질러 놓고도 뻔뻔스럽게 이걸 훔쳐 먹으면 인간도 아니지."

　그리고 보니 오늘 처음으로 요구르트 두 개를 내 손에 쥐어볼 수 있었다. 지영이에게 줄 생각으로 손에 쥔 요구르트를 가방 속에 집어 넣으면서 계단을 내려가고 있는데 계단을 올라오는 웬 여자의 구두 굽 소리가 들려온다. 2층 계단을 내려가고 있을 때쯤 양손 가득 ○○마트 쇼핑 봉지를 들고는 짜증스럽게 계단을 올라오고 있는 여자와 마주쳤다. 다음 달에 결혼하신다는 앞집 총각의 첫사랑 미란이 언니셨다. 일단 고개를 숙여 모른 척 그 자리를 피하려 했지만 어느새 내 얼굴을 알아보고 양손 가득 들고 있던 비닐 봉지를 그 자리에 툭하니 놓아버리더니 나에게 달려드는 터프하신 여자였다.

　"야!! 너 어제 지훈이랑 같이 있었지?!"

　"아, 아니에요."

　"어제 지훈이 전화 니가 받았었잖아!! 너 지훈이한테 무슨 짓 한 거야!!"

　"무, 무슨 짓이라니?"

　지훈이 총각이 나한테 무슨 짓을 했으면 했지, 내가 뭘 어쨌다고

저러시나. 원래 착하게 생긴 사람이 화를 내면 더 무섭다고 했다. 지금 이 언니 정말 무섭다. 잘하면 한 대 칠 분위기다.

"전화도 안 되고 걱정돼서 새벽에 지훈이 집에 와봤더니 애가 찬물 뒤집어쓰고 침대에서 끙끙대고 누워 있었단 말이야!! 손은 커피에 데어서 벌겋게 부어 있고!! 어제 같이 있었잖아!! 어떻게 된 거야!!"

"저, 저기 전 잠깐 있다 금방 나왔어요."

"하! 기가 막혀, 진짜. 야, 지훈이가 원래 여자들한테 무턱대고 잘해주는 성격이라 너도 지금 착각하고 있나 본데 정신 차리라고!! 알았어?"

"……."

"충고하는 건데, 너 내 눈에 좀 안 띄었으면 좋겠거든? 지훈이 앞에서도 말야!!"

"……."

내가 왜 이런 소리를 들어야 되지? 내가 뭣 때문에 이 여자한테 이런 소리를 듣고 있어야 되는 거냐고. 하! 나도 참 기가 막힌다. 미란이 언니 씨는 날 한 번 더 찢어 죽일 듯이 쏘아보더니 내려놓았던 쇼핑 봉지를 양손에 들었다. 그리고 내 어깨를 밀치고는 아무 일 없다는 듯 씰룩대며 계단을 올라간다. 앞집 남자의 첫사랑. 다음 달에 다른 남자와 결혼한다는 여자. 결혼과 사랑은 별개다? 하! 웃긴다.

시끌벅적한 사람들. 저마다 술에 취해 이야기에 취해 같이 있는 무리들과 어울려 꺄르륵대며 부어라 마셔라 쨍쨍쨍 제정신들이 아니었다. 이런 시끌벅적한 분위기와는 달리 너무나 조용하고 차분한 음악이 내 귀를 사로잡는다. 돌연 사랑스런 베스트 프랜드가 잡음을 넣으며 잔잔하게 흐르고 있는 제목 모를 이 노래를 술에 취해 걸걸해진 목소리로 따라 부르고 있다. 아, 정말 듣기 싫다. =_=

"지영아, 시끄러운걸?"

"훗! 왜? 귀가 썩어 들어간다 그거냐?"

"알고 있으니 다행이네."

퍽—!!

덕분에 사랑스런 친구 녀석에게 뒤통수를 살짝 맞아야 하는 수난을 겪었지만 늘 있는 일이라 조금 아프기만 할 뿐 새삼스럽지도 않다.

"누구 노랜데?"

"사랑에 아파본 적 있나요?"

맥주 잔을 움켜쥔 채 시비조로 사랑에 아파본 적이 있냐는 말을 툭 내뱉는 지영이.

"날 놀리는 거우? 있다면 어쩔래? 노래 제목이 뭐냐고!!"

난 술집 구석 자리에서 친구라는 인간에게 한 번 더 뒤통수를 맞고 난 뒤에야 노래의 제목이 정말 '사랑에 아파본 적 있나요'였단 걸 알 수 있었다. 요즘 노래 제목들이 날로 당돌해지는구나.

"야! 무슨 일 있지!! 수상해. 냉큼 불어!!"

불긴 내가 풍선이니? 그래, 내가 불었다 치자. 어제 앞집 총각이랑 키스를 했다고 말했다 치자. 결과는? 안 봐도 뻔할 뻔자에 파노라마

지. 집요하다 못해 집착적으로 내게 사건의 경위를 파고들 테니까 말이다.

"장지영, 너 키스해 봤어?"

"새삼스럽게 그건 또 무슨 소리야? 너 약 먹었냐?"

"아니, 뭐 그냥."

"후후, 짜식. 설마 이 나이에 키스 한 번 못해봤겠냐?"

이 자식아, 그럼 이 나이에 키스한, 아니, 키스당한 난 뭐가 되어버리니?

"근데 너 그런 소리 없었잖아!"

"그 많은 걸 일일이 너한테 다 보고하고 다니리?"

"그, 그런 거야? 그럼 첫키스는 누구야?"

"왜 있잖아, 우리 뒷집에 사는 두 살 어린 영계! 잘생겼다고 둘이서 난리쳤던."

지영이네 뒷집에 사는 두 살 어린 영계라고 함은 기, 기현이? 이 도둑 년이 두 살 어린 애를 데리고 뭔 짓을 한 거야!!

"뫼, 뫼야? 기, 기현이가 첫키스라고? 이 사기꾼! 뭐야? 언제 사귀었던 거야?!"

순간 흥분한 나머지 지영이의 멱살을 움켜쥐었나 보다. 지영은 내 손을 가볍게 떨궈낸 뒤 예상하고 있었다는 듯 아무렇지 않게 옷을 탁탁 털며 말을 이어간다.

"사귀긴 뭘 사귀냐? 그냥 밤늦게 불러내서 내가 덮친 거지."

급하게 이사 갔다는 소문이 있던데 설마 이사 간 이유가 내 사랑스런 친구 때문이었던 걸까? 흐음, 지영아, 그건 아니잖아.

"그럼 느낌이 어땠는데?"

평소에 내가 하는 말은 한 귀로 듣고 한 귀로 흘리던 애가 노골적이게 변해가는 내 질문에 귀가 솔깃했던 건지 오랜만에 진지한 표정으로 내 말을 경청하고 있었다. 그때 내 심정은 참, 뭐랄까… 친구 헛사귀었다라는 심정이었다고나 할까?

"느낌? 아씨, 진짜 찜찜했어!!"

찌, 찜찜? 그럼 그런 거지. 왜 날 보면서 화를 내고 그래.

"찜찜? 별루였어?"

"뭐 담배 맛이랑 이런저런 씁쓸한 맛이 느껴지던데. 그건 그렇고 어찌나 버벅대던지 짜증나서 하고 난 뒤에 침 한 번 뱉고 한 대 후려쳤지 뭐."

무, 무서운 년. 그러니 애가 겁을 질러먹고 급하게 이사를 갔던 게지. 새삼스레 떠올리긴 싫지만 앞집 남자의 입술에서는 부드러운 헤이즐넛 커피 맛이 났었다. 잊으리라 다짐을 했건만 왜 내 머리 속에서 지워지지 않고 어제 일이 맴돌고 있는 걸까? 인정하긴 싫지만 첫키스라 그런 건가?

"넌? 넌 현석이란 놈이 첫키스지?"

"어? 어, 뭐… 그, 그렇지 뭐."

수능 끝나는 날 너한테 키스해도 되냐는 말로 사람 맘을 들뜨게 해 놓고서는 수능 전날 밤에 너하고 헤어질 거야라는 말로 부푼 내 기대를 사정없이 곤두박질치게 하더라. 그 대신 수능 치다 도주한 날 목

격한 인간이 나한테 키스해 버리더라. 어디 가서 이런 얼토당토않은 말을 하소연할 때도 없고… 답답하기 그지없구나. 내 인생 참 가엾다.

"야아~!! 이런 칙칙한 얘기 그만 하고 그만 일어나자. 내일 집들이 준비도 해야 되고, 마트 가자!!"

"미친… 말 돌리긴……. 그래, 일어서자. 아! 참고로 나 지갑 안 들고 왔다."

"……."

지갑을 안 들고 왔다는 지영이의 말에 나도 모르게 다시 한 번 멱살을 움켜잡아 버렸다. 그리고 그 언제부턴가 내 친구 지영이는 미친… 이라는 말을 입버릇처럼 내뱉기 시작했다. 언제부터였을까?

"지갑도 안 들고 온 주제에 누가 이렇게 많이 사래!! 장지영, 너 작정하고 나온 거지?! 이거 다 네가 먹고 싶은 거만 샀잖아!! 네가 노친네야? 술안주에 멸치 대가리는 왜 사는 건데!!"

"미친… 시끄러. 멸치 대가리에 칼슘이 얼마나 많이 들러붙어 있는데. 대신 짐 들어주고 있잖아!!"

내 양손에는 봉지 한가득 집들이에 쓸 술병들과 맥주 깡통들로 그득했고, 지영이의 한 손에는 그 딴 건 필요없다는 내 말을 무참히 무시하고 집들이에 쓴답시고 막무가내로 산 폭죽 세 개가 든 봉지 하나가 그 가벼움을 이기지 못해 바람에 펄럭이며 휘날리고 있었다. 괘씸한 마음에 한 대 후려치고 싶었지만 친구인 나도 감히 장난이라도 지영이를 함부로 때리지는 못한다. 사실 참 무섭거든. =___= 성격만 보면 앞집 총각 첫사랑이라는 미란이 언니 씨랑 참 많이 닮아 있다. 성격만 말이다.

요 며칠 동안 탈도 많고 이런저런 상처도 많이 받았던 으쓱한 골목길로 접어들었다. 그 골목길을 걷고 있자니 행방불명된 내 새 운동화 생각에 괜스레 우울해져 버렸다. 국민 세금받아서 저런 거나 고치지. 오늘도 가로등은 켜졌다 꺼졌다를 반복해 대며 을씨년스러운 골목길의 분위기를 고조시켜 준다.

"야! 저 가로등 미친 거 아냐?"

"어, 미쳤어. 며칠째 저러고 있으니."

"어, 이거 뭐야?"

"뭐가?"

"어디서 많이 본 건데?"

나보다 몇 발 앞서 가던 지영이가 가던 길을 멈추고 대뜸 쭈그려 앉더니 꼬챙이를 손에 들고 더러운 벌레 만지듯 뭔가를 유심히 뒤집었다 굴렸다 하며 관찰하기 시작했다. 양손에 봉지를 들고 낑낑대며 지영이에게 다가가 나도 그 더러운 뭔가를 확인해 봤다. 그 더러운 뭔가를 확인하고 나서 허탈함을 감출 길이 없었다. 앞집 총각에 의해 행방불명됐던 내 새 운동화가 도둑고양이에게 뜯긴 건지, 지나가던 개새끼한테 뜯긴 건지, 형체도 알아볼 수 없을 정도로 심하게 찢겨져 만신창이가 된 채로 널브러져 있었다.

"흠, 이거 네가 아줌마한테 개 패듯 맞고 난 뒤에 돈 받아서 산 운동화랑 비슷하다, 야."

"……."

 말없이 눈물만 흘린 채 만신창이가 된 내 새 운동화를 품에 꼭 안고 집으로 향했다.

 "아씨, 니네 집 왜 3층이야?! 1층이면 좀 좋아? 짜증나게 짐도 많아서 팔 아파 미치겠네."

 지영이 손에 들린 종이 봉지를 확 구겨 버리려다 말없이 꾸욱 참았다. 지금 난 내 새 운동화가 이렇게 만신창이가 돼서 내 품에 돌아왔다는 사실 하나만으로도 꽤 충격적이니까. ㅠ_ㅠ

 "열쇠 줘봐. 내가 열… 쿵쿵 뭐야? 담배 냄새 아냐? 어떤 놈이야?!"

 지영이의 고함 소리를 듣고 보니 어딘가에서 담배 냄새가 폴폴 나고 있었다.

 "아줌마, 이제 와? 뭐냐? 시장 갔다 왔어?"

 말투 하나하나에 거만함이 배어 있는 저 목소리는 정희와 내가 서 있는 등 뒤에서 들려왔고 난 대번에 그 거만한 목소리가 앞집 총각이란 걸 알았다. 저 목소리 하나에 제멋대로 요동치는 심장을 부여잡고 뒤를 돌아보자 역시나 계단에 기대앉아 담배 하나를 손에 들고 있는 앞집 남자가 보였다. 그리고 담배를 쥐고 있는 앞집 남자의 왼손에는 하얀 붕대가 친친 감겨 있었다.

 "야, 박지민, 누구야? 아는 사람이야?"

 "저런 사람 모, 몰라."

 지영이는 앞집 남자의 얼굴을 구경하느라 정신이 없었고, 난 앞집 남자를 애써 외면한 채 수전증 걸린 사람보다 더 격하게 손을 떨며 열쇠를 열쇠 구멍에 맞추지 못해 쩔쩔 매느라 정신이 없었다. 어쩜 저렇게 아무렇지도 않은 거냐고. 저 남자 날 때부터 얼굴에 철판을 깔고 태어난 거 아냐? 앞집 남자한테는 매일 있는 그런 일이라 굳이 새삼스런 일도 아닌, 별 볼일 없는 일이었을지 몰라도 난 만 19년 만에 처음 경험한 역사적인 일이었는데. 키스를 다시 물려달랄 수도 없고 참 씁쓸할 뿐이다.

"저기 낯이 익어서 그런데 우리 언제 만난 적 있지 않아요?"

화들짝―

이건 웬 80년대 식 철 지난 구닥다리 작업용 멘트? 떨리는 손을 부여잡고 겨우 열쇠 구멍에 열쇠를 집어넣었다 싶었는데 지영이가 앞집 남자를 향해 내뱉은 말에 화들짝 놀라 그만 열쇠를 바닥에 떨어뜨려 버렸다.

"후우, 그래? 나 어디서 봤는데?"

담배 연기를 내뿜으며 지영이를 향해 슬며시 웃음 짓는 앞집 총각. 난 새로운 사실을 하나 포착할 수 있었다. 이 총각 여자 앞에서 살랑살랑 눈웃음 친다는 사실을 말이다. 진정한 고수였다.

"저 기억 안 나세요?"

"크큭! 내가 기억난다고 하면 어쩔 건데?"

내 생각에는 말이다, 내 친구 지영이가 말이다, 지금 앞집 총각에게 작업을 걸고 있는 것 같다는 불길한 생각이 든다는 말이다. 날 대할 때와는 너무나 다른 보기 흉한 애교를 부리며 갖은 아양을 떨고

있는 이 친구가 진정 내 친구인 걸까? 옛말에 남자 복 없는 박복한 년은 친구 복도 없다고 그랬었다.

"오호호호~ 기억나면 이것도 인연인데 차라도……."

덜컥—!!

지영이가 예의 그 80년대 식 낡아빠진 작업용 멘트를 써가며 앞집 남자에게 접근하려는 찰나, 301호의 문이 벌컥 열렸고 내 불길한 예상대로 예비 유부녀 미란이 언니께서 우아한 자태를 뽐내며 국자 하나를 손에 쥔 채 걸어 나오셨다.

"지훈아, 밥 다 됐으니… 어머, 뭐야? 야! 또 너냐?"

또 너냐라니, 누가 할 소릴! 나 역시다!! 거들먹거리며 한소리 해주고 싶었지만 이 언니, 참 무서운 사람이라 잠자코 있어야만 했다. 왜 자꾸 이렇게, 그것도 마치 짠 것처럼 자주 마주치는 건지. 더 이상 여기 있어봤자 또 무슨 소리를 들을지 모르니 지영이를 끌고 어서 집으로 들어가야겠다. 떨어진 열쇠를 주워 다시 한 번 열쇠 구멍에 열쇠를 맞추기 위해 혼신의 힘을 다했다.

"지영아, 우리 빨리 들어가자."

"아, 잠깐. 나 아직 안 끝났는데?"

안 끝나긴 뭐가 안 끝났다는 거야?

"아, 진짜 싫다. 그보다 지훈아!! 너 이렇게 찬바람 쐬면 안 되니까 들어가. 밥 다 됐으니까."

"이제 안 와도 되니까 그만 하고 집에 가."

"빨리 담배 끄고 들어와!! 밥 다 식겠……."

"아씨, 상관 마!! 내가 죽든 살든 뭘 하든 이제 내 일에 간섭하지 마!!"

쾅—!!

미란이 언니에게 버럭 화를 내더니 문을 벌컥 열고 쌩 하니 집 안으로 들어가 버리는 앞집 총각. 그리고 총각의 버릇없는 저 모습에 나, 회심의 미소를 입가에 짓고는 총각에게 소심한 박수를 보내는 바이다. 짝짝!! 음, 훌륭해. 앞집 남자가 미란이 언니에게 신경질을 내고 집 안에 들어가고 난 뒤, 복도에는 국자를 손에 쥔 채 혼자 무안하게 서 있는 미란이 언니와 혹시나 들킬까 심장 졸이며 살포시 고갤 돌려 회심의 미소를 짓고 있는 나. 그리고…

"으핫, 크크! 지민아, 봤어? 봤어? 크크! 저 언니 새 됐다. 하이고, 무안하겠네. 아하하. 크크!"

덩그러니 혼자 남은 미란이 언니를 보며 웃음을 자아내는 내 친구… 내 사랑스런 친구, 지영이가 있었다. 지영이의 방정맞은 웃음소리에 미간을 찡그린 미란이 언니가 홱가닥 고개를 돌려 우리를 쳐다봤다. 그 모습이란… 심은하와 전지현을 믹스시킨 청순미가 뚝뚝 흘러넘치는 마스크에 조폭 마누라에 나오는 신은경의 성격을 잘 버무려 놓은 그야말로 언밸런스의 결정체.

"야, 이년아!! 뭐가 우스워서 웃고 있어?! 저년 친구야? 뭐야, 네년들!!"

"하참, 언제 봤다고 이년이년거려요?! 댁은 또 뭔데!!"

일났네. 입가에 맺힌 미소를 힘겹게 지우고 뒤늦게 사태를 수습하

기 위해 발을 동동 굴렸지만 이미 걷잡을 수 없이 커져 버린 것 같았다.

"너 앞집 사는 저 기집애 친구 년이야? 쌍으로 지랄들이야!!"

"하, 진짜. 누구더러 이년저년이야!! 너 나 알아? 알아?"

"나이도 어린 게 어디서 기어올라, 기어오르긴!! 너 오늘 죽어볼래?"

"어, 그래? 너 오늘 잘 걸렸어!! 오냐, 너 죽고 나 살자!!"

어느새 서로의 머리 끄댕이를 잡고 뒹굴고 있는 미란이 언니 씨와 지영이.

"야, 왜 그래!! 지영아, 장지영! 그만 해."

그리고 싸움을 말리는 척하며 살짝살짝 미란이 언니의 머리 끄댕이를 잡아당겨 보는 나. 그냥 뭐, 그동안 친절하게 날 대해준 미란이 언니의 마음에 대한 보답 차원이라 해두고 싶다.

"너 안 놔!! 야, 이년아! 죽고 싶어!!"

"아!! 누가 할 소린데!! 이거 안 놔?"

엎치락뒤치락—

누군가가 그랬었다. 세상에는 사람 구경, 돈 구경, 동물 구경, 등 잡다한 구경이 있는데 그중에 싸움 구경이 제일 박진감있고 재미있는 거라고 말이다. 아래층, 위층에 사는 사람들이 웅성거리며 하나둘 밖으로 나오더니 이 둘의 모습을 보고는 경악을 금치 못하고 있다. 근데 난 지영이의 저런 모습을 학교 다닐 때부터 자주 봐왔던 터라 새삼 놀랍지도 않다.

"어머어머, 저거 뭐야? 세상에 머리 다 뽑히겠다."

"뭐 하는 짓이래니? 다 큰 여자들이 무슨 싸움이야?"

머리털은 뽑히면 다시 나는 거고 원래 싸움도 해가면서 크는 법이거늘 참 말도 많다.

"뭐 하는 짓인데!!"

헉—!! 밖에서 나는 시끄러운 소리 탓에 얼굴 가득 짜증스러움이 묻어나는 표정으로 문을 열고 집에서 나오던 총각이 바닥에 나뒹굴어 서로의 머리를 잡아뜯는 두 처녀를 보고 조금 놀라는 듯했다. 그 옆에 쭈그리고 앉아서 소심하게 미란이 언니의 머리 끄댕이를 살짝살짝 잡아당기고 있던 난 그제야 잡고 있던 미란이 언니의 머리카락에서 살며시 손을 놓았다.

화들짝—!! 내려놓은 내 손에는 머리카락 한 움큼이 쥐어져 있었다. 증거 소멸을 위해 얼른 손을 탈탈 털어 머리카락을 날려 버리고 난 아무 짓도 안 했다는 듯 가식적인 얼굴로 싸우고 있는 둘을 떼어놓기 위해 애쓰는 척했다.

"미란이 누나!! 뭐 하는 거야!!"

"엉엉~ 지훈아, 저게 내 머리 먼저 잡아당겼어!! 어엉~ 아파 죽겠어."

"훌쩍! 전 아무것도 안 했어요. 갑자기 저 언니가 흑! 제 머릴 흑!"

서로의 엇갈린 주장이 대립되고 있는 가운데 앞집 총각이 날 쳐다봤다.

"저, 저 언니가 먼저 제 친구 머리를 잡아당겼어요."

　난 친구와의 의리를 지킬 줄 아는 참된 인간이었기에 내 친구 편을 들어줄 수밖에 없었다. 미란이 언니가 찢어죽일 듯이 날 노려봤지만 애써 모른 척 고개를 돌렸다. 힘겹게 눈물을 쥐어짜며 우는 척을 하고 있는 안쓰러운 내 친구 지영이를 부축해 집으로 데려갔다. 그리고 앞집 남자도 가식적으로 울고 있는 미란이 언니를 데리고 자기 집으로 들어가 버렸다.

"아! 아야, 살살 좀 해!!"

　지영이 얼굴에 나 있는 손톱에 긁힌 자국들을 소독약으로 소독해 주는 중인데 내가 무안하리만치 엄살이 참 심하다.

"가만히 좀 있어봐, 이 화상아! 그러게 왜 시비를 거냐!!"

"미친… 시비는 무슨! 아우씨, 생긴 건 얌전하게 생겼드만 힘 진짜… 아! 아야야, 아! 살살 좀 해, 이년아!"

"가만히 좀 있어봐봐!! 너 흉터 오래 남겠다."

"근데 저거 누구야? 도대체 싸가지에다 밥 말아 처먹은 년이네!!"

　콜라에다 밥 말아먹는 너보다는 낫겠지.

"앞집 남자의 옛날 애인인가?"

"옛날 애인이 뭐 하러 집에 들락거려!! 아, 아파! 짜증나!!"

"그러게 말이다, 결혼한다는 사람이."

"아, 뭐? 뭐라 그랬어?"

"아, 아니야. 나 쓰레기 좀 내다놓고 올게. 아! 약국 들러서 연고라도 사 올 테니까 엄살 좀 그만 피워. 귀 따거워."

"미친… 후시딘이 잘 듣는다더라 그걸로 사 와라."

돈이나 좀 내놓고 그렇게 당당하게 말을 하면 말없이 사 왔을 것을. 울컥하는 마음에 지영이의 뒤통수를 세게 한 대 내려치고 쓰레기 봉지를 손에 들고 도망치듯 잽싸게 집을 뛰쳐나왔다.

집 앞에 쓰레기 봉지를 얌전하게 세워놓고 약국으로 향했다. 이사를 잘못 온 건가, 터가 안 좋은 건가? 이사 온 뒤로 쭉 안 좋은 일만 생기는 것 같은 이 찜찜함 때문에 우울함을 떨쳐 버릴 수가 없다.

딸랑—

약국 문을 열자 문에 달린 종이 딸랑거리며 날 반긴다.

"어서 오세요."

"아저씨, 후시딘 하나요."

"네, 잠시만요."

딸랑—

약사 아저씨가 약품이 진열되어 있는 곳에서 후시딘을 찾고 있을 때 다시 한 번 약국 문이 열리는 소리가 들렸다. 종소리에 고개를 돌린 난 약국에 발을 들이고 있는 앞집 총각과 눈이 마주쳤다.

"어서 오세요. 여기 후시딘이요."

"네? 아, 네."

"손님은 뭘 찾으세요?"

"밴드랑 소독약이랑 후시딘이요."

유명한 연고인가 봐. 모두들 후시딘 후시딘 하는 걸 보면 말야.

"안녕히 가세요. 아, 손님!"

딸랑—

　약사 아저씨의 잘 가라는 말에 가식적인 웃음도 지어주지 못한 채 급히 약국을 빠져나왔다. 차라리 내 눈에 보이지나 않으면 금방 잊어버릴 텐데 앞집에 산다는 이유로 밤낮으로 얼굴을 맞대고 살려니 잊을래야 잊어버릴 수가 없어 참 답답하다. 앞집 남자의 얼굴을 볼 때마다 어제 일이 떠올라 버리니 말이다.
　"아씨, 이사나 가버릴까?"
　덥석—!!
　헉!! 멍하니 망상에 빠져 있다 뒤에서 불쑥 튀어나온 손이 내 어깨를 덥석 잡았단 사실을 알았고 내 어깨를 잡고 있는 그 손에 하얀 붕대가 친친 감겨 있다는 사실도 뒤늦게 깨달았다. 그리고 곧 이어 내 귓가에 낮게 속삭이는 소리가 들려왔다.
　"등신. 후시딘 두고 갔더라."
　후, 후시딘? 그제야 난 여태껏 내가 빈손으로 걸어가고 있었다는 걸 알았다. 곧 이어 내 어깨를 잡았던 사람이 내 앞에 그 모습을 드러냈다.
　"칠칠맞기는."
　"……"
　난 앞집 남자의 얼굴을 보지 않으려고 애써 고개를 숙인 채 후시딘이 들어 있는 약 봉지를 조신하게 받아 들었다. 그리고 잽싸게 도망가기 위해 뒤돌아선 순간 앞집 총각이 내 뒷덜미를 잡는 바람에 이러지도 저러지도 못하고 말없이 혼자 방황해야 했다.
　"야! 너 지금 나 피하는 거냐?"

끄덕끄덕.

내 의지대로 끄덕여지는 고개가 참 원망스러웠다.

"왜 피하는 건데? 큭! 설마 어제 키스 한 번했다고 그러는 거야?"

울컥—!!

키스 한 번? 고개를 돌려 총각의 얼굴을 올려다보자 앞집 남자가 마치 동물 쳐다보듯 날 빤히 바라보고 있다. 총각의 따가운 시선이 부담스러워 그냥 다시 고개를 숙여 버렸다.

"이사 가고 싶을 만큼 싫었냐? 등신."

그 언제부턴가 앞집 총각은 입버릇처럼 내게 등신이란 말을 내뱉었다. 언제부터였을까?

"조, 좋고 싫은 그런 문제가 아니잖아요! 멋대로 그런 식으로……."

"그런 식으로? 어떤 식? 어제 키스가 별루든?"

지금 그런 말하고 있는 게 아닌데. 정말 한 대 쥐어박고 싶은 걸 간신히 참아야 했다.

"첫키스만큼은 내가 좋아하는 그 오빠랑 하고 싶었었는데… 석이 오빠랑 하고 싶었는데… 그쪽 같은 사람이 내 첫키스여야 한다는 게 시, 싫다구요. 그, 그리고… 또 그리고……."

따르르릉— 따르르릉—

"여보세요? 어, 희민이 누나? 잘 들어갔어? 전화 왜 안 했냐고? 어, 그래서?"

앞집 총각 앞에서 내 울변을 다 토해내기도 전, 총각은 내 말을 곱게 씹어주고는 희민이 누님의 전화를 받으며 내 앞에서 점점 멀어져

갔다. 혼자 남겨진 난 괜히 무안해져 머리를 한 번 매만진 뒤 후시딘이 든 약 봉지를 품에 꼭 안고 집으로 돌아왔다.

"왜 이렇게 늦게 와!! 후시딘 공장에서 만들어다 들고 왔냐!!"

"시끄러우. 이거나 바르고 나 기분 별로니까 깨우지 마! 너 오늘 자고 가라."

"안 그래도 자고 가려고 작정하고 온 거야."

"이런, 고마워서 눈물이 앞을 가려."

"미친… 아! 따따, 따가."

그렇게 후시딘 약 냄새와 소독약 냄새, 지영이의 고통에 겨운 비명 소리에 취해 잠이 들었고 모처럼 꿈도 꾸지 않은 채 푹 잠든 것 같다.

다음날 아침 왠지 모를 꺼림칙한 기분으로 잠에서 깨어나야 했다.

"이, 이 잡것이!!"

어제 사 온 후시딘 연고 하나를 기어이 얼굴에 전부 펴 바르고 한 명 자기도 비좁은 침대에 끼어들어 와 내 옆에 잠든 지영이가 연고로 떡칠이 된 그 끈적한 얼굴을 내 얼굴에 부비적대고 있었다.

"이, 일어나!! 장지영!! 너 절루 가!! 절루 가!!"

"미친… 시끄러."

얼굴 이곳저곳의 찜찜함을 견디다 못해 욕실로 뛰어가 연거푸 세수를 해댔다. 아침부터 일이 꼬이는 걸 보면 오늘 일진도 좋지만은 않을 것 같아 기분이 별로다.

저녁 7시에 있을 집들이. 집들이를 한다는 부푼 기대를 가슴에 안고 서툴기 그지없는 형편없는 음식 솜씨로 이런 거 저런 거 만들며

시간을 보내고 있다. 저녁 6시가 될 때까지 지영이는 도통 일어날 생각을 하지 않았다. 어제 싸움 좀 했다고 심신이 고단하고 지쳐 버린 걸까?

"야! 야! 일어나!! 지금 몇 시인 줄 알아? 한 시간 뒤에 애들 올 거니까 일어나서 세수라도 해!!"

"아씨, 얼굴에 이게 뭐냐? 찜찜하게 뭐야?"

"글쎄다."

욕실에 들어간 지영이의 짧은 비명 소리와 함께 시간은 흘러 7시가 되었다. 초인종 소리가 요란히 울려대며 절친했던 고등학교 때 친구들이 하나둘 내 집을 방문했다.

"진주야!! 오랜만이다!! 몇 달 만이냐?"

"자경아아~ 크큭! 잘살았냐? 더 이뻐졌네에."

"아! 대학 들어간 거 축하한다~ 나야 뭐, 내년에 가면 되지 않겠어?"

"조준영! 어? 빈손으로 오라니깐!!"

"진영이!! 들어와. 밖에 춥냐? 크큭! 오랜만이다."

대충 첫인사는 이러했다. 집 안이 북적대는 시장통마냥 시끌벅적해졌지만 오랜만에 나라는 인간의 정체성을 찾을 수 있는 계기가 된 소중한 시간이었다. 하지만 그 와중에도 난 초조하게 시계를 보며 정희가 정말 오는 걸까 내심 불안해해야 했기에 마음이 썩 편치만은 않았다. 오랜만에 모인 친구들의 관심은 지영이의 얼굴에 난 의문의 상처에 집중됐다. 지영이는 잠시 쓴웃음을 지어 보이더니 어제 있었던

쌈질을 정성스럽게 과대 포장해 농도 짙은 거짓말을 섞어가며 사기를 치기 시작했다.

8시가 넘자 조금씩 내 맘도 안정을 되찾아가는 것 같았다. 결국 정희는 안 올 모양인가 보다. 약간 방심한 채 친구들과 이런저런 이야기를 해가며 맥주를 마시고 있었다. 시계가 8시 36분 27초를 향해가던 그 시간. 매정하게도 내 집 벨을 누르는 인간이 있었다.

"뭐야? 누구 올 사람 또 있어?"

"글쎄다. 아닐 거야. 걘 아닐 거야."

우거지상을 한 채 현관문을 열었다. 내 예상대로 정희 기집애가 입가에 비소를 띤 채 건방지게 서 있고 정희 너머에는 내가 예상치 못했던 한 사람이 더 있었다.

"현.석.오.빠!! 들어가자. 어머, 안녕!! 오랜만이네, 다들?"

정희의 출연으로 화기애애하던 분위기가 0.1초 만에 다운되어 버렸다. 오징어를 질겅질겅 씹고 있던 지영이는 목에 오징어 다리 하나가 걸려 캑캑거리고 있었다.

"뭐야? 너 웬일이냐?"

"어, 자경아! 반갑다. 아, 이쪽은 내 애인. 혼자 오려고 했는데 어찌나 같이 가자고 조르던지. 헤헤."

"뭐, 뭐니? 박지민. 저, 저 사람은 현석 오빠……."

친구들은 다 알고 있다. 내가 어떻게 해서 현석 오빠랑 사귀게 됐었는지 말이다.

내가 고등학교 2학년 말, 현석 오빠는 우리 여고 옆 남고 3학년이었다. 매일 같은 시간 같은 버스를 타는 이 오빠를 언제부턴가 좋아하게 되어버렸고 내가 고백할 수 있게 백방으로 도움을 준 내 친구들이었다. 그런 친구들이 어떻게 현석 오빠를 못 알아볼라고.

"아, 술맛 떨어졌다."

"그러게. 쩝!"

"하, 니들 오랜만에 본 친구 앞에서 좀 냉정하다~"

"푸하! 그러냐? 그러는 너도 지민이 앞에서 좀 냉정하다는 생각 안 드냐?"

결국 이렇게 되어버렸다. 정희와 친구들 간에 트러블이 생길 거라는 거 어느 정도 예상했었다. 그래서 더 더욱 오지 말았으면 하고 바라고 또 바랬는데 현석 오빠까지 데리고 이렇게 나타날 줄은 정말 몰랐다.

"아, 오빠, 앉아. 언제까지 서 있을 거야?"

"……."

짧은 한숨을 내쉬며 자리에 앉는 현석 오빠. 뭐가 그렇게 행복한 건지 정희의 얼굴에는 웃음이 떠나질 않았다. 괜스레 마음이 답답해져 버려 눈앞에 있는 술을 닥치는 대로 벌컥벌컥 마셔 버렸다.

어느 정도 취기가 올라올 때쯤 정희 기집애가 또 무슨 염장을 지르려고 작정한 사람처럼 나에게 비웃음 섞인 웃음을 짓더니 입을 연다.

"너 말야, 그때 봤던 그 애인 말이야."

"꾁! 무슨 애인?"

"이상하단 말야. 현석 오빠랑 계단을 올라오는데 있지 저번에 봤

던 니 애인이랑 똑같이 생긴 사람이 딴 여자랑 껴안고 있더라~ 뭐니?"

움찔!! 그 앞집 인간 그러는 거 하루 이틀도 아니고.

"끅! 상관없어."

"왜에? 이상하네. 애인이 니네 집 앞에서 버젓이 바람피우고 있는데 화 안 나니? ^—^"

"그 사람 내 애인 아니니까. 남 일에 신경 끊지 그러냐? 끅!"

"큭! 창피해서 그래? 언제 한번 정식으로 소개 좀 시켜줄래? 그때 나한테 신발 던진 것도 그렇고 그 잘나 빠진 애인한테 사과도 받을 겸해서 말야."

"그 사람 내 애인 아니야."

"내숭 떠는 건 여전하다. 훗!"

"뭐? 너 지금 뭐라 그랬어!!"

"내가 뭐 틀린 말했니? 애인 말야, 얼굴은 잘생겼든데 정신 상태가 좀 이상한 것 같더라. 진짜 끼리끼리 논다는 말이 맞나 봐. 안 그래?"

"야, 양정희! 너 사람 염장 지르러 작정하고 왔냐!!"

"야!! 두 사람 반기는 사람 여기 아무도 없으니까 이쯤에서 좀 나가주는 것도 예의 아니냐?"

말없이 오징어만 질겅질겅 씹고 있던 지영이는 취기가 오를 대로 올라 또 한 번 정희의 머리 끄댕이를 잡았고 꿈에 부풀었던 내 집들이는 개판이 되어버렸다.

20분쯤 흘렀을까? 여기저기서 높은 언성과 욕설이 오가는 그 와

중에 집 안에 울려 퍼지는 초인종 소리. 난 술에 취해 반쯤 풀린 눈으로 비틀거리며 현관문을 열었다.

덜컥—!!

문을 연 그곳에는 검은색 제복을 입은 사내 두 명이 흐릿한 내 두 눈에 보였다.

"끅! 누구야?"

"경찰입니다. 실례하지만 집주인이십니까?"

"경찰? 그런데요, 내가 집주인인데… 끅!"

"301호에 사시는 분이 도통 시끄러워서 살 수가 없다고 신고를 하셨습니다."

"에?"

"3, 301호요?"

"무슨 일이십니까? 한밤중에 소란스럽게 하면 어떡합니까? 잠시 서로 가주시겠습니까?"

드라마에서 자주 써먹는 잠시서로 가주시겠습니까라는 말에 반쯤 풀린 눈에 힘을 팍 주었다. 그리고 경찰 아저씨의 두 어깨를 잡아 마구 흔들었다.

"아저씨!! 한 번만 살려줘요. 저희 다 친한 친구들이거든요? 잘못했어요. 조용히 할게요."

"너 이거 안 놔? 장지영, 이거 놔!!"

"끅! 미친… 훗! 양정희, 너 오늘 끅! 죽여 버릴 거야."

안타깝고 애석하게도 이 난리 북새통에 경찰 아저씨가 와 있다는

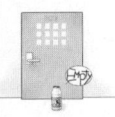

사실을 아는 사람은 나뿐인 듯했다. 경찰 아저씨들 앞에서 저희 친한 친구예요라며 가식적인 미소를 지어가면서까지 변명 아닌 변명을 해봤건만, 죽이네 살리네… 너 죽고 나 살자… 살벌한 욕설이 들리고 싸움이 더 격해지자 나만 괜히 거짓말을 해버린 꼴이 되어버렸다. 땀이 삐질삐질 흐르기 시작했다.

"흠, 정말 다 친한 친구들입니까?"

"네, 네. 조용히 시킬게요. 야!! 잠깐 조용히 좀 해주지 않을래? 부탁이란다!!"

"개년, 너 오늘 죽었어!!"

이런 처절한 나의 외침에 화답이라도 해주려는 듯 개년, 죽었어라는 말과 함께 지영이가 질겅질겅 씹다 버린 오징어 다리 하나가 내 얼굴 위로 날아왔다.

"안 되겠습니다. 저희도 어쩔 수가 없습니다."

"아, 아저씨, 저희 정말 친한 친구예요. ㅠ_ㅠ 금방 조용히 시킬게요."

"저희도 신고를 받고 온 입장이라 확실히 해결을 하고 가야 됩니다."

"아저씨. 울먹! 정말 친구들인데 울먹! 술이 좀 취해서 그래요."

쾅—!!

경찰 아저씨와 서로 데려가네 마네 실랑이를 벌이고 있는 긴박한 순간, 시끄럽다는 이유로 우리 집을 신고한 장본인인 앞집 총각이 짜증 섞인 얼굴로 자기네 집 문을 발로 차더니 능기적 걸어나왔다.

"아씨! 아저씨, 안에 있는 것들 좀 죄다 데리고 가!! 이 집구석은 밤낮으로 항상 저래. 시끄러워서 이사를 가든 해야지, 살 수가 있나."

저 버릇없는 총각이 신고한 것도 모자라서 날 모함하려 들고 있다.

"너무한 거 아니에요? 조금 시끄럽게 했다고 신고까지 할 필요는 없었잖아요."

"아저씨!! 바락바락 대드는 저 여자가 302호 집주인인데 쟤를 먼저 잡아가, 쟤를!!"

울컥!!

총각의 얼굴은 마치 나에게 앙심을 품고 복수를 결심한 사람의 얼굴 같았다. 총각에게 앙심을 품은 사람은 오히려 나인데 말이다. 그렇게 301호 문에 거만하게 기대서서 아니꼬운 표정으로 날 노려보고 있는 앞집 총각이었다.

나 역시 술기운을 빌어 대담하게도 행여나 총각에게 뒤질세라 두 눈을 부릅뜬 채 앞집 남자를 노려보고 있었다. 앞집 남자가 가소롭다는 듯 날 보며 비웃음을 날리던 그때였다.

"죄송합니다. 술이 좀 과하다 보니 친구들끼리 의견 충돌이 있었네요. 죄송합니다. 조용히 시키겠습니다."

"현석 오빠?"

말없이 술만 마시고 있던 현석 오빠가 조용히 다가오더니 깍듯이 예의를 차려주며 자초지종을 경찰에게 설명했다. 내 말은 듣지도 않고 막무가내로 경찰서로 가자던 경찰 아저씨들은 현석 오빠의 말을 고개까지 끄덕여 가며 경청하고 있었다. 민중의 지팡이라는 경찰들

이 이렇게 인간 차별을 하나 싶은 생각에 씁쓸함을 감출 길이 없었다.

"네, 그럼 부탁합니다. 점잖으신 분 같으니 저희는 믿고 돌아가겠습니다. 301호 사시는 이분께서 신고를 하셨는데 사과 말씀이나 전해주시고 저희들은 그만 가보도록 하겠습니다."

현석 오빠의 한마디에 너무도 허무하리만치 간단하게 경찰들은 돌아갔다. 뭐 씹은 표정을 한 총각이 여전히 문 앞에 기대서서 현석 오빠와 날 기분 나쁘게 쳐다보고 있었다.

"소란 피워서 죄송하게 됐네요. 조용히 시킬 테니까 이제 그만 들어가시죠."

"니가 석이 오빠냐?"

어째서 앞집 총각의 입에서 석이 오빠라는 이름이 나와야만 하는지. 어째서 현석 오빠가 난장판이 된 이 상황을 수습하기 위해 앞집 총각에게 사과를 해야 하는 건지. 혼란스럽다.

"그렇다면 어쩔 건지 궁금한데요?"

"됐어. 뭐 니가 궁금해할 필요까지는 없고……."

여전히 거만하게 기대서서 미심쩍게 말끝을 흐리던 앞집 남자는 현석 오빠를 위아래로 기분 나쁘게 쭉 훑어보더니 입을 달싹거렸다.

"아~ 너구나. 첫키스하고 싶었다는 사… 읍!"

이 사람이 어디서 약을 잘못 먹고 왔나? 무슨 말을 하려고 저러는 걸까?! 서둘러 앞집 총각의 입을 손으로 막고 애절한 눈빛으로 아무 말 말아달라는 무언의 압력을 넣어봤다.

꽉—!!

"꺄악! 아! 이게 뭐 하는 짓이에요?! 왜 손을 깨물어요?!"

하지만 이런 내 진심 어린 눈빛의 부탁에도 불구하고 자신의 입을 막고 있던 내 손을 사정없이 깨물어 버리는 총각이었다. 참 아팠다. 아픈 손을 부여잡고 원망스런 눈길로 총각을 쳐다보자 입가에 비소를 지어 보이더니 싸늘한 목소리로 내게 한마디 던져 줬다.

"죽을래?"

싸늘한 그 한마디에 또 한 번 소심해져 버린 난 고개를 살포시 숙이고 뒷걸음질을 쳐야만 했다. 난 왜 항상 세상을 비굴하게만 살아가고 있는 걸까?

"더 할 말 없으면 문 좀 닫았으면 하는데요."

현석 오빠의 조금은 쌀쌀맞은 말투에도 아랑곳하지 않고 시종일관 거만한 표정을 유지하나 싶었는데, 아주 잠시였지만 난 보고 말았다. 총각의 입 꼬리가 살포시 움찔거렸다는 걸 말이다. 앞집 남자 잘못 건드려 득될 거 없단 사실을 누구보다 잘 알고 있는 나이기에 현석 오빠의 옷자락을 당기며 먼저 들어가 있으라는 어설픈 눈짓을 줬다.

그렇게 현석 오빠를 억지로 집으로 들여보내고 서로의 집 앞에 선 채 약간의 거리감을 두고 어색하게 앞집 남자와 대면하고 있는 나. 여전히 미동도 않은 채 잠자코 문에 기대서 있던 총각이 날 보며 한마디 했다.

"등신."

이젠 익숙해질 때도 됐건만 저 등신이란 말만은 언제 들어도 사람

기분을 살짝살짝 상하게 하는 뭔가가 있는 것 같다.

"자꾸 등신등신 하지 마요."

"듣는 등신 기분 나쁘다? 등신. 등신 같은 짓을 하니까 등신이라 그러는 거지."

하지 말라 했거늘 무려 네 번이나 연달아 등신이란 말을 사용하는 총각이다. 이 인간은 사람 말을, 아니, 내 말을 뭘로 아는 걸까?

"그리고 시끄럽게 한 건 죄송한데요, 신고까지 한 건 너무하시네요."

"뭐야? 애인 있는 놈 좋아하는 거냐? 등신."

울컥!

"좋아하는 거 아니에요. 미련을 못 버리는 거지."

"등신. 그거나 그거나 같은 말이네."

"달라요. 두 사람이 사귀고 있을 땐 좋아한다라는 말이 통할지 몰라도, 헤어지고 난 뒤에는 얘기가 달라져요. 헤어진 뒤에도 여전히 그 사람을 좋아하는 그 감정은 좋아하는 게 아니라 미련을 못 버린다라는 말이 되어버려요. 그래서 난 지금… 미련을 못 버리고 있는 거구요."

"누가 뭐랬냐? 잘난 척은……."

그거나 그거나 같은 말이라는 총각의 말에 아니다, 그건 다르다라고 친절히 지적을 해주고 있는 내 말을 대놓고 무시해 버린다. 그리고는 대뜸 문 앞에 털썩 주저앉더니 호주머니에서 담배를 꺼내 물어 불을 붙인다. 담뱃불을 붙이는 왼손에 감겨 있는 붕대를 보자 아주 조금은 미안한 마음이 들었다. 이유야 어찌 됐든 내가 뺨을 후려친 덕분에 커피가 쏟아져 손을 데인 거니까.

"저기… 그 손 미, 미안했어요."

"후우, 일찍도 사과한다?"

쨍그랑—!!

와장창—!!

우지끈—!!

아직도 집 안에서는 싸움이 끝나지 않은 건지 시끌벅적한 소리가 끊이지 않고 있었다.

"들어가서 조용히 시킬게요."

"됐어. 싸우게 냅둬."

"냅두라니? 그, 그럴 거면 신고는 왜 했어요?"

"그냥 신고라는 거, 내 손으로 한 번 해보고 싶어서. 나 전에 살던 집에서 친구들이랑 놀다가 시끄럽다고 신고받고 쫓겨났거든? 재미있겠다 싶어서 해봤는데 별루다."

"해, 해보고 싶어서라니? 그, 그게 어디 말이나 된답니까?!"

"그보다 너! 조금 있으면 결혼할 사람 얼굴에 흠집을 내면 어쩌겠단 거야! 소박맞으면 어쩌려고."

"그거 내가 그런 게 아니라……."

꼭 살인 누명을 뒤집어쓴 것 같은 이 찜찜함은 뭘까?

"근데 정말 그런 거냐? 헤어지고 난 뒤에도 여전히 그 사람을 좋아하는 거, 그거 미련을 못 버리는 거냐?"

　조금은 진지한 앞집 남자의 표정과 말투에 나 역시 괜스레 숙연해져 버렸다.
　"그냥 내 생각이에요. 신경 쓰지 마세요."
　"신경 안 썼어."
　꼭 이렇게까지 날 무안하게 만들어야만 속이 시원한 걸까? 흠, 여전히 좋아한다는 저 말은 미란이 언니를 두고 말하는 건가?
　"그 언니 아직 좋아하죠?"
　"너 그놈 아직 좋아하냐?"
　사람이 질문을 하면 대답을 해야 하는 게 정상이거늘 질문을 한 사람에게 되려 질문을 하면 어쩌란 말인가.
　"미련을 못 버리는 거라니깐요. 그리고 내가 먼저 물어봤잖아요."
　"내가 왜 니 질문에 일일이 대답해야 되는 건데?"
　"그러네요."
　"지난밤에 만났던 그놈이 저놈이냐? 싸가지없던 기집애랑 같이 있던."
　끄덕끄덕.
　"그 싸가지없는 기집애 말야, 니 친구냐?"
　"친한 건 아니지만 뭐, 친구죠."
　"내가 뺏어줄까?"
　뺏어준다? 담배 연기를 내뿜으며 날 빤히 쳐다보는 앞집 총각의 표정은 여전히 진지했다.
　"뺏다니요?"

"그 기집애한테 그놈 뺏긴 거 아냐? 보니까 딱 그 분위기던데? 내가 그 기집애 나한테 넘어오게 할 테니까 넌 그 석이 오빠가 뭔가 하는 놈이랑 처음부터 다시 시작해 봐."

"싫어요."

"내 얼굴을 못 믿는 거냐, 아님 착한 척하는 거냐?"

"어쨌든 싫어요. 정희가 뺏은 건지, 석이 오빠가 사귀자고 그런 건지 확실하지도 않고. 그보다 왜 갑자기 이렇게 친절한 척하는 건데요?"

"등신. 오해하지 마. 멋대로 첫키스한 죗값 치르려는 것뿐이니까."

첫키스한 죗값? 알긴 아는구나. 그게 죄라는 걸 말야. =__= 사람이 죄를 지으면 죗값을 치러야 한다는 걸 잘 아는 걸 보면 가정 교육은 잘 받은 것도 같다. 그런데 아까는 경황이 없어 별로 신경 쓰지 않았지만 곰곰이 생각해 보니 이 총각, 민중의 지팡이인 경찰관에게 반말을 찍찍해 댔던 것 같다. 가정 교육과 초등 교육, 중등 교육, 고등 교육에서 예절이란 걸 배웠음에도 불구하고 사회 생활을 저딴 식으로 버릇없이 하는 걸 보면 저 총각의 거만, 당돌, 대담함은 어쩌면 타고난 것일지도 모르겠다. 앞집 총각을 낳으신 아버님과 어머님을 꼭 한 번 만나뵙고 싶다.

그건 그렇고 예절이란 걸 눈곱만큼도 모르는 저 앞집 총각이 내게 솔직히 조금은 귀가 솔깃한 제안을 하나 했더란 말이다. 현석 오빠에게서 정희를 뺏어줄 테니 나에게 현석 오빠와 처음부터 다시 시작해 보란 말을 말이다. 그러면 안 된다는 건 잘 알고는 있지만 모 커피 광

고의 한 장면에 나오는 악마의 유혹이라는 멘트처럼 날 현혹시키는 앞집 총각의 말. 나란 인간도 어쩔 수 없는 속물이었던 걸까? 더 이상의 긍정도, 부정도 하지 않았다. 설령 정희와 헤어졌다고 해서 현석 오빠랑 다시 사귈 수 있다는 보장은 없지만… 그래도 마음이 흔들린다.

"내기 하나 할래?"

"내기요? 시, 싫은데요!!"

반쯤 타 들어가는 담배를 바닥에 탁 하고 떨어뜨리더니 입가에 사악한 미소를 지은 채 슬며시 자리에서 일어나는 앞집 총각. 그런 사악한 미소를 지으며 내게 내기 운운하는 총각이었기에 참 수상하지 아니할 수 없었다. 엄마가 딸인 내게 그러하듯 나 역시 저 총각을 신용할 수 없기에 기를 쓰고 고개를 내저었다. 설령 사기꾼 말을 믿을지언정 말이다.

"싫어?"

끄덕끄덕.

"그래? 그럼 석이 놈한테 불어버린다. 너랑 나 사이에 이런저런 끈적끈적한 일이 있었다고 말야."

이런저런 끈적끈적한 일? 오, 마이 갓! 인간이 이다지도 치사할 수가… 있는 거다.

"무슨 내기인데요?"

그리고 인간이 이렇게 비굴할 수도 있는 거다. =__=

"큭! 별건 아니고 그 기집애 말야, 오늘 밤 안에 나한테 넘어온다,

안 넘어온다. 나랑 내기할래?"

정희가 오늘 밤 안에 앞집 총각한테 넘어온다? 안 넘어온다? 너한테 참 별거 아닌 일이기도 하겠다. 뭐, 앞집 총각이 자신의 특기인 여자 홀리기 파워를 유감없이 발휘해 준다면야 못 넘어올 것도 없겠지만 방금 내 앞에서 앞집 총각을 무지하게 씹어대던 정희였다. 가능하려나? 그나저나 내가 왜 이런 별 시답잖은 내기에 이토록 심각해져야만 하는 걸까? 아마도 여전히 사라질 기색 없이 총각의 입가에 걸려 있는 저 사악한 미소 때문이겠지?

"내기라 함은 대가가 따르는 건가요?"

"아, 당연하지!! 먼저 말해. 어느 쪽에 걸래?"

당연한 질문을 해서 미안해, 총각. 그렇다고 해서 화낼 필요까지는 없지 않았을까? =___=

"난 안 넘어온다에 걸래요."

"안 넘어온다? 하, 기분 드럽네."

내 말에 돌연 표정이 굳어져 버린 총각이었지만 저딴 표정 따위 무섭지 않다. 난 내 나름대로 합리적으로 생각했을 뿐이니까. 솔직히 정희가 앞집 총각의 얼굴에 혹했다 치자. 그럼 그 다음, 성격은 어찌할 터인가? 정희를 오랫동안 봐와서 안다. 정희 기집애는 남자를 군림하는 스타일이기에 앞집 총각처럼 대책없이 당돌한 사람에겐 분명히 거부 반응을 보일 것이다. 딴에는 논리 정연하고 합리적으로 생각해서 내린 결론이었다. 해서 앞집 총각이 '니가 날 무시하냐? 너 오늘 죽어볼래?' 라고 말하는 듯한 저딴 표정 따위도 절대! 네버! 무섭

지 않다.

"내기에서 이기면 어떻게 되는 건데요?"

"훗! 웃기고 있네. 내기에서 지면 어떻게 되냐고 먼저 물어봐야지. 꼴에 이기길 바라냐?"

울컥—!!

"어쨌든요."

"뭐 절대 그럴 일은 없겠지만 내기에서 이기면 한 달 동안 매일 밤낮으로 너한테만 키스해 줄게."

지금 저 말을 아주 진지하게 내뱉었다. =_=

"아, 네. 됐습니다. 내기 같은 거 안 할랩니다."

"하. 너 지금 웃기고 서 있는 거 알고 있지? 그럼 두 달?"

우득—!!

"그런 얘기가 아니잖아요!! 내기 안 해요!!"

"아니면 아닌 거지 어디서 바락바락 소리를 질러! 고막 찢어지면 니가 책임질 거야!!"

"……."

"그래, 만약 니가 이기면 니가 하라는 거 뭐든 다 한다. 됐냐?"

끄덕끄덕.

"대신 내기에서 지면 넌 내가 하자는 거 다 해야 된다. 알았냐?"

뭔가 상당히 찜찜하긴 하지만 어쩔 수 없이 다시 한 번 고개를 끄덕일 수밖에 없었다. 항상 내가 고개를 끄덕일 수밖에 없는 그런 무서운 분위기를 만들어 버리니까. =_= 호주머니에 손을 찔러 넣은 채 상당히 시건방진 포즈로 날 쳐다보는 저 시선. 실로 오랜만에 느껴보는 앞집 총각의 부담스런 시선이었다. 집에서 막 튀어나온 사람답게 흰색 반팔 티셔츠에 남색 츄리닝 바지를 착용하고 있는 총각이었지만 옷발이란 거 참 무서운 거다. 괘씸하게도 저 츄리닝 패션마저도 총각에겐 잘 어울렸다. 그렇지만 저 반팔 티셔츠는 심히 추워 보인다.

"저기 반팔인데 안 추워요?"

"왜? 추우면 니가 안아줄래?"

항상 저런 식이지.

"그건 그렇고, 제발 집 앞에서 이상한 짓 좀 하지 마세요."

그렇다. 아직 미미하게 술기운이 남아 있었나 보다. 나 역시 예상치 못했던 돌발적인 발언에 앞집 총각이 무섭게 눈을 부라렸다.

"이게! 아까부터 웃기고 서 있네. 이상한 짓 뭐? 무슨 이상한 짓 하고 돌아다녔는데, 내가!!"

"친구가 오늘도 집 앞에서 웬 여자랑 껴안고 있더라고 그러던데요?"

"새삼스럽게 나 그러는 거 하루 이틀 훔쳐봤냐!!"

"그러게요. 저 원래 새삼스러운 짓 잘해요."

씨익—

말없이 날 외면하는 총각이었다. 차라리 욕을 하든지. 사람 무안하게…….

"안에 개 있지?"

"누구요? 정희요?"

"그래. 그 기집애 이름이 정희냐? 근데 뭐 해? 문 안 열어?"

"그보다 뭐 하실려구······."

"등신. 들어가서 만나야 오늘 밤 안에 결판을 낼 거 아냐!"

"저기 오늘은 현석 오빠도 있는데······."

"그래서?"

"아니, 뭐 그렇다구요······."

덜컥—!!

결국은 앞집 총각을 데리고 집으로 들어와야 했고 다행스럽게 이미 싸움판은 끝난 듯했다. 정희와 현석 오빠는 어딜 간 건지 보이지 않았다. 산발이 된 머리로 바닥에 대자로 뻗어 널브러져 있는 지영이와 미간을 찌푸리며 연거푸 맥주만 마셔대는 친구들이 내 눈에 들어왔다. 내 사랑스런 친구들이 애처로워 보이기까지 했다.

"저기··· 있잖아."

소심한 내 목소리에 모두의 시선이 날 향하는가 싶더니 이내 내 옆에 당당하게 서 계신 앞집 총각에게 집중됐다. =_= 좋겠수, 인기가 하늘을 찔러서. 바닥에 대자로 뻗어 있던 지영이가 어느새 일어나 앉더니 머리매무새를 정돈한 뒤 가련한 척, 조신한 척, 가식적인 연기에 몰입하기 시작했다. 다른 사람에 비해 조금 월등한 면상을 가지고 있다는 이유 하나만으로 너무나 거만하게 세상을 살아가고 있는 이 앞집 총각은 자기 얼굴에 도취된 내 친구들에게 눈웃음으로 화답하고 언제나 그랬듯 제 집마냥 신발을 벗고 집 안으로 들어갔다.

"지민아, 누구야?"

"아, 앞집에 살고 있는데 그냥 뭐, 집들이 겸해서 부른 거야. 이웃 사촌이니까. 하하."

항상 그래왔듯 내 트레이드 마크인 가식적인 미소를 지어가며 친구들 앞에 앞집 총각을 소개했다. 하지만 총각은 정희를 찾으려는 건지 정서가 불안한 놈처럼 두리번거리기 시작했다.

"정희 지금 어딨어?"

"야, 박지민!! 너 양정희의 양자도 꺼내지 마!! 쏠려!!"

"어? 그, 그래."

지금 친구들한테 정희의 행방을 묻는다는 건 망나니 앞에서 목을 댕강 자르라고 난동을 부리는, 한마디로 죽으려고 발악하는 꼴과 별반 다를 게 없었다. 할 수 없이 손수 찾아볼 심산으로 이쪽저쪽을 기웃거리며 정희 기집애를 찾아다녔다. 찾아다녔다라고 해도 원룸인지라 찾을 만한 데가 없다. 방에 없다면 베란다, 그리고 욕실뿐이다. 현석 오빠도 같이 없어졌는데 어딜 갔지? 베란다에는 없고 욕실에 둘이 같이 들어갔을 리도 없을 테고.

벌컥—!!

"아, 미안."

하아! 왠지 내가 봐서는 안 될 장면을 봐버린 것 같다. 둘이 같이 들어갔을 리가 없을 거라 생각했던 욕실 안에 정희와 현석 오빠가 같이 있었다. 욕실 안에서 정희가 현석 오빠를 타일 벽에 밀친 채 격렬히 키스에 몰입하고 있던 중이었다. 나의 갑작스런 출현으로 둘은 서

로의 몸에서 떨어졌고 얼굴 가득 짜증스러움이 묻어나 있는 정희가 길길이 날뛰며 화를 낸다.

"뭐니? 너 남 키스하는 거 훔쳐보는 게 취미였니?"

그래, 나 원래 남 키스하는 거 훔쳐보는 게 취미다라고 이실직고하고 싶지만 지금은 이런 말장난할 상황도 아닐 뿐더러 그럴 기운마저 빠져 버렸다. 세면대에 기대서서 말없이 천장만 쳐다보고 있는 현석 오빠의 입가에 묻어 있는 정희의 립스틱. 마치 나에게 현실을 받아들이라고 말하는 듯해서 가슴이 시리다. 아, 나 그동안 착각하고 살았구나. 장현석이란 사람은 나란 인간은 예전에 벌써 잊고 이제는 새로운 애인 만나서 잘살고 있는데… 그런데 나 혼자 혹시나 하는 기대감으로 바보같이 미련 못 버리고 궁상떨고 있었구나. 사랑해서 헤어진다느니 하는 그 딴 멋들어진 말로 헤어지자고 하더니… 그래서 그 말 하나에 지금까지도 혹시나 하는 생각으로 미련 못 버리고 있었는데… 차라리 내가 싫어져서 헤어진다고 솔직히 말하지. 그러면 지금 이 순간 내가 조금은 덜 슬퍼하고, 조금은 덜 가슴 아팠을 텐데……. 현석 오빠, 참 잔인하다. 그치?

"큭! 야, 너 언제까지 그러고 서 있을 거야? 내 애인하고 내가 키스하고 있는 게 그렇게 놀랄 일이야?"

"미, 미안. 문 닫을게. 아! 하던 거 마저 해."

"큭! 웃긴다, 너. 하던 거 마저 해? 분위기 다 깨놓고 처음부터 다시 시작하라구?"

"미안."

딸깍—

박지민, 참 우습다, 너! 그래, 애인끼리 키스하는 거… 그거 당연한 거잖아. 그렇지? 그런 거지? 또 오버한다. 이깟 일로 울고 싶으면 고단한 이 세상 어떻게 살래?

이를 악물고 애써 눈물을 참아내며 앞집 남자가 있는 곳으로 걸음을 옮겼다. 현석 오빠한테서 정희 뺏지 말라고 말해야 되겠다. 내 친구들한테 둘러싸여 있는 앞집 총각은 마시란 소리도 안 했거늘 혼자서 홀짝홀짝 맥주를 입에 대고 있었다. 그런 총각을 아무 소리 없이 베란다까지 끌고 왔다.

"아씨! 뭐야 너!! 죽고 싶어?!"

내 손에 끌려온 게 쪽팔린 걸까? 왜 버럭 화를 내고 그래, 내 기분도 별룬데.

"내기 없었던 걸로 해요."

"뭐? 너 괜히 질 것 같으니까 지금 수 쓰는 거 아냐? 하긴 뭐, 자랑은 아니지만 내가 찍어서 안 넘어온 여자가 없었거든?"

나 총각 앞에서 고작 그런 인간이었나 봐. 불리하다 싶으면 수 쓰는 그런 비열한 인간 말야. 그리고 마지막 그 말 니 자랑이야.

"그런 거 아니에요. 그냥 미련이 없어져 버린 거니까… 그러니까 그쪽도 괜히 현석 오빠한테서 정희 뺏으려고 하지 말고 둘이 사귀게 냅둬요."

"그러기 싫은데? 너 이거 계약 위반이야!!"

"계약 위반이라니? 우리가 언제 계약을 했던가요?"

"내기도 엄연히 계약이라면 계약이거늘 나이도 어린 게 벌써부터 사기를 치려고 들어?"

"저기 제가 지금 장난칠 기분이 아니라서요. =__="

"누군 뭐 한가하고 할 일 없어서 여기 온 줄 알아!!"

나 진짜 앞집 총각하고 이렇게 티격태격하기 싫은데… 지금은 그냥 울고 싶은 생각뿐인데…….

근 10여 분 정도 어린 게 사기친다며 나에게 훈계를 해대는 앞집 총각의 잔소리와 겨울 베란다에서 추위와 싸우고 있었다. 그때 욕실에서 정희와 현석 오빠가 나왔다. 내게 훈계를 하다가 정희를 발견한 앞집 총각은 심호흡을 길게 한 번 하고 애써 표정 관리를 하더니 정희에게 다가가려 했다. 이 사람이 됐다니까! 무슨 짓을 하려고!! 뺏어 봤자 달라질 건 아무것도 없단 말이야. 급한 마음에 앞집 남자의 옷자락을 잡아당겼다.

"저, 저기 됐다고 그랬잖아요!! 하지 마요!!"

"시끄러. 이거 놔."

"제발 흑! 내가 더 비참해진단 말예요. 흑!"

"……."

결국 참았던 울음보가 터져 버렸다. 베란다에 서 있던 애가 돌연 울음을 터뜨리자 당황해하는 친구들. 이런 내 모습을 기막힌다는 표정으로 바라보고 있던 정희. 여전히 표정을 읽을 수 없는 현석 오빠. 말없이 날 쳐다보고 있는 앞집 남자. 왜 이렇게 되어버린 거야? 난 오늘 하루를 정말 기대하고 있었는데…….

"미안. 어, 연락할게. 미안."

갑작스런 내 울음에 오랜만에 만난 친구들은 다음을 기약하며 그렇게 뿔뿔이 흩어져 집으로 돌아갔다. 그리고 아직 돌아가지 않고 현관 입구에 서 있는 현석 오빠와 정희.

"왜? 뭐 할 말 남았어?"

"너 말고 저기 뒤에 있는 저 사람이랑 할 말 남았거든?"

정희의 말에 뒤를 돌아보자 아직 베란다에 서서는 호주머니에 두 손을 찔러 넣고 난간에 몸을 기댄 아주 거만한 포즈로 밤하늘을 올려다보고 있는 앞집 남자가 보인다. 저 사람이 반팔 입고 얼어 죽으려고 환장을 했나? =__=

"저기!! 들어와요! 거기서 뭐 해요!!"

"……."

이런 걸 두고 잘근잘근 씹어준다라고 말하는 거겠지? 내 말은 들은 척도 안 하고 여전히 하늘만 올려다보고 있다. 하늘에 UFO라도 떴나? 설마 우주인과 교신 중일까?

"저기… 오늘은 그냥 돌아가 주면 안 돼? 좀 피곤하기도 하고 저 사람 앞집 사는 사람이거든? 나중에 니가 찾아가서 하고 싶은 말하던지 해."

"훗! 꼴 보기 싫다 이거니?"

그래, 너 진짜 꼴 보기 싫다, 이 기집애야!! 두 번 다시 너랑 현석 오빠 같이 있는 꼴 안 봤으면 좋겠다고!! 에휴! 부질없는 속마음일 뿐. =__= 저 둘의 얼굴을 마주하고 있을 자신이 없어 살포시 고개

를 숙이려는데 갑자기 얼음장처럼 차가운 팔이 내 허리를 덥석 껴안더니 귓가에 속삭였다.

"아씨, 뒈지게 춥다. 몸 녹을 때까지 이러고 잠시만 있자."

놀란 토끼 눈을 한 채 고개를 돌리자 뒤에서 날 껴안고 있던 앞집 남자와 눈이 마주쳤다. 당황스런 눈으로 총각과 날 쳐다보고 있는 정희와 현석 오빠에게 앞집 총각이 일침을 가했다.

"아씨, 뭘 보냐? 눈 안 깔아?"

현석 오빠와 정희가 무안하리만치 뚫어지게 날 주시하고 있었기에 나름대로 앞집 총각의 품에서 빠져나오기 위해 이리저리 몸을 뒤척거려 봤다. 하지만 그러면 그럴수록 내 몸을 더욱더 조여오는 총각의 팔이 조금은 두려워져 결국 포기를 선언하고 잠자코 고개를 숙여 버렸다.

"보, 보긴 뭘 봤다고 그래요!! 그보다 저한테 사과하세요!!"

앙칼진 목소리로 날 안고 있는 총각에게 바락바락 대드는 정희였다. 앞집 남자는 자기한테 바락바락 대드는 여자를 참 싫어하는 것 같던데 말야.

"큭! 너 나 알아? 언제 봤다고 이래? 웃기네, 이 여자."

총각, 참 뻔뻔해. 그치? 자넨 알고 있지?

"뭐, 뭐예요? 며칠 전에 저한테 운동화 던졌잖아요!! -0-"

"운동화? 씨발, 내가 무슨 정신 이상자냐?! 운동화를 왜 집어 던져!"

한마디도 안 지려고 그러지. 이 순간 앞집 총각이 참 자랑스럽다.

"이씨, 야!! 지금 사람 갖고 놀려!! 요?"

총각이 인상을 확 구기자 금새 쫄아 살그머니 말을 높이는 정희.

"야? 죽고 싶지, 어? 내 이름은 야가 아니라 서지훈인데? 야, 절루가. 재수없어. 나 너 모른다니깐! 아님 지금 나한테 관심 끌려고 생쇼 하는 거냐?"

"뭐, 뭐라구요?!"

"서지훈?"

아무 표정 없이, 그리고 아무 말 없이 현관에 서 있던 현석 오빠가 조금 놀란 눈으로 앞집 총각을 쳐다보며 대뜸 서지훈이란 이름을 되묻는다.

"이것들이 남의 집에 겨들어 와서 왜 이렇게 궁금한 게 많냐?! 왜! 내가 서지훈이면 안 되냐!"

그러는 총각도 남의 집에 들어온 거라고 말해 주고 싶지만 지금은 그럴 분위기가 아니다. 그보다 현석 오빠의 표정이 너무나 심각했기에 말없이 침묵을 지켰다.

"XX의대 02학번 서지훈?"

"하, 이 자식 봐라. 너 스토커야?"

"그래? 너 장현석이라고 누구한테 한 번이라도 들어본 적 없어?"

"하, 없는데? 너 뭐 하는 새낀데? 어떻게 나란 놈에 대해서 그렇게 잘 아는 건데? 기분 상당히 나쁘거든?"

지금 저들의 대화를 듣고 있는 난 벌어진 입을 다물지 못했다. 현석 오빠가 앞집 총각을 알고 있다는 사실도 놀라운 사실이지만 앞집

총각이 의대생이라는 사실만큼 놀랍거나 충격적이진 않았다. 말도 안 돼! 이 날건달 같은 놈팽이가. =____=

"들어본 적이 없다? 그럼 한 가지만 물어보자."

"내 말 안 끝났거든? 니가 날 어떻게 아는 건데!!"

"니네 둘, 사귀는 거냐?"

현석 오빠, 무슨 말을 하고 있는 걸까? 뭔가에 많이 화가 나 있는 표정이다.

"훗! 왜? 사귀면 어쩔 건데?"

"사권다? 그래? 오늘 실례 많았다."

뭐가 어떻게 돌아가고 있는 건지 머리가 나쁜 나로서는 도저히 이해할 수가 없다. 현석 오빠는 실례 많았다란 한마디를 남기고 그대로 돌아가 버렸다. 정희를 홀로 냄겨둔 채 말이다. =_=

"어!! 현석 오빠!! 뭐야?! 같이 가!!"

날 노려보는 걸 잊지 않고 곧 뒤따라 뛰쳐나가는 정희.

"쟤들 뭐냐?"

"글쎄요."

"그보다 내 연기 어땠냐?"

"가증스러웠어요. 굳이 사권다는 거짓말까지 할 필요까지 있었을까요?"

퍽—!!

현석 오빠가 어째서 앞집 총각을 알고 있는지, 그리고 이 앞집 총각은 혹시 기부금 입학으로 의대라는 곳에 들어간 건 아닌지, 너무나

무 궁금했지만 일단은 총각의 이 팔부터 푸는 게 좋겠다 싶었다.

"이제 좀 떨어져요."

"아직. 몸 다 안 녹였으니까 가만히 있어."

가만히 있으라는 앞집 남자의 말이 채 끝나기도 전에 오른쪽 어깨에 낯익은 샴푸 향이 코끝을 간지럽힌다. 슬며시 고개를 돌려보니 뒤에서 날 안고 있던 이 남자 내 오른쪽 어깨에 고개를 파묻는다. 조금 황당하다.

"어깨 아파요. 고개 들어요."

"움직이면 죽는다."

"네. =_="

얼마나 지났을까. 앞집 남자의 머리칼에서 나는 샴푸 향이 너무 좋아 무슨 샴푸를 쓰는지 물어볼까 말까에 대해 심각하게 고민하고 있을 때, 내 어깨에 고개를 파묻은 채 입을 여는 총각이었다.

"등신. 내가 그렇게 말했는데 벌써 다 잊었지?"

"무슨 말요?"

"남자는 믿을 게 못 된다고 안 그러든?"

움찔―!!

"또 무슨 짓 하려구요!! 이거 놔요!!"

"어리석기는. 안 건드릴 테니까 움직이지 마."

어리석다니? 그보다 나 왜 이렇게 단순하지? 총각 집에서 크게 봉변당한 지 며칠이나 지났다고, 또 이렇게 위험한 장면을 연출하고 있는 거야!!

"너 아까 그놈 아직도 좋아하냐? 그래, 니 말대로 아직도 미련 남아 있냐?"

왜 갑자기 그런 진지한 목소리로… 정말 안 어울리게…….

"미련… 없애려구요. 그쪽이 정희 뺏어줄 테니까 석이 오빠랑 다시 시작하라느니 뭐니 하는 말로 날 혼란스럽게 했을 때까지는 미련이 많았었는데. 그냥 지금은 미련 없애려구요."

"그러냐? 나도 미란이한테 미련 많거든? 내가 그 석이 놈 미련 없애줄 테니까 넌 나한테 남은 미란이란 여자에 대한 미련 없애줄래?"

다시 한 번 말하지만 난 참 단순하고 머리가 나쁜 애다. 그렇기 때문에 이 남자가 무슨 뜻으로 이런 말을 하는지, 이 말의 뜻이 뭔지 잘 이해가 되지 않는다. 여전히 뒤에서 날 안은 손을 풀 생각이 없었고 내 오른쪽 어깨에 파묻은 고개를 들 생각도 없는 듯했다.

"무슨 소리인지 잘……."

"내기에서 이기면 내가 하자는 건 다 해야 된다 그랬지? 근데 너 계약 위반했으니까 손해 배상 청구하는 거야. 나랑 사귀자."

손해 배상 청구라니, 누가 들으면 내가 정말 사기라도 친 줄 알겠군. =_= 이 앞집 총각은 손해 배상 청구라는 이따위 말도 안 되는 이유를 들먹이며 내게 사귀자는 말을 했다. 그런데 사귀자는 그 소리가 말이다, 꼭… 그게 꼭 니 꼴을 보아 돈이 있을 리 만무하니 대신 몸으로 때우거라라고 말하는 듯이 들려왔으므로… 썩 기분이 좋지 않았다.

"지금 절 농락하시는 건가요?"

"뭐?"

"엄마한테 맞아죽는 한이 있더라도 집문서를 훔쳐 들고 와서 손해배상해 드릴게요. 얼마면 될까요? 십만 원을 넘기면 좀 곤란해요."

"너 말야."

"네?"

"죽고 싶어?"

앞집 총각은 돌연 내 어깨에 파묻고 있던 고개를 살포시 들더니 내 귓가에 바싹 입을 대고 소곤소곤 속삭여 줬다. 죽고 싶어라고. 왜 항상 날 못 죽여서 안달하는 걸까? =_=

"또 왜, 왜 그러는 건데요?"

"너 내 말이 우습지?"

우습다니, 당치도 않은 소리. 되려 무섭다, 이놈아.

"우습긴요."

"사람이 진지하게 말을 하면 진지하게 들어먹어야 될 거 아냐!"

왜 버럭 화를 내는 걸까? 그것도 내 귀에 바짝 대고 말이다. 내 귓구멍은 언제나 오픈되어 있는데 말야.

"저기 솔직히… 말도 안 되고, 그리고 또 저번처럼 장난으로 그러는 거잖아요. 원래 써먹었던 수법을 한 번 더 써먹으면 그게 참 식상하죠. 재미도 없고."

"식상하다? 그렇겠네. 야, 니 왼쪽으로 고개 젖히면 보이는 저거. 저거 이름이 뭐라고 생각해?"

날 향해 건네는 저 말투가 아주 사근사근했다. 그렇기에 참 불안하

지 않을 수 없었다. 총각의 말을 따라 왼쪽으로 고개를 돌리자 거기에는 내 사랑스런 일인용 싱글 침대가 큼지막하게 두 눈에 들어온다.

"이름이 뭐라니, 침대잖아요."

"아, 저거 침대였지? 그치? 침대지?"

"왜 이러시나요?"

"너 나 더 이상 열받게 하면 그대로 침대에 넘겨 버리는 수가 있거든? 나 열받게 하지 마. 알았지?"

넘겨 버린다? 넘기다의 사전적 풀이를 보자면 '서 있는 것을 쓰러지게 하다' 라는 뜻을 가지고 있는 순수한 우리말이다. 그렇지만 조금 상상력이 풍부한 나로서는 총각의 넘겨 버린다는 말뜻이 사전적인 의미로써 들릴 리 없었다. 이런 나, 정말 순수하지 못한 걸까? 그렇지만 서 있는 나를 바닥으로 넘겨 버리는 게 아니라 침대로 넘겨 버린다고 그랬는걸? 시종일관 살랑살랑 눈웃음을 쳐가며 상냥한 목소리로 저런 엄한 소리를 해대는 총각의 가식적인 그 모습이 너무 두려워 세차게 고개를 끄덕끄덕거렸다.

"자, 처음부터… 내가 너한테 뭐라 그러디?"

"네! 사귀자고 그랬습니다!! =___="

"그랬지. 그래서?"

"그래서라니요?"

"아씨! 그래서 대답!! 대답은 뭐야!!"

"저기 대답하기 전에 질문이 하나 있는데요."

"뭔데!!"

"왜 하필 저랑 사귀려고 하시는지 이해할 수 없는데요. 저 말고 매일 바뀌는 그 이쁘신 누님들도 많은데."

"왜냐? 슬픈 영생 구제하는 셈치고 이 한 몸 희생해 보려고 그런다. 됐냐?"

슬픈 영생=박지민. 하아. 참 씁쓸해. 씁쓸해. 이딴 대답이 나올 거라는 거 알고 있으면서 물어본 나도 나지만 저렇게까지 대답하는 총각이 참 재수없다.

"솔직히 그쪽 성격은 좀… 잘난 사람이란 것도 알고 내가 많이 딸린다는 것도 아는데……. 아직은 누구를 사귈 자신도, 좋아할 자신도 없구요."

"아씨, 넌 알 거 아냐!!"

갑자기 버럭 소리를 지르더니 허리에 두르고 있던 두 팔을 풀고 뒤돌아서 있는 날 자기 쪽으로 휙 돌려세운다. 그리고 두 손으로 내 어깨를 잡고선 날 빤히 쳐다보는 총각이었다. 참 무안하게 말이다.

"네?"

"누가 나 좋아해 달랬냐? 넌 알 거 아냐. 지금 너도 어떤 자식 하나가 여기 이 가슴에 박혀 있어서 가슴이 아플 거 아냐!! 씨발, 나도 이 가슴이 아파 미치겠다고!!"

"딸꾹!"

"잊으려고, 정리하려고 매일 다른 여자도 만나봤는데… 큭! 그럼 그럴수록 더 보고 싶고, 생각나더라. 근데 말야, 정말 죽기보다 인정하기 싫었는데… 지랄맞게도 그냥 너랑 있을 땐 정미란 생각이 안

서로의 미련 지워주기 159

나. 큭! 나 이대로 유부녀 좋아하게 가만 냅둘 거야?"

앞집 남자의 말이 너무나 진실되게 내게 와 닿았다. 근데 정말 죽기보다 인정하기 싫었다는 저 말이 사람을 한없이 비참하게 만들어 버린다. 색욕에 빠진 행실 나쁜 총각으로만 생각됐던 이제까지와의 모습과는 매우 다른 진지한 모습이었다. 그리고 지금이야 미란이 언니가 결혼 전이라 상관없다지만 유부녀랑 바람나다 들키면 간통죄로 수갑 찰지도 모를 일이었다. 이 순간, 만난 지 얼마 되진 않았지만 이 사람이라면… 어쩌면 이 사람이라면 장현석이라는 사람을 잊을 수 있게 해줄지도 모르겠다는… 왠지 모를 기대감을 심어준다. 그럼에도 불구하고 이렇게 망설여지는 건 아마 총각의 저 성격 때문이겠지.

"왜? 나 같은 놈이 너한테 사귀자니까 감격했냐?"

우득―!!

참 망설여진다.

"그럼 사귀더라도 가끔… 아주 가끔 석이 오빠 보고 싶을 때… 그때 그 오빠 생각… 조금은 해도 되나요?"

내가 생각해도 너무 바보 같은 질문이다.

"나 같은 놈이랑 만나면서 딴 자식 생각을 하시겠다? 어쨌든 결론은 나랑 사귄다는 말이네?"

한참을 망설이다가 어렵게 꺼낸 내 말에 시건방지게 저런 말을 내뱉어 버리면 망설인 내 꼴이 좀 우스워지지 않을까?

"……."

밑져야 본전 아닐까? 어차피 잊어야 하고 버릴 미련이라면 빨리 잊고 빨리 잘라 버리는 게 날 위해서 좋은 일이겠지. 그리고 이 사람은 내 미련을 없애준다고 했으니까. 장현석이라는 사람도 나 잊고 딴 여자 만나서 잘살고 있는데, 나라고 매일 이렇게 궁상떨고 있을 필요가 있을까?

"예전에 히딩크 감독이 한 말 중에서 우리는 매일 1%씩 실력을 향상시켜서 개막일에 100%의 전력을 만들겠다란 말이 있었거든. 뭐, 니가 알 턱은 없겠지만. 매일 1%씩 석이 놈에 대한 미련을 내가 없애 줄게. 100일 뒤에는 너한테 남아 있는 그 자식에 대한 미련 100% 제거될 수 있게 해줄게. 그런 의미에서 말인데……."

지금 은근히 쓰잘데기없는 말로 잘난 척을 하는 것 같다는 느낌이 든다. 저런 말을 어디서 주위들은 걸까? 그보다 말을 하다 말고 말끝을 흐리는 이유가 뭔지 불안하면서도 궁금하다.

"저기… 사귄다는 말 도로 물러도 될까요?"

콩!

맞는데 이골이 난 사람이라 별 새삼스럽지도 않다. 투덜거리는 날 보며 눈을 살짝 내리깔더니 도발적인 표정을 지어 보이고는 한마디 툭 내던진다. 그 말인즉,

"키스해도 돼?"

그 한마디에 겁을 질러먹고 움찔움찔 뒷걸음질치는데 이미 내 어깨 위에는 총각의 두 손이 가지런히 놓여져 있었다.

"저기 혹시 뭔가 심한 착각을… 내일부터 1%가 뭔가 그거 실천하고 오늘은 그냥……."

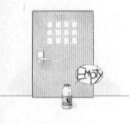

"내일? 큭! 곧 죽어도 하기 싫다는 소리는 안 하네?"

"그게 아니라……."

"너한테는 미안한 소린데, 전에 내가 안 그러든? 난 여자랑 이런 짓 하면서 놀았다고. 나랑 사귀면 너도 예외는 아닌데?"

이런 짓이라 함은… 커피 같은 걸 마우스 투 마우스 해서 나눠 마시는… 그런 짓 하면서 놀았다는 말이겠지.

"전 그러기 싫은데요. 사귄다는 말 다시 물를래요."

"등신. 누구 맘대로?"

누구 맘대로란 말을 남기고 그윽한 눈빛으로 날 바라보던 총각의 얼굴이 점점 다가왔다. 이런, 이를 어쩌나? 고개를 돌려 버릴까? 아니, 도망가는 게 나을까? 싫은 건 아닌데. 그래도 이건 아닌 것 같은데.

"야!!"

화들짝—!!

이런저런 생각으로 나름대로 꽤 진지한 고민을 하고 있는데, 언제 다가온 건지 내 코앞까지 부담스럽게 얼굴을 들이민 총각이 대뜸 날 부른다

"에, 예?"

"눈 감아."

"저기, 아무래도… 내일 하든지, 모레 하든지, 글피에 하든지, 동지에 하든지, 대보름에……."

"너 맞고 눈 감을래, 그냥 감을래?"

그냥 맞기 싫어서 얼른 눈을 감아버렸다. 잠시 후 어깨에 있던 두 손으로 날 안아버리는 그 손길에 뻣뻣하게 온몸이 굳어버렸다. 앞집 남자의 은은한 샴푸 냄새가 코끝에 맴돌 때쯤 내 입술에 따뜻한 뭔가가 부딪쳐 왔다. 내 입술을 잠시 어루만져 주는 듯하더니 어느새 내 입 안으로 침입해 들어오는 그 뭔가에 정신이 아찔해졌다. 그 다음은… 잘 기억이 나지 않는다. 중요한 건 지금 이 키스가 앞집 총각과 나의 두 번째 키스라는 것이다. 총각에게 있어서는 이 키스가 여자들이랑 나눈 몇 번째 키스인지 궁금하지만 굳이 물어볼 생각 따위는 없다. 헤아리기조차 힘들 테니 말이다.

한참을 그렇게 있었나 보다. 앞집 총각의 범상치 않은 키스 실력에 다시 한 번 놀라 감탄하고 있을 때였.

띠—!!

헉! 이 야심한 밤중에 도대체 누구란 말이더냐? 화들짝 놀라 두 눈을 번쩍 뜨는데 이런, 이 앞집 총각은 벨소리에도 꿈쩍 않고 두 눈을 감은 채 여전히 키스에 몰입 중이었다. 말을 할 수 있는 처지가 아니었던지라 총각의 옷자락을 사정없이 잡아당겼고 그제야 슬며시 두 눈을 치켜뜨고는 상당히 짜증난다는 표정으로 날 쳐다봐 줬다.

"뭐야?"

"하아! 베, 베, 벨소리……."

"그래서?"

"그래서? 그래서라니, 문을 열어줘야 되잖아요."

띠— 띠— 띠— 띠—

안에서 문을 열 기척이 없자 답답했던지 벨소리는 점점 더 신경질적으로 변해갔다. 급기야 문이 부숴져라 두들겨 댄다.

쾅—!! 쾅—!! 쾅—!!

"박지민!! 네 이년!! 문 안 열어?! 엄마 얼어 죽는 꼴 보고 싶어?!"

그 사람은 사랑하는 나의 마미셨다. 언젠가 그러지 않았던가? 엄마들은 자식들이 곤란한 때만 골라 전화를 해대거나, 오늘처럼 이렇게 곤란한 상황만 골라 불시에 습격하는 아주 신비한 능력을 가지고 있다고 말이다.

띠— 띠— 띠— 띠—

쾅—!! 쾅—!! 쾅—!! 쾅—!!

"박지민!! 이 문 못 열어?! 너 있는 거 다 알아!! 문 부수고 엄마가 들어가 볼 거야!! -O-"

저대로 있다간 초인종이든 현관문이든 다 작살나 버릴 분위기였다. 신축 건물에 저런 짓을 해놨다가 무슨 소리를 들으려고 저러는 건지. 정말 진심으로 내가 이 집에서 쫓겨나기를 바라고 바라는 사람이 아니고서야 문 좀 안 열었다고 저렇게까지 할까? 얼이 빠져 멍하니 서 있다 앞집 총각을 올려다봤다. 다른 사람도 아니고 엄마에게 앞집 총각에 대해 뭐라고 설명을 해야 할지. 가뜩이나 딸을 불신하는 어머니에게 말이다. 키스 후의 아쉬움이 가득 담긴 긴 여운? 훗! 그딴 거 나에게는 사치였다. 왜 난 항상 뭘 하든 뒤끝이 안 좋은 걸까? 이 긴박한 와중에도 잠시 골똘히 생각해 봤다. 잠시 후 나라는 인간은 억세게 재수가 없다는 결론이 나왔다. =__=

"저, 저기 어떡해요? 우리 엄만데."

"어쩌긴 뭘 어째? 인사 드리면 되는 거 아냐?"

"저기 있잖아요."

"뭐?"

"저 죽는 꼴 보고 싶어요?"

"죽은 시체는 많이 봤는데. 현장에서 직접 죽는 건 아직 못 본 것 같다."

"오늘 사람 하나 어떻게 죽어 나가는지 구경해 보실래요? =_="

띠— 띠—

"이년!! 너 정희한테 다 들었어!! 집에 처박혀 있는 거 아니까 문 열어!! 박지민!! 엄마 정말 이 문 때려 부실 거야!! -0-"

"너 뭐 하냐? 저러다 진짜 문 부서지겠다. 빨리 문이나 열어드려!!"

"저기, 나 절대 용서하지 마세요."

"뭐? 어? 뭐 하는 거야, 너!! 죽고 싶어?"

일단 현관에 벗어놓은 앞집 총각의 신발을 집어 들고 총각을 끌고 와 붙박이장에 신발과 함께 생매장시켜 버렸다. 그리고 총각이 옷장에서 나오지 못하게 잽싸게 옆에 있던 탁자를 질질 끌고 와 옷장 문 앞에 막아두고 옷장 문이 열리지 못하게끔 철저하게 봉쇄했다.

"야, 너!! 이 문 못 열어?! 나가면 죽을 줄 알아!!"

"제발 도와줘요. 좀 조용히 해주세요. 나 진짜 엄마한테 죽는단 말예요."

"하! 니 맘대로 해봐. 내 대답은 하나야. 나가면 죽여 버린다."

난 총각의 입에서 나온 죽여 버린다는 말보다 엄마 입에서 나온 죽여 버린단 말이 더 생동감 넘치고 사실적으로 들려오는 터라 일단은 살고 봐야 했다.

중학교 3학년 때, 친구 따라 강남 간다 했었던가? 친구 따라 남자 만나러 가다가 내 모습을 본 정희 엄마가 우리 엄마에게 고자질을 했던 적이 있었다. 물론 사실과 다르게 많이 부풀려져 있었겠지. 엄마에게 정말 복날 개 맞듯이 맞아본 뼈 아픈 추억이 있다. 지금도 비 오는 날이면 삭신이 쑤시는 후유증이 남아 있다. 집 안에 남자가 있다는 사실을 알면 아마 날 정말 죽이겠지?

띠— 띠—

"박지민!! 문 못 열어? 어?"

"어!! 엄마, 잠시만! 나 금방 나갈게!"

일단 변명거리를 만들어야 했으므로 급히 욕실로 뛰어가 겨울의 차디찬 얼음물에 머리를 몇 번 담금질한 뒤, 마치 방금 샤워를 마치고 나온 사람마냥 수건으로 머리를 닦는 가식적인 연기를 해가며 유유히 현관으로 걸어가 문을 열었다.

벌컥—!!

"너 이년!! 왜 이렇게 문을 늦게 열어!!"

"엄마!! 누가 들으면 어쩌려고! 제발 이년이년거리지 좀 마!"

"듣긴 누가 듣는다고 그래!! 여기 너 말고 또 누가 있어? 그럼 이년을 이년이라고 부르지 망할 년이라 부르리?"

아마 앞집 총각도 듣고 있겠지? 서로에 대한 사랑이 묻어나는 엄마와 딸의 대화. 난 이런 모녀의 대화를 총각이 못 들었길 바라는데 말야.

"근데 갑자기 연락도 없이 웬일이야?"

"그보다 넌 왜 이렇게 늦게 문을 열어!!"

"아, 안 보여, 머리 말리는 거? 샤워하느라 못 들……"

"아이고, 세상에!"

아직 내 말이 다 끝나지도 않았거늘 날 옆으로 내던지듯 밀치고 집 안으로 들어온 엄마는 세상에라는 말만 수없이 연발한다.

"엄마, 왜?"

"세상에, 이년아! 집구석이 왜 이래!!"

아주 누구누구랑 똑같은 말을 해대는구나. 우려했던 일이 터져 버렸군. 엄마로서 혼자 사는 딸네 집구석 이곳저곳에 정육점같이 시뻘거죽죽한 고양이 문양이 꽤 거슬렸을 테지. 난 이쁘기만 하구만.

"왜? 왜 그러는데?"

"아이고, 세상에! 커튼이랑 이불보랑 아주 세트로!! 니가 어린애야!?! 당장 못 뜯어?!"

"엄마!! 이제 여기 나 혼자……"

"너 맞고 뜯을 거야, 그냥 뜯을 거야!!"

울컥—!!

모두들 내가 만만한 걸까? 하지만 난 이번에도 맞기 싫어서 눈물을 머금고 사랑스런 키티 커튼을 떼야 했다.

"집 꼴은 또 뭐냐!! 이게 이게… 저 맥주 병 봐라, 엄마가 없으니까 살판나셨네."

"오늘 집들이한 거란 말야."

"그래!! 오늘 집들이하는데 정희도 왔었지? 정희한테 다 들었어!! 뭐? 너 사귀는 놈팽이 있다며!! 그 놈팽이가 오늘 집까지 들어왔다며!! 엄마 그것 때문에 온 거니까 빨리 불어!! 거짓말하려 들었다간 봐!! 오늘 초상 치를 줄 알아!!"

우리 엄마 참 무서운 사람이다. 그리고 정희 기집애, 참 인간 말종이다.

"아니야. 정희가 술이 좀 취해서 정신이 오락가락해, 엄마!! 아유, 여자 혼자 사는 집에 겁도 없이 남자를 들여? 엄마, 내 말을 믿어, 정희 말을 믿어? 절대 그런 일 없었어."

"정희 말을 믿는다, 이년아!!"

"엄마, 오해야, 오해!! 정희 성격 알잖아!! 오늘 나랑 좀 싸웠거든? 열받아서 또 엄마한테 거짓말 했나 보네. 왜 전에도 자주 이런 일 있었잖아!!"

"더 조사해서 거짓말이면 너 엄마한테 정말 죽어!! 박지민!!"

뭘 어떻게 조사를 하겠단 말일까? 설마 경찰서에 사랑스런 딸내미를 신고하려는 건 아니겠지, 응?

"거짓말이면 그때 정말 날 죽여도 좋아, 엄마. 근데 엄마, 얘기 다 끝났으면 집에 가봐야지. 아빠 기다리잖우."

"엄마 오늘 여기서 자고 갈 거야!"

자고 간다니 이를 어쩌나? =_= 옷장 속에 매장돼 있는 앞집 총각은 어찌 처리하여야 한다는 말인가?

움찔—!!

아주 잠시였다. 짜증이 잔뜩 배인 정말 들릴락 말락한 작은 욕 한 마디가 바람을 타고 내 귓가에 들려왔다. 놀란 심장으로 고개를 돌려 엄마를 쳐다봤지만 다행히 눈치 채지 못한 것 같았다.

"탁자를 저 옷장 앞에다 두면 어쩌냐!! 저러면 옷 꺼낼 때 문을 어떻게 열으려고 그래!! 당장 치워!! 하나도 제대로 돼 있는 게 없어, 증말."

두근—!!

"엄마!! 저기 온 김에 밥 좀 해줘, 어?"

"뭐야? 넌 손모가지가 절단됐냐? 이제 혼자 살 거면 니가 해 처먹어!!"

"그, 그러지 말고 바, 밥 좀 해줘."

"이년이 진짜! 엄마를 부려먹으려 들어?"

그러면서도 부엌으로 향하는 엄마였다. 이럴 때 보면 다행히도 나 다리 밑에서 주어온 애는 아닌가 보다. 은근슬쩍 말 돌리기가 엄마한테 먹혔구나.

쿵쿵—!!

헉! 옷장 안에서 문을 두드려 대는 소리가 들린다. 행여나 엄마에게 들킬까 주위를 두리번거렸다. 밥 하는 데 정신이 팔린 엄마의 뒷모습에 가식적인 미소를 한 번 지어주고는 살그머니 붙박이장으로

걸음을 옮겼다.

속닥속닥—

"야, 뭐야. 주무시고 가시면 난 어떡할 거야! 너 정말 죽고 싶어?"

"미안요. 내가 뭐 자고 가실 줄 알았나요?"

"일단 너네 어머니 재워."

"쉽게 잠들 사람이 아닌데요."

"하, 진짜. 일단 빨리 재우고 그 뒤에 이 문이나 열어."

"그래도 공기는 통하죠?"

"박지민!! 너 옷장 앞에서 뭐 해!!"

화들짝—!!

"어? 아니야!! 엄마 나 배 안 고프거든? 그냥 불 끄고 자자. 어? 엄마!"

"이년이 엄마를 가지고 놀아?!"

난 엄마를 농락했다는 죄목으로 옷장 앞에서 먼지나게 두들겨 맞아야 하는 수모를 겪었다. 아픈 것보다 지금 이 상황을 앞집 총각이 숨죽이며 지켜보고 있다는 그 사실에 쪽팔려서 차라리 그냥 맞아서 죽어버리고 싶었다.

그렇게 몇 십여 분을 구타당한 뒤, 엄마는 조용히 앉아 TV를 시청하셨다. 그리고 그 옆에 조신하게 꿇어앉아 날계란으로 멍이 든 눈가를 비비고 있는 나.

시계는 새벽 1시 30분이 다 되어가고 있는데 엄마는 주무실 생각이 눈곱만치도 없어 보였기에 슬슬 불안해지기 시작했다. 저대로 앞집 총각 질식사하는 건 아닐까? 그것도 하필이면 재수없게 우리 집 붙박이장에서 말이다. 가슴 졸이며 초조하게 시계만 쳐다봐야 했다. 그리고 시계가 두 시를 가리킬 때쯤 TV를 보고 있던 엄마의 눈꺼풀이 조금씩 감기는 듯했다. =__= 씨익.

"저기… 엄마 잠 오면 자~ 내가 바닥에서 잘게."

"하암~ 그래, 네년 때문에 오늘 피곤하다. 찬 바닥에서 자지 말고 침대에서 자!"

"아니, 괜찮으니까 엄마가 침대에서 자."

"니가 침대서 자!!"

"괜찮대도 그러네."

10여 분 동안 바닥에서 자네, 침대에서 자네를 가지고 실랑이를 벌이다가 2시 11분. 엄마는 곤히 잠이 드셨다. 상황 종료. 엄마가 잠이 든 건지 다시 한 번 확인한 후, 들고 있던 날계란을 집어 던지고 옷장 문으로 뛰어가 탁자를 밀쳐 내고 문을 벌컥 열어젖혔다.

속닥속닥—

"저기, 엄마 잠 드셨거든요?"

"……"

"이봐요, 이 사람아."

"……"

옷가지 속에 파묻혀 잠이 들어버린 앞집 총각. 무료했나 보구나, 총각. 일단 앞집 총각을 깨워서 내보내야 했기에 다시 한 번 총각을 부르려는 찰나, 자는 줄만 알았던 사람이 허리를 숙이고 어정쩡하게

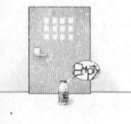

서 있던 날 자기 품으로 끌어당겨 버린다. 자는 척을 했나 보다.
=_=

속닥속닥—

"뭐, 뭐예요? 미쳤어요? 이거 놓고 빨리 나가요. 엄마 잠 깼어요."

"내가 그랬지?"

"뭐, 뭘요?"

"나가면 죽여 버린다고."

움찔—

어둠 속에서 베란다에 비치고 있는 달빛 하나에만 의지한 채 총각의 얼굴을 보고 있는 난 지금 이 순간 정말 섬뜩함을 느껴야 했다. 보름달만 뜨면 늑대로 돌변한다는 늑대 인간 이야기가 돌연 이 상황에서 떠오르는 이유는 뭘까?

속닥속닥—

"이거 놔주구요, 빨리 나가요. 엄마 깨면 어쩌려고 그래요? 들키면 저 정말 죽는다구요."

"닫아."

"닫긴 뭘 닫아요?"

"옷장 문 닫으라고."

"에? 왜, 왜요?"

"오늘 여기서 같이 자자."

"왜, 왜 내가 그쪽이랑 같이 자야 돼요."

"잊었냐? 우리 사귀기로 했잖아."

정말 잠시지만 잊고 있었다. 도로 물러달라고 다시 한 번 정중히 건의해도 될까?

속닥속닥—

"사귄다고 다 이래요? 제발 엄마 깨기 전에 빨리 나가요."

"큭. 나야 죄없는데 뭐. 너 문 안 닫으면 소리 지른다."

탁—

그렇게 붙박이장 문은 닫혔고 엄마는 딸이 집 안에서 실종된 줄도 모르고 세상 모르게 주무시고 계셨다.

콩닥콩닥—

옷가지 속에 파묻혀 총각 품에 안겨 있는 내 모습이란……. 옷장 내부는 내가 생각했던 것과 달리 통풍이 잘되었을 뿐만 아니라 따뜻하고 아늑하기까지 했다. 하지만 지금 한가하게 옷장 내부나 관찰하면서 감상에 젖어 있을 만한 여유는 없다. 내가 처한 이 상황에 다시 눈을 돌려야 한다는 냉혹한 현실에 새삼 우울해하며 지금의 내 처지를 비관해야 했다. 옷장 벽에 기대어 자는 척을 하던 인간이 갑작스럽게 날 끌어당기는 탓에 어정쩡하게 총각 품에 안겨 버린 내 처지를 말이다. 이 사람, 아무 여자나 덥석덥석 안는 아주 질 나쁜 버릇을 몸에 익히고 있다. 이런 위험한 장면을 본인은 의식하지 않고 버릇처럼 자주 연출하는 건지는 몰라도 당하는 사람은 정말 미칠 노릇이다.

콩닥콩닥—

주체하지 못할 만큼 불규칙적으로 뛰어대는 심장 덕에 이제는 가

슴까지 아파온다.

속닥속닥—

"저기 부탁인데, 이제 나가죠."

"등신. 촌스럽기는 진짜. 왜? 잘생긴 놈이 안아주니까 흥분해서 심장이 막 뛰어대냐? 참 좋기도 하겠다."

말 한마디로 사람을 농락시켜 심리적, 정신적으로 피해를 입힌 가해자가 상처받은 피해자보다 더 당당할 수 있는 우리 사회, 밝은 사회. =__= 무엇보다 참 좋기도 하겠다라는 저 끝말이 사람을 한순간에 몹쓸 애로 만들어 버리는 까닭에 밀려오는 씁쓸함을 견디기가 힘겹다. 우리 할아버님이 말씀하시기를 살인은 살인을 부른다 하여 자고로 인내하라고 하셨었다. 입술을 질끈 깨물고 두 주먹만 불끈 쥐어 봤다.

속닥속닥—

"좋기도 하겠다니. 빨리 여기서 나가요."

"소리 한번 질러봐?"

"아, 천천히 쉬다 가죠. 바쁜 일도 없는데. =__= 씨익."

"참 별종이거든."

별.종? 그 많고 많은 종자들 중에서 나란 인간을 질이 제일 낮다는 별종이란 종자로 취급해 버리다니. 목구멍까지 차 올라왔지만 총각 앞에서는 차마 내뱉지 못할 푸념 섞인 지껄임 하나. 죽일 놈. =__=

"저 별종 아닌데요."

"등신. 별종이 자기 입으로 별종이라고 말하는 거 봤냐?"

"저 등신도 아닌데요."

"내가 이렇게까지 은밀한 분위기를 만들어주면 보통 다른 애들은 지들이 먼저… 너 시력 몇이냐?"

은밀한 분위기? 지들이 먼저? 지들이 먼저 뭘? 뭘? 뭘 어쨌다고? 왜 사람 궁금하게 만들어놓고서는 매정하게 뒷말을 잘라먹는 거지? 김 새게.

속닥속닥―

"양쪽 다 1.5. 눈은 좋은 편이죠."

"등신. 눈 값도 못하고. 너도 세상 참 고단하게 살아간다."

무슨 소리인지는 잘 모르겠지만 저 말투로 봤을 때 분명히 내 욕을 한 듯했다. 총각 앞에서는 시력이 좋은 것도 등신이란 소리를 들을 만큼 큰 죄가 되는 걸까? 이런, 서글프기도 하여라.

속닥속닥―

"그럼 일단은 좀 떨어집시다."

"싫어?"

"시, 싫다니?"

"내가 지금 너 안고 있는 게 싫어?"

"그렇게 단도직입적으로 물어보신다면 내가 대놓고 싫다고는… 말 못하죠."

"알다시피 넌 내 속에 남아 있는 미란이라는 여자에 대한 미련만 지워주면 되거든? 대신 나도 그 자식에 대한 미련을 책임지고 없애 준다고 약속했고."

"그, 그랬읍죠."

"더 빨리 잊을 수 있도록 내가 해줄 수 있는 건 이런 것밖에 없는데 어쩌겠냐?"

"저기 조금만 더 정상적인 방법으로 생각을 좀 해본다면 굳이 이런 것 말고도……."

"그 말인즉 난 정상적이지 못하다 이 말이냐? 죽고 싶어서 환장을 했구나, 니가."

왜 내 귓전에다 대고 그런 무서운 말을 속닥거리는 거냔 말이다.

"그, 그게 아니라……."

"남녀가 만남을 갖게 되면 스킨십하는 게 지극히 정상적인 거 아냐? 그러는 니가 더 이상하다. 욕구 불만 주제에 감지덕지하기는커녕."

우득—!!

말 한번 잘하셨다. 그래, 비좁디좁은 옷장 안에 사람을 데려다 앉혀놓고 소리 질러 버린다, 죽여 버린다, 갖은 말로 협박을 해가면서 이러고 있는 것도 정상적이더란 말인가? 욕구 불만은 내가 아니라, 오히려 총각 자네 아닌가?라고 대답하고는 싶었지만 난 그다지 용기 있는 인간이 아니었으므로 그냥 말없이 삭혀야만 했다.

속닥속닥—

"그래, 그쪽 말이 다 법이구요, 맞구요, 그러……."

"으음~ 지민아! 이년아!"

화들짝—

이 곱디고운 목소리는 나의 사랑스런 어머니의 육성이 아니시던 가? 여기까지더란 말인가? 내 인생의 종착역은 20년 인생 여기까지 가 전부더란 말인가? 인생이란 다 부질없는 것. 하지만 제 아무리 부질없는 인생이라 할지라도 조금은 더 살고 싶다는 욕망이 유난히 강했던 나. 앞집 총각의 가슴팍에 안겨서 조용히 주기도문을 읊조렸다.

"하늘에 계신 우리 아버지여 이름이 거룩히… 중얼중얼……."

"웃기고 앉아 있네."

우득—!!

"죄를 사하여 주신 것같이 우리 죄를… 중얼중얼……."

"박지민!! 이년 엄마가 두고 볼 거야. 푸~ 크릉~ 정희 엄마! 깝죽대지 마. 흥! 잘난 척은… 푸~"

"나라와 권세와 영광이 아버지께… 정희 엄마?"

"개그하냐?"

설마 잠꼬대? 잠꼬대라 다행이긴 하지만 정희 엄마란 사람이 그리고 딸년이라는 인간이 얼마나 싫었으면 저렇게 한 맺힌 목소리로 잠꼬대를 하시는 걸까? 역시 난 불효녀였던가? 그래, 나야 그렇다 치지만… 정희 엄마! 우리 엄마 좀 작작 괴롭히지 그랬어요?!

속닥속닥—

"거 봐요, 빨리 나가요. 저러다 진짜 깨기라도 하면……."

"어련히 알아서 나갈까 봐. 나가기 전에 아까 다 못 끝낸 건 마저 마무리 짓고 나가자."

"다 못 끝내다니?"

"큭! 아직 1% 부족하잖아."

음료 광고 찍는 것도 아니고 난데없이 1% 부족할 때라 함은 설마…

"저, 저기 자, 잠깐 거기까지. 스, 스톱… 읍!"

이런 나의 처절함 속삼임을 깡그리 무시한 채 내게 다가오는 앞집 총각.

"으음~ 지민이 이년, 엄마가 가만 안 둬. 푸~"

그렇게 나의 1% 부족할 때의 키스는 언제 들킬지 모른다는 불안함, 긴장감, 초초함과 함께 붙박이장 속에서 행해졌고 그 시간은 아주 길고도 길었다.

얼마간의 시간이 흘렀을까? 내 입술에서 입을 뗀 앞집 총각은 거만의 정석이라고 할 수 있는 고개 45도 기울이기를 써먹더니 그 거만한 포즈로 매우 시건방지게 날 잠시 바라보다가 멋들어지게 한마디 내뱉는다.

"죽여주지?"

그래, 정말 살인 충동이 느껴질 만큼 괜찮았다고 말해 주고 싶다. 나 어쩌다가 이렇게 되어버린 거지? 이 총각의 사악함에 나 역시 점점 더 물들어가고 있는 것 같다는 불길한 생각에 조금은 두렵기까지 하다.

새벽 2시 45분경. 살포시 붙박이장 문이 열렸고 옷장 안에서 두 남녀가 걸어나왔다. 여자는 시종일관 매우 긴장된 표정이었고 남자는 시종일관 매우 건방진 표정이었다.

덜컥—

그리고 잠시 후, 슬그머니 현관문도 열리기 시작했다.

속닥속닥—

"하아, 저기 말이죠, 사귀는 거에 대해서 다시 생각을 좀 해보고 싶은데요?"

"아, 졸리다. 뭣하면 우리 집에서 같이 잘래?"

"이런, 됐어요!!"

쾅—!!

"사람이 진지하게 말을 하면 진지하게 들어먹으라고 자기 입으로 말한 지 하루가 지났어, 이틀이 지났어?! 항상 저딴 식이야!!"

"으음, 야! 이년아!! 다 자는 한밤중에 무슨 소릴 그렇게 질러대!! 잠 다 깨게, 이년아! 너 지금 현관에 서서 뭐 하는 거야!!"

그 여자는 어머니란 분께 뒤통수를 살포시 가격당한 뒤 소맷자락으로 눈물을 훔치다 울먹이며 잠이 들었다는 후문이다.

"너 어젯밤에 현관에서 뭐 하고 있었던 거야!!"

"그, 그게 바람 좀 쐴까 하고……."

"이년이 노망이 들었나? 암튼 엄마 이제 가볼게. 밥 다 해놨으니까 챙겨먹고 오늘도 학원 수강 신청 안 하기만 해봐!!"

"알았대도 그러네. 한 달 안에 마스터한다니까. =_="

"말은 잘하네. 너 엄마가 불시에 들이닥칠 거니까 엄한 짓 했다간

봐!! 뼈도 못 추릴 줄 알아!!"

덜컥—

"잘 가, 엄마. 가급적 방문을 자제해 줘."

"어머, 왜 이래? 요구르트가 왜 하나밖에 없어?"

움찔!!

한동안 잠잠하다 했더니 앞집 총각, 이건 엄연히 상습 갈취야. 신고감이라고.

"새, 새벽에 내가 먹었어, 엄마."

"이게 왜 안 하던 짓을 하고 그래? 너 어디 아파? 어디 봐. 그러고 보니 눈 밑은 왜 이렇게 새까매? 세상에, 입술은 또 왜 이렇게 부르텄어? 입가도 그렇고 어디가 아픈 거야? 말을 해봐, 이년아."

"나 말짱해, 엄마. =__= 씨익."

사실대로 실토하면 엄마가 나 살려둘 거야? 그럴 리 없잖아.

"이년이! 너 어디 아프면 병원······."

덜컥—!!

난데없이 301호 문이 열린다. 그리고 청색 모자를 눌러쓰고 아직까지 붕대가 감긴 왼손을 들어 검지에 열쇠를 찰랑찰랑 건방지게 돌려대며 내가 세탁해 준 점퍼를 입고 나오는 앞집 총각이 두 모녀 앞에 모습을 드러냈다. 이런, 이를 어쩌나? 우리 앞집에는 신혼부부가 살고 있다고 예전에 엄마에게 거짓부렁을 한 적이 있었던 것 같은데. 그렇게 혼자 달랑, 그것도 정말 결혼 안 한 총각 차림을 하고 나와 버리면 난 어쩌라고. 은근슬쩍 엄마를 쳐다봤다. 저 사람이 진정 유부

남이냐라고 말하는 듯한 얼굴로 날 향해 의심 가득한 눈총을 보내는 엄마였다. 순간 조금 놀란 듯, 두 모녀를 번갈아 보던 앞집 총각은 고개를 까딱 숙이면서 인사를 했다.

"아, 안녕하세요?"

낯짝도 두껍지. 오늘 새벽에 그 난리가 있었는데도 얼굴색 하나 변하지 않고 우리 엄마에게 인사를 해대는 총각이 존경스럽다. 앞집 사는 처자의 엄마라는 건 어떻게 알고 인사를 하는 건지 우리 엄마가 궁금해할 거라는 생각이 들었다. 그런 나에 대한 일말의 배려도 없는 이기적인 사람. 눈치 빠른 엄마는 이 사람이 날 어떻게 알고 인사를 하나 고개를 갸웃거리기 시작했다. 잠시 내 눈치를 살피던 앞집 총각은 우리 엄마를 향해 가식적인 눈웃음을 지어 보여줬고, 엄마 역시 총각의 눈웃음에 가식적인 미소로 화답해 주었다. 다행스럽게 더 깊게 파고들어 가지는 않았다.

"아, 네. 신혼부부라죠? 오호호~ 저희 딸한테 얘기 들었어요. 부인은 집에 계시나 봐요?"

"예?"

앞집 총각의 입가에 걸려 있던 미소가 살포시 사라지면서 미간이 잠시 찌푸러지는가 싶더니 이게 뭔소리냐라고 묻는 듯한 표정을 내게 지어 보여줬다. 난 출가한 지 한 달도 안 돼서 독립 생활 접고 집으로 끌려가기는 싫었기에 정말 어쩔 수가 없었다.

"엄마, 부인은 아기 낳을 때가 돼서 친정에 가셨대. 그래서 아주 잠깐 혼자 지내는 거야."

"어머, 신혼이라더니 벌써 애가 들어섰어요? 오호호~ 설마 속도 위반인가?"

"아, 뭐… 네, 제가 성격이 좀 급하다 보니……."

아랫입술을 지그시 깨물고 말을 하는데 언제 복화술을 연마한 건지 입은 움직이지도 않는데 말이 새어 나온다. 아주 소름 끼치는 광경을 이 두 눈으로 보고야 말았다. 조금은 두렵기까지 한 그 눈길을 잠시 외면하고자 고개를 숙이고 주저앉아 괜히 죄없는 슬리퍼 끄트머리만 만지작거려야 했다.

"그럼 아기 건강하게 낳아요. 아빠를 닮으면 아기가 참 잘생기겠네. 그럼 저희 딸 좀 잘 봐주세요. 지민아, 엄마 간다."

지민아, 엄마간다라니. 이년아, 엄마 간다가 아니고? 애써 가식적인 연기해 봤자 소용없어, 엄마. 엄마가 나한테 거친 육성으로 이년 이년 하는 거 앞집 총각 다 들었을 테니까 말야. 그렇게 엄만 내 시야에서 사라져 갔다.

"야, 일어나."

벌떡!

"네?"

"하! 장가도 안 간 총각을 하루아침에 유부남으로 만들어 버리네. 너 능력 좋다?"

"능력은 무슨……."

"등신. 꼴 하고는. 키스 한번 했다고 어디 광고하고 다닐 일 있냐? 입술이 아주 부르텄네, 부르텄어."

씨, 누가 이 꼴로 만들어놨는데.

"있잖아요, 어제 했던 얘기… 사귀자는 거, 그거 다시 생각해 보자는……."

"너 때문에 아침부터 일진 상당히 별로다. 그리고 너 있지……."

내 말을 살짝 씹어준다. 그리고 나 때문에 일진이 나쁘다는 이유로 또 한 번 말끝을 흐려주더니 대뜸 내 얼굴에 자기 얼굴을 들이민다.

"뭐, 뭐 하려구 이래요!!"

"등신. 세수는 했냐?"

"세, 세수?"

"못 봐주겠네, 진짜. 부지런한 이 몸은 운동하러 가신다. 어리석은 것, 집에 튀어 들어가서 세수나 해!!"

타박타박—

그렇게 홀연히 계단을 뛰어 내려가는 총각. 어리석은 것? 홋! 미련을 없애주니 어쩌고 어째? 그 딴 말에 조금 멋있는 사람이라고 생각했던 내가 잠시 미쳤었나 보다.

"씨, 야!! 너 내 키스 다 돌려내!!"

이런 나의 처절한 외침은 3층 복도에서 메아리가 되어 바람을 타고 다시 내 귓가에 들려왔다.

야야야~ 키스 돌려내애애애애애~

으슬—

"아, 춥다. 들어가서 세수나 하자."

　엄마가 집으로 돌아간 후… 앞집 총각이 내 가슴에 칼을 꽂고 내려가 버린 후… 난 다시 집으로 들어가 모자란 잠을 보충하고 10시가 넘은 시간에 일어나 일본어 학원 수강 신청을 목적으로 능기적대며 집에서 걸어나왔다. 요새 일기 예보 믿을 거 못 된다더니……. 오늘부터 날씨가 조금 풀린다는 야시맹랑하게 생긴 기상 캐스터의 말을 곧이곧대로 믿고 얇은 옷가지로 몸을 가리고 나왔건만 칼날같이 매서운 바람이 사정없이 내 몸을 훑고 지나간다.

　으슬으슬―

　"에취! 아, 춥다. 뭐? 날이 풀려? 생긴 것도 맹랑하게 생긴 게… 어라?"

　괜히 죄없는 기상 캐스터 얼굴을 거들먹거리며 걷고 있던 내 두 눈에 아주 낯익은 차량 한 대가 포착됐다. 원룸 건물 외벽에 주차되어 있는 잘 빠진 검은색 스포츠카. 잠시 걸음을 멈추고 팔짱을 낀 채 그 차량 주위를 한 바퀴 빙 돌며 요리조리 살피고 또 살펴봤다. 흠, 과연. 등잔 밑이 어둡다고 이렇게 가까이에 있었음에도 왜 눈치 채지 못했던 걸까? 왜 요전에 세탁소에 들러 총각의 옷을 품에 꼭 안고 돌아오던 날 밤, 바닥에 고여 있던 흙탕물을 나에게 튀기고 도주했던 차량, 대못으로 멋들어지게 긁어주리라 다짐했던 그 차량이 지금 내 눈에 포착된 것이다.

　"이럴 줄 알았어. 이 근처에 사는 놈이었어."

　미친 사람마냥 주위를 두리번거리다 깨진 유리 조각 하나가 번뜩이며 길거리에 버려져 있는 것을 발견했다. 순간 울컥하는 마음에 그

유리 조각을 손에 쥐고 검은색 차량 앞으로 슬며시 다가갔다. 유리 조각이 스포츠카에 살며시 닿는 그 순간,

위잉— 위잉— 위잉—

화들짝—!!

난데없이 차량 경보기가 울려대기 시작했다. 계산 미스… 착오였다. 놀란 심장을 부여잡고 일단 주위를 살핀 후 급한 마음에 유리 조각으로 차량을 몇 번 그어준 뒤 증거 소멸을 목적으로 손에 들고 있던 유리 조각을 저 멀리 던져 버리고 버스 정류장까지 냅다 뛰어야 했다. 이 범죄는 죽을 때까지 가슴에 묻고 혼자만의 비밀로 간직하리라 다짐하며. =_=

"일본어는 배워본 적 있어요?"

"그게… 초등학교 5학년 때, 일 년 정도 일본에 살다 오긴 했는데… 워낙에……."

"지금 나이가?"

"올해 20살요."

"C반이 좋겠네요. 기초부터 차근차근 가르쳐 줄 거예요."

"저기… 외람된 질문이지만 한 달 안에 일본어를 마스터한다는 거… 무리겠죠?"

"네, 무립니다."

카운터에 있는 상담 여직원이 참 버릇이 없으시다. =__= 어찌나 사람을 무안하게 하던지.

"수강료는 알고 계시죠? 영주증 드릴 테니 가서 보여주고 반에 들어가서서 수업 들어보세요."

"네, 잠시만요."

뒤적뒤적—

"…어? 어?"

호주머니에 넣어뒀던 지갑이 보이지 않는다. 학원 수강비… 어쩌지?

뒤적뒤적—

슬쩍 카운터 상담원의 눈치를 살피니 상당히 짜증나는 표정을 짓고 있다. 곤경에 처해 있는 사람을 꼭 내 주위에 있는 그 누구누구처럼 그런 식으로 싸가지없게 쳐다보면 사람이 한없이 소심해져 버리는 것을…….

"이봐요, 수강할 거예욧, 말 거예욧!!"

"지갑이 없어진 것 같아서… 근데 왜 화를 내고 그래요? 내일 다시 올게요."

"그러던지요."

그러던지요라. 참 재수없으시기도 하지. 서비스의 서 자도 모르는 망할 여편네 같으니라고. 학원을 바꾸고 싶었지만 근처에 일어 학원이 여기뿐이라 그냥 참아야 했다.

아, 나야말로 오늘 하루 일진이 상당히 별로다. 지갑 속에 뭐가 있었지? 제일 중요한 학원 수강료와 소량의 돈, 버스 카드, 티티엘 카드, 주민등록증, 그리고 아직 버리지 못한 현석 오빠 사진. 이런… 아깐 잔돈이 있길래 그 돈으로 버스 타고 학원까지 온 건데 지금은 동전 한 닢 없다. 일단 핸드폰을 꺼내 들었다. 영광스럽게도 내 핸드폰 단축 번호 3번에 자리 잡고 있는 철천지웬수. =__=

"미친… 뭐냐, 아침부터? 음~"

"지영아, 살려줘."

지영이와의 간단명료한 통화가 끝난 후, 모 일본어 학원 앞에서 지영이가 올 때까지 한 시간 동안 추위에 벌벌 떨며 무작정 기다려야 했다. 기다리는 한 시간 내내 오늘부터 날이 풀린다고 지껄인 기상 캐스터, 야시맹랑하게 생긴 그 기상 캐스터를 잘근잘근 씹어댔다. 두 손을 호호 불고 있는 그 찰나, 얼굴 여기저기에 더덕더덕 반창고를 붙인 사랑스런 친구가 내 곁으로 다가와 손을 내밀어줬다.

"가지가지한다, 진짜."

"살려줘서 고마워. 여기서 얼어 죽는 줄 알았다."

"얼어 죽지 그랬냐? 나온 김에 한잔하자."

"대낮부터 한잔은 무슨……."

"미친… 버리고 간다."

집에 갈 차비도 없는 처지였기에 고분고분 지영이를 따라 자주 가던 모 술집으로 걸음을 옮겼다. 나 역시 오늘 같은 날은 왠지… 술로 상처받은 내 심신을 달래고 싶다. =____=

"야! 너 집들이하던 날 갑자기 왜 울었냐?"

"끅! 그냥."

"현석이 자식 땜에 그랬냐?"

"…그럴지도. 끅!"

대낮부터 시작된 지영이와의 술자리는 어느덧 저녁으로까지 이어졌다. 술이 입으로 들어가는지 코로 들어가는지 모를 정도로 무작정 벌컥벌컥 들이켰더니 정신이 아찔한 게… 나 많이 취했나 보다.

"걔 미친 거 아냐? 거기가 어디라고 그 자식을 데리고 오냐?"

"끅! 그러게. 정희 고 기집애 어릴 때부터 그랬어. 알잖아, 나 잘되는 꼴 죽어도 못 보는 거. 왜 그러는 건지… 나보다 가진 것도 많은 년이 왜 그러는 건지 나도 묻고 싶다, 증말. 끅!"

"분에 겨운 게지. 근데 니네 앞집 산다던 그 사람 말야."

앞집 남자란 말에 게슴츠레 눈을 뜨고 정희를 쳐다보자 눈이 반짝반짝거리는 게… 차마 그 총각이랑 나의 암울한 썸씽에 대해 말을 꺼내지 못하겠다.

"야, 끅! 그 사람 아주~ 질 나쁘니까… 행여 끅! 어떻게 할 생각일랑 하지 마. 얼굴 믿고 성격이 끅! 얼마나 드러운지 알아? 어? 니가 알아?"

"얼굴 반반하게 생긴 것들 중에 성격 제대로 박힌 애들이 어딨냐? 다 인물값하는 거지."

"참, 너 저번에 끅! 의대생이라고 뻥치고 만나던 사람은 어떻게 됐냐?"

"아~ 시끄러. 낮에 보니까 조명발이더라. 얘기 꺼내지도 마."

"그래? 그 앞집 남자 끅! 의대생이라더라."

"뭐? 진짜? 정말? -0- 나처럼 뻥친 거 아냐?"

차라리 말하지 말 걸 그랬나? 또 발광하기 시작했다.

"확실한 건 모르겠는데 현석 오빠가 끅! 알고 있더라. 그 앞집 남자를… 끅!"

"그 자식이 어떻게? 야! 그보다 너 그만 마셔!!"

"끅! 조오타~"

오늘따라 어찌나 술이 입에 착착 감기던지… 참 꿀맛이다.

"아씨… 무거… 아저씨, 대현 아파트 옆에 대현 원룸 앞이요. 야, 박지민!! 혼자 괜찮겠냐? 같이 가줘?"

"어, 말짱해, 말짱해. 지영아, 고마워~ 끅! 아저씨, 출발!!"

"미친… 도착하면 전화해라!! 알았냐?"

"어, 그래."

택시의 온기가 차가운 내 몸을 눈 녹듯이 녹여주자 긴장이 풀리면서 그렇게… 잠이 들었나 보다.

"학생! 학생, 일어나 봐!! 다 왔어. 골목까지는 못 들어가겠고 여기서 내리면 되지?"

"에? 끅! 아… 수고하셨습니다~"

부웅—

긁적긁적—

"어라? 세탁소 앞이네. 끅!"

"어? 학생, 오랜만이야!!"

　밖에 나와 잠시 담배를 피우고 있던 주인 아저씨가 술에 쩔어 비틀거리는 나를 발견하고는 친절하게도 아는 척을 해주신다. 내심 모르는 척하기를 바랬는데 말이다.
　"끅! 아, 안녕하세… 끅!"
　"술이 좀 과했나 보네. 허허. 조심해서 집에 들어가. ㅡ,.ㅡ"
　"아… 끅! 네."
　술에 취한 와중에도 쪽팔림이 뭔지 알고 있는 나였기에 일단은 서둘러 세탁소 앞에서 벗어나려고 연신 비틀거리며 걸음을 재촉했다.
　턱ㅡ!!
　고개를 숙인 채 비틀거리는 내 옆으로 지나가던 한 남자가 내 어깨를 툭 밀치고 쌩 하니 지나가 버린다.
　"아, 죄송합니… 끅! 다."
　"등신."
　"에? 끅!"
　내 어깨를 밀치고 지나가던 그 남자의 입에서 내게 아주 낯익은 단어인 등신이란 말이 튀어나왔고 난 그 자리에 멈춰 서서 머리를 긁적일 수밖에 없었다.
　"지훈이 학생 왔는가? 오늘은 이쁜 색시가 안 보이네. 허허."
　"색시는 무슨… 아씨, 제발 옷에 담뱃불로 지지지 말고 드라이 좀 제대로 해요!!"
　"지훈이 학생은 여전히 쌀쌀맞아. 허허. 여자 앞에서도 그래?"
　"글.쎄.요."

머리를 긁적이며 고개를 돌려 세탁소를 바라보자 거만하게 팔짱을 끼고 문에 기대서는 한심하게 날 쳐다보고 있는 앞집 지훈이 총각과 눈이 마주쳐 버렸다.

움찔—

급히 고개를 돌리고 집으로 올라가는 골목길을 비틀거리며 내달렸다.

깜빡— 깜빡—

동사무소에 민원 신고를 하든지 해야지. 오늘따라 저 깜빡이는 가로등이 유난히 눈에 거슬린다.

저벅저벅—

가로등 앞에서 허리를 굽히고 잠시 헐떡거리는 숨을 돌리고 있는데 웬 발자국 소리가 지금 이 순간 아주 소름 끼치게 내 두 귀를 자극했다. 잠시 후 발자국의 장본인은 내가 있는 가로등 앞까지 능기적거리며 걸어왔다. 허리를 들어 살며시 고개를 올려다보자 버릇없이 바지 호주머니에 두 손을 찔러 넣은 채 시건방진 포즈로 서 있는 앞집 총각이 여전히 참 한심하다는 표정으로 날 바라봐 줬다.

"등신. 아주 생긴 대로 놀고 앉아 있네, 진짜. 다 큰 기집애가 술에 취해서 밤늦게 어디를 싸돌아다니냐?!"

울컥—!!

"왜 자꾸 등신… 끅! 등신 거려… 요? 끅!"

술이란… 평상시에는 한없이 소심하기 그지없는 사람도 한순간에 대담스런 인간으로 만들어줄 수 있는 신비의 묘약.

"그보다 너 죄졌냐? 길에서 애인을 봤으면 아는 척을 해야지! 냅다 도망을 가!!"

총각 말을 듣고 보니 일리가 있는 말이다. 나 왜 도망간 거지? 왜 앞집 총각만 보면 나도 모르게 자꾸만 도망가고 싶고 숨고만 싶은 걸까? =__=

"끅! 애, 애인이라니?"

"잊었냐, 우리 사귀기로 한 거?"

"인정하고 싶지… 끅! 않은데요."

"시력이 1.5라고? 사기치고 있네. 그렇게 눈 좋은 애가 나 같은 놈이 사귀자고 하는데, 뭐? 인정하고 싶지 않은데요?"

입만 열면 지 자랑, 지 자랑.

"세탁소 아저씨 끅! 말처럼 매일 바뀌는 그 이쁜 색시하고나 끅! 사귀어요."

"시끄러. 춥다. 집에나 가자."

시끄럽다는 한마디로 내 말을 무시하고는 내 어깨에 팔을 걸치고 뻔뻔하게 집에 가자는 말을 하는 앞집 총각이었다.

"끅! 이 손 내려요."

"오늘 말이야, 어떤 몰상식한 인간이 죽으려고 작정을 했던지 내 차에다가 난.도.질.을 해놨더라. 큭!"

내 어깨에 팔을 걸친 채 길을 걷던 앞집 총각은 그 말을 내 귓가에 조용히 속삭여 줬다. 유독 난도질이라는 말을 강조하면서 말이다.

우뚝—!!

애써 지어지지도 않는 미소를 지어가며 총각을 올려다봤다.
"차를 꾹! 어디에 주차시켜 놨길래."
소곤소곤—
"우리 원룸 바로 옆.에."
"꾹! 조, 조심하셨어야지. 성격도 참……."
내 옷에 흙탕물을 뿌리고 도주한 차량의 주인이… 앞집 총각 자네였어? 이를 어쩐다. 우리 나라는 왜 이렇게 좁아 터진 걸까?
"그래, 내 불찰이지. 근데 말야……."
매번 총각이 말끝을 흐릴 때마다 가슴이 철렁거리며 알 수 없는 불안함이 내 온몸을 휘감곤 한다.
"근데 뭔가요? 꾹!"
"혹시 너 민증 번호가 840508-2XXXXXX냐?"
꿀꺽—!!
내 민증 번호를 왜 저 총각이 읊조려 대는 거지? 한순간에 술이 확 깨버렸다.
"어, 어떻게 내 민증 번호… 서, 설마… 내 뒷조사했어요?"
"큭! 내가 너란 인간 뒷조사나 하고 돌아다닐 만큼 한가한 인간인 줄 아냐? 차 밑에 지갑이 하나 떨어져 있길래 혹시나 하고 뒤져 봤더니… 지갑 주인 민증이 있더라?"
내 지갑 속 민증? 하아… 지갑을 찾았다는 기쁨보다… 앞집 총각에게 덜미가 잡혔다라는 허탈함보다… 18살에 찍었던 촌스럽디 촌스러운 내 민증 사진을 총각이 봐버렸다는 그 사실이… 참 씁쓸할 뿐이

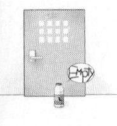

었다. 동정심을 유발할 작정으로 최대한 미안하고 불쌍한 표정을 짓고 애절하게 총각을 다시금 올려다봤지만 엎질러진 물이라고들 했던가. 너무나 무섭게 노려보고 있는 총각의 모습에 다시 고개를 숙여야 했다.

휘잉—

칼바람이 매섭게 몰아치고 있는 어느 으슥한 골목길에서 살을 에는 듯한 추위보다 날 죽일 듯이 노려보는 한 총각의 무서운 눈길에 난 겁을 질러먹고 벌벌 떨어야 했다. 그리고 내 어깨에 걸쳐져 있는 총각의 팔이 살짝 움직거리는가 싶더니만 갑자기 내 목을 조여왔다.

"캑! 캑! 뭐, 뭐 하는 짓이에요? 캑! 놔!"

"이 몰상식한 인간아, 어떻게 배상할 거야?"

이 총각… 손해 배상에 관한 집착과 집념이 너무 강한 것 같다. 차 한 번 긁었다고 이 봉변을 당할 줄이야. 아침나절에 미친 사람마냥 차 긁어댈 땐 진정 정말 상상치도 못했던 일이었다.

"캑! 수, 숨 막혀. 배상하면 되잖아요. 캑캑! 놔! 살려줘요."

"살고 싶어서 발악하는 모습이 참 눈물겹다. 등신."

살고 싶어 안간힘을 쓰는 지금의 내 모습이 앞집 총각에게 저딴 모욕적인 발언을 들을 만큼이나 추하디추했더란 말인가? 살려달라고 애걸복걸하고 있는 내 모습을 한참 동안 뚫어져라 내려다본다. 그러더니 정말 인생이 불쌍해서 봐준다라고 말하는 듯한 표정을 지어 보이고는 내 목을 조이고 있던 팔에서 힘을 푸는 총각이었다.

"캑캑! 주, 죽는 줄 알았잖아요! 캑!"

"시끄러. 죽여 버리려다 살려준 거니까."

조금은 장난스럽게 저런 말을 내뱉어줬더라면 내가 고마워서 가식적인 미소라도 지어줬을 것을……. 정말 날 죽이고 싶었다라고 말하고 있는 저 진심 어린 눈빛에 생명의 위협을 느끼고 조용히 입을 다물고 고갤 숙여야 했다.

"끅!"

목숨을 구제해 준 것에 대해 감사해하며 잠자코 묵념하면서 반성하고 있어도 시원찮을 판에 잠시 멈췄던 딸꾹질에 재발동이 걸려 버렸다. 불안한 마음에 고개를 들어 앞집 총각을 올려다보자 날 보며 기다렸다는 듯이 한마디 내뱉어줬다.

"등신."

이라고. =_=

"끅!"

"너 왜 사냐?"

왜 살긴요… 죽지 못해 사는 거죠.

"끅!"

"지갑 돌려받고 싶으면 잔말 말고 따라와."

"끅! 어디 가는데요?"

"니가 가고 싶어하는 곳."

"네? 끅!"

내가 가고 싶어하는 곳이라? 지금 내 머리 속은 멍하니 텅텅 비어 있는데 어째서 앞집 총각 머리 속에만 내가 가고 싶어하는 곳이 들어

있는 거지? 잠시 뇌가 바뀐 걸까? 난 내가 정말 가고 싶어하는 곳이 어딜까에 대해 머리를 쥐어뜯어 가며 심각하게 고민해야 했다.

그렇게 의구심을 가슴에 품고 총각을 따라 도착한 곳은 301호란 문패가 박혀 있는 매우 낯익은 집 앞이었다. 호주머니에서 열쇠를 꺼내 문을 따고 있는 총각을 멍하니 바라보다가 이건 왠지 아니다 싶어 머리를 긁적이며 고개를 돌려 뒤를 돌아보자 302호라는 문패가 박혀 있는 우리 집도 내 두 눈에 보였다. 내가 가고 싶어하는 곳이 앞집 총각네 집이었다는 말도 안 되는 결론이 나오는 씁쓸한 순간이었다.

톡톡—

열쇠로 문을 따고 현관문을 열고 있는 앞집 총각의 어깨를 살포시 두 번 두드렸다.

"왜!!"

"지금 이게 뭐 하는 짓이죠?"

"니가 가고 싶어하는 곳에 데려다 주는 짓."

진지한 내 질문에 아주 무성의하고 짧게 답변해 준 뒤, 내가 반박할 틈도 없이 내 손목을 잡고 내가 가장 가고 싶어하는 곳이라는 자기네 집으로 날 데리고 들어가 줬다.

덜컥—

얼떨결에 총각을 따라 집 안으로 들어와 버렸고 오! 이런, 현관문을 잠궈 버리는 앞집 총각이었다. 낯익은 집 안 내부가 두 눈에 들어오자 불현듯 며칠 전 총각에게 당했던 첫키스의 악몽이 떠올라 잠시

몸서리를 쳐대야 했다. 현관문에 바짝 기대서서 경계심 가득한 눈으로 총각을 바라보자 날 향해 가소롭다는 듯 멋들어진 비소를 날린다. 그리고는 현관에 날 홀로 세워둔 채 혼자 집 안으로 들어가 버린다. 빈말이라도 들어오라고 한마디만 해주면 정말 어디가 덧나는 걸까? 현관에 홀로 남겨진 난 애써 무안하지 않은 척, 아무렇지 않은 척하며 내 특기인 가식적인 연기를 해대야만 했다. 그냥 집으로 돌아가 버릴까도 했지만 총각에게서 지갑을 돌려받아야 했기에… 엄마에게 사랑의 구타를 당해가며 다시 수강료를 받아오기엔 굉장한 배짱과 용기가 필요했기에… 그렇기에 난 돌아갈 수 없었다. 내가 현관에 서 있다는 사실을 전혀 신경 쓰지 않은 채 총각이 대뜸 웃옷을 하나하나 벗어젖히기 시작했다

"꺄아아! 뭐, 뭐 하는 거예요!!"

나도 이런 가식적인 연기는 이제 그만 하고 싶었지만 어디서 주워 듣고 본 그대로 일단은 괴성을 질렀다. 얼굴에 두 손을 들어 가리는 척해가며 손가락 틈새로 총각이 옷을 벗어젖히는 과정을 찬찬히 지켜봤다. 내 괴성에도 전혀 아랑곳 않고 묵묵히 옷을 벗어젖히는가 싶더니 남방의 세 번째 단추를 풀려는 그 찰나, 총각의 미끈하고 단단한 속살이 보일려는 그 찰나, 단추를 푸르던 손을 갑자기 멈춘다. 그러더니 현관에 서서 두 손으로 얼굴을 가리고 안 보는 척, 민망한 척, 가식적인 연기를 하고 있는 날 거만하게 쳐다본다.

"왜? 그렇게 하면 잘 보이냐?"

"보, 보긴 뭘 봤다고……."

티가 많이 났나 보다. 이젠 가식적인 연기도 못해먹겠다.

까딱까딱—

손을 들어 날 가리키더니 거만하게 손가락을 까딱거린다. 매번 그래 왔듯 난 까딱이는 저 손가락에 신발을 벗고 총각 앞으로 냅따 뛰어가야 했다. 왜 그러냐고 물으신다면… 거역하면 크게 봉변당할 것 같은 음산한 분위기가 총각의 몸에서 마치 오로라처럼 연신 뿜어져 나오고 있다고 대답해 주고 싶다.

"큭! 등신."

"차라리 욕을 해요. 등신이란 말, 참 듣기 거북해요."

"큭! 거북? 그러니까 등신등신 거리지 말라?"

끄덕끄덕.

"니 말에 일일이 반응하는 내 꼴이 우습다. 등신."

자고로 인간이라 함은 상대방의 말을 경청할 땐 그 말에 대해 조금은 일일이 반응해 줘야 하는 게 지극히 정상적인 행동이며… 그 정상적인 행동을 일컬어 오늘날 우리는 예절이라 부르는 것을 어찌하여 총각은 모르고 있는 걸까? 오! 이런, 그랬지? 참… 깜빡해 버렸네. 앞집 총각은 예절의 예 자도 모르는 버릇없는 사람이었지. 고로 난 저 말에 그다지 상처받을 필요성을 느끼지 않아도 되는 것이다.

"잘하면 너 내가 바지 벗는 거까지 다 보고 서 있겠다?"

"네?"

"그렇게 노골적으로 표현 안 해도 니가 날 원하고 있다는 것쯤은 알고 있는데 오늘은 왠지 그럴 기분이 아니거든?"

노골적? 원한다? 그럴 기분? 지금 이 순간 이 앞집 총각이 나란 인간을 변태적 성향이 다분한, 아주 위험한 여자로 몰아가고 있다는 왠지 모를 찜찜한 기분이 든다.

잠시 후 정신을 차렸을 때 밀려오는 창피함, 쪽팔림, 그리고 내 인생에 대한 회의를 느끼고 총각에게서 두어 발 물러서 뒷걸음을 치다 결국은 주방으로 줄행랑을 쳐야만 했다. 지금 내가 처한 비참함과 무안함을 애써 무마시키기 위해, 그리고 더 이상의 비참함을 느끼지 않은 채 지갑을 받고 온전히 귀가하기 위해 내가 할 수 있는 일은 총각이 옷을 다 갈아입을 때까지 고개 숙이고 입만 닫고 있으면 된다는 아주 손쉽고도 간단한 행동이 내 신상에 이롭다는 걸 알았다.

조용히 투덜거리며 고개를 숙이고 있는데 싱크대 위에 놓여 있는 비닐 랩 하나가 살포시 눈에 들어왔다. 조용히 싱크대 쪽으로 다가가 괜히 죄없는 비닐 랩을 만지작거리다 살며시 손에 힘을 주고 랩을 벗겨봤다. 손으로 벗길 때마다 쭉쭉 당겨지는 비닐 랩에 작은 호기심을 느꼈고 급기야는 한참 동안 정신 나간 듯이 비닐 랩을 뜯어 젖히기 시작했다.

"이 몰상식한 인간아, 자꾸 신경 거슬리는 짓 할래?"

화들짝—!!

어느 틈에 옷을 다 갈아입었는지 흰색 반바지에 헐렁한 하늘색 니트를 몸에 두르고 있는 앞집 총각. 싱크대 앞에 서서 비닐 랩을 뜯어 젖히고 있는 내 모습을 바라보며 낮고 음침한 목소리로 내뱉었다. 몰

상식한 인간 주제에 신경 거슬리는 짓 하지 말라고 말이다. 집 안이 아무리 따땃하다지만 겨울에 반바지를 입는다는 건… 노출을 즐기는 걸까, 아니면 지 다리 미끈하다고 자랑하려는 걸까? 난 무의식중에 잠시 위아래를 훑어봤을 뿐인데 총각은 이런 내 눈길에 미간을 잠시 찌푸리더니 더 더욱 가라앉은 목소리로 날 향해 말을 건넸다.

"눈 안 깔아? 너 꼭 자폐아 같다."

자폐아=자폐증을 가지고 있는 아이. 내가 듣기로는 대인 관계가 원만하지 못한 일종의 정신 질환이라고 어디선가 주워듣긴 들었던 것 같은데. 이젠 날 정신 질환자 취급을 하고 있단 사실에 심심한 분노를 보내는 바이다.

"집에 갈래요. 지갑 줘요."

"차 수리비 니가 다 배상할래?"

차 수리비? 차를 카센터에 맡길 지경이 될 때까지 심하게 긁어댔었던가? 힘없는 여자가 차에 기스 한 번 낸 거 가지고 유난 떨기는.

"어, 얼만데요?"

"견적이 꽤 많이 나왔더라?"

견적이란 말은 비단 얼굴 성형에서만 사용하는 말이 아니었다는 걸 바보처럼 지금에서야 알게 되었다.

"제가 다 갚아야 돼요?"

"어."

저렇게 매정하게 한마디로 대답해 버리면 어디 무서워서 바짓가랑이를 붙잡고 늘어질 수도 없잖아. 엄마한테 앞집 애 아빠 차를 내가 긁었는데… 그래서… 견적이 꽤 많이 나왔다던데… 돈 좀 줘요… 라고 말해 본들 이년이년 거리며 두들겨 맞기밖에 더 할까. 돈 앞에서는 한없이 비굴해진다는 게 우리 인간 사는 법이기에 총각을 보며 괜히 울먹거려 봤다.

"나 돈 없는데… 엄마한테 맞아 죽어요. =__="

"등신. 돈이란 말에 사정없이 쫄기는… 돈 말고 몸으로 때울래?"

몸으로 때워? 뭐를? 도대체 또 뭐를? 배상이란 이름 하에 항상 총각에게 하나씩 덜미를 잡혀가고 있다는 사실이 참 가슴 아플 따름이다.

"전에도 그랬죠? 엄마한테 죽을 각오하고 차라리 집문서 훔쳐 올게요. 얼만가요? 이번에는 15만 원을 넘기면 좀 곤란해요."

"하! 15만 원? 택도 없어라."

"그, 그래요?"

그렇다고 그렇게 비아냥거릴 것까지야.

"우리 마누라가 아기 낳으러 친정에 갔거든? 돈 달라는 소리 안 할 테니까… 우리 마누라 대신 니가 저녁밥 좀 해."

아무렇지 않은 척하더니 은근히 마음에 품고 있었나 보다. 또다시 복화술을 해대면서 내게 말을 하는 걸 보면 말이다. 신기하기도 하다. 입은 달싹하지도 않은데 말이 새어 나오다니…….

"쌀부터 씻으면 되죠? 씨익."

"좋냐?"

끄덕끄덕.

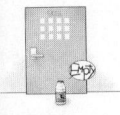

좋다마다. 엄마한테 목숨 걸고 돈 받으러 가느니 이렇게 몸으로 때우는 게 훨 낫다. 맞아서 피멍들 일도 없고 말야. 음, 쌀통에 쌀도 들어 있고… 맥주 캔이 절반을 차지하던 냉장고 안에 제법 먹음직스러워 보이는 밑반찬도 들어 있고… 음료들이랑 군것질거리로 꽉 채워져 있었다. 무심코 열어본 싱크대 이곳저곳에서도 정상적인 먹거리가 쏟아져 나왔기에 놀라지 않을 수 없었다. 슈퍼에서 훔쳐 온 건가? 조금 의아한 눈빛으로 고개를 돌리자 식탁에 버릇없이 다리를 꼬고 앉아 붕대가 감긴 왼손으로 턱을 괴고 거만하게 날 주시하는 앞집 총각의 모습이 두 눈에 들어왔다. 지금 생각해 보니 담배 피울 때도 그랬고… 문 열 때도… 물건 건넬 때도… 그동안 왜 의식하지 못했던 거지?

"저기 붕대 감은 손으로 턱 괴고 있으면 손 안 아파요?"

"안 아프니까 이러고 있는 거겠지."

"그, 그럼 붕대는 왜 감고 있는 건데요?"

"이거 볼 때마다 너 더 미안해지라고 일부러 안 풀었어."

그러나 총각에게는 참 미안한 말일지 모르겠지만 난 붕대를 볼 때 별달리 미안하다는 생각 따위 하지 않았었다. =__=

다시 고개를 돌리고 이것저것 넘쳐 나는 재료들을 이용해 그나마 할 줄 아는 미역국이나 끓여볼 심산으로 미역줄기를 잘라대고 있는데 뒤통수가 따가워서 미역 자르기에 집중할 수 없었다. 아니나 다를까, 고개를 돌리자 여전히 식탁에 버릇없이 앉아서 내가 하는 행동을 뚫어져라 쳐다보고 있는 총각이었다. 그 부담스런 시선을 좀 거두어

줬으면 하는 작은 바람이 있는데 말이다.

"바쁜 일 없나 봐요? 하하. 아, 전보다 먹을 게 참 많네요."

"미란이가 사둔 거야."

버릇없는 것. 미란이 뒤에 붙여야 할 누나란 호칭은 왜 싹둑 잘라 먹은 걸까? 총각의 입에서 미란이 누나란 소리만 들어오다가 대뜸 미란이란 이름만 튀어나와 조금 놀랐다. 누나를 붙이고 안 붙이고의 차이가 꽤 크구나.

"아, 네."

빤히 쳐다보는 그 부담스런 눈길을 외면하고 말없이 뒤돌아서 마늘을 다졌다.

"야!"

"예?"

"오늘 밥 맛있게 만들면 2% 채워줄게."

앞집 총각, 신종 유행어를 만들 참인가 보다. 잠시 천장을 바라보며 혼자 상상의 날개를 펼쳐 봤다. 투명한 음료수 병에 '2% 부족할 때'라는 제목 딱지가 돌연 '2% 채웠을 때'로 바뀌는 그 언밸런스한 모습을 말이다

"전 2% 부족할 때가 더 좋아요."

밥을 맛있게 하겠다라는 의욕이 상실돼 버렸으므로 소금 통에 스푼을 집어넣고 소금 6, 7스푼을 미역국에 탈탈 털어 넣었다.

따르르릉— 따르르릉—

벨소리 좀 바꾸지. 여전히 정 안 가는 벨소리다.

"어, 요즘 잘 안 갔거든. 그래? 어, 큭! 나도 누나 보고 싶어."

프라이버시를 위해 남의 통화 내용을 엿들어서는 안 될 일이지만 자연스럽게 내 귀에 흘러들어 왔다. 어쩔 수 없이 두 귀를 쫑긋 세우고 아무것도 안 들리는 듯 스푼으로 국을 휘젓는 척하면서 대화 내용을 도청했다. 그리고 내 두 귀에 나도 누나 보고 싶어라는 총각의 가식적인 말이 들려왔을 때 나도 모르게 소금 통을 통째로 미역국 속에 빠뜨려 버렸다. 홋! 이런, 손이 미끄러져 버렸네.

내가 식사 준비를 끝마칠 때까지 앞집 총각에게는 7통의 전화가 더 걸려왔고 도청 감식 결과 그 7통의 전화 중에서 1통만이 남자였더란 사실을 밝혀냈다. 아, 지금 것까지 합치면 8통의 전화가 걸려온 셈이다.

"밥 다 됐는데요."

"어, 누나, 잠시만… 뭐?"

"밥… 다 됐다고요."

"어, 그래? 누나 나중에 전화해. 어, 끊어."

탁—

"뭘 보냐? 멍청하게 서 있지 말고 앉으시든지."

옛사랑을 가슴에 품고 미련을 버리지 못하고 있는 비운의 남자의 모습이란… 다 저런 걸까?

미란이 언니를 잊지 못하겠다느니, 미련을 지워달라느니, 나랑 사귀자느니… 그거 다 자다가 봉창 두드리는 소리였더란 말인가? 식탁 위에 핸드폰을 올려놓고 붕대가 감긴 왼손을 들어 아주 힘있게 숟가락을 손에 쥐고는 국 한 숟가락을 떠 입으로 가져다 댄다. 난 앞집 총각이 국을 뜨는 순간… 국을 입에 대는 순간… 입으로 들어간 국이 목구멍을 타고 내려가고 있는 순간… 을 숨죽이며 지켜봤다. 물론 한 대 맞을 마음의 준비는 미리 해두었다. 내 인생 최대 걸작으로 길이 남을 미역국 한 스푼을 꿀꺽 입에 넣어 삼키던 앞집 총각의 표정이 갑자기 굳어진다. 들고 있던 숟가락을 조용히 식탁 위에 내려놓고 무덤덤한 표정으로 날 한 번 쳐다봐 준다. 그리곤 신경질적으로 식탁에서 일어나더니 어디론가 사라져 버렸다.

잠시 후 욕실에서 들려오는 앞집 총각의 침 뱉는 소리, 들릴락 말락 조용히 날 욕하는 소리, 이 닦는 소리가 내 두 귀를 자극했다. 왠지 한 대 맞는 걸로 끝날 것 같지 않다는 불길한 예감이 내 머리를 스쳐 지나갔다. 조용히 식탁에서 일어나 내 집으로 돌아갈 목적으로 현관으로 뛰어가 급하게 신발을 신었다.

벌컥—!!

오른쪽 신발을 신으려는 순간, 한눈에 봐도 짜증난다는 표정이 얼굴 가득 배어 있는 표정을 한 앞집 총각이 신경질적으로 욕실 문을 박차고 나오다가 현관문 앞에 서 있는 날 목격해 버렸다.

난 아직 못 신은 오른쪽 신발을 손에 들고 애써 입가에 미소를 띠고 뒷걸음질쳐 댔다.

"저, 저기 나 집에 가봐야 될 것 같아서요."

"홋! 국이 너무 맛있더라. 혼자 먹기 아까울 정도로."

"호, 혼자 드셔도 돼요."

"아냐. 나 갑자기 배가 불러졌거든. 남은 거 니가 다 먹어라."

사람 먹을 음식이 못 되는 저 미역국을 나 혼자 다 먹으라니. 농담도 심하시지.

"나도… 배가 불러서."

"먹기 싫음 차 수리비 내놓던가."

"우욥!! 웩! 퉤퉤!"

수리비를 내놓으라는 청천벽력 같은 말을 듣고 어쩔 수 없이 개한테 갖다 줘도 고개 돌릴 5인분 분량의 미역국을 총각이 보는 앞에서 국물 한 방울 남김없이 다 먹어치워야 했다. 그 덕에 욕실 변기를 부여잡고 몸속에 들어간 소금 덩어리들을 힘겹게 게워내고 있는 중이다.

게워낼 만큼 다 게워낸 뒤 약간의 현기증을 느끼고 비틀거리며 욕실에서 걸어나오자 도도하게 안경을 쓰고 있는 앞집 총각이 식탁 위에 노트북을 가져다 놓고 열심히 타자기를 두드려 대고 있었다. 안경을 쓰고 뭔가에 몰두하고 있는 저 모습이 어찌나 인간적으로 보이던지. 욕실 문이 열리는 소리에 노트북에서 눈을 떼고 쓰고 있던 안경을 벗어 식탁 위에 올려놓더니 그 붕대 감긴 왼손으로 턱을 괴고 비틀거리며 걸어오는 내 모습을 처량하게 쳐다봐 줬다.

"하는 짓 하고는… 이리 와봐."

거역할 수 없는 총각의 부름에 비틀거리며 식탁 앞까지 걸어갔다. 의자 하나를 빼 자기 옆에 날 앉히고 진지하게 입을 열었다.

"이름이 뭐였더라?"

좀 황당하긴 하지만 대놓고 서로의 이름을 물어본 적은 없었으니까 이해하려 노력했다.

"박지민요."

"야!! 박지민!!"

화들짝—!!

"왜요?"

"이 닦았냐?"

"이 닦았냐니?"

"아까 2% 채워준다고 했던 말 뭘로 들었냐?"

"밥 맛있으면 한다고 그랬잖아요."

"…맛있더라."

앞집 총각 이제 보니 순전히 거짓말쟁이에 사기꾼쟁이로구나. 맛있다는 밥을 내가 먹고 토하고 온 모습을 지금 두 눈 부릅뜨고 보고도 그런 새빨간 거짓말을 해대다니 말이다.

"그짓말."

"시끄러. 이나 닦고 와. 먹은 거 토해내고 온 사람이랑 기분 좋게 키스할 만큼 그다지 비위좋은 놈이 아니라서."

우득—!!

정말 사람이 한없이 비참해진다.

"안 하면 되잖아요."

"아줌마, 좋은 말로 할 때 욕실로 튀어가서 이 닦고 와!!"

움찔—!!
이게 좋은 말이면 나쁜 말은 얼마나 더한 걸까?
"치, 칫솔은……."
"찬장에 보면 새것 들어 있어."
휴…….
"가그르르르~ 퉤!"
이를 닦고 입을 헹궈내고 있는데 총각네 집 벨소리가 욕실 안까지 요란하게 울려댄다.
띠—
"가르르르르~ 으읍!"
급작스럽게 울린 벨소리에 놀라 입 안에서 거품을 헹구고 있던 물을 그만 꿀꺽 삼켜 버렸다.
"캑캑!! 아… 아이고, 캑!"
이 늦은 시간에 총각 집을 찾아올 사람은 딱 두 부류의 인간밖에 없다. 여자 아니면 미란이 언니.
덜컥—
현관문 열리는 소리와 집 안으로 들어오는 구두 굽 소리가 들려온다. 누군지는 몰라도 여자란 건 확실했다. 욕실 문을 빼꼼이 열어 집으로 들어오는 정체 불명의 여인의 얼굴을 확인했다.
"밥 먹었어?"
"찾아오지 말라고 말한 지 며칠이나 지났다고 이렇게 멋대로 구는 거야?"

"보고 싶으니까."

　차라리 다른 여자이기를 바랬건만… 그 여인은 눈썹 위에 작은 반창고를 하나 붙이고 있는 미란이 언니셨다. 하아… 젠장!

● 제3장

일본어 과외?!

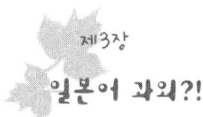

제3장 일본어 과외?!

"결혼식이 한 달도 안 남은 여자가 밤늦게 남자 혼자 사는 집에 들락거리는 거… 꼴 사납단 거 알아?"
"그래서? 나 안 들여보내 줄 거야?"
"처신 똑바로 하고 다녀! 소박맞고 싶어서 작정했어?!"
"쿡! 소박맞으면 너한테 오지 뭐."
"집에 손님 와 있어. 헛소리하러 온 거라면 가!"
"또 집에 여자 들인 거니? 그래, 지금 니가 만나고 다니는 그 여자들 중에서 나보다 더 너에 대해 잘 아는 여자가 있을 거라 생각해?"
"큭! 이제 나한테 관심 끄고 남편 될 사람이나 잘 챙겨. 욕실에서 샤워 다 끝냈을지도 모르겠는데… 분위기 깨게 계속 방해할 거야?"

뜨끔!!

욕실에서 이 닦는 건 다 끝내긴 했는데……. 조용히 둘의 대화를 엿듣고 있던 난 앞집 총각의 뜬금없는 샤워라는 소리에 괜스레 얼굴이 빨개져야 했다. 그리고 딴에는 아주 순수한 마음에서 혹시 미란이 언니가 거짓말을 눈치 채게 될까 두려워 총각의 거짓부렁에 장단을 맞추기 위해 샤워기 꼭지를 돌려 물을 틀었다. 물론 샤워기에서 물 떨어지는 소리가 밖에까지 들리게 하여 총각의 말에 사실감을 더하기 위한 몰상식한 인간의 몰상식한 행동이었다.

"분위기 깨지 말고 돌아가라? 야, 서지훈… 나 너 없음 안 되는 거 알지? 다른 여자랑 놀아나는 걸 이렇게 눈앞에 두고도 내가 돌아갈 것 같니?"

"난 누나 잊은 지 오래거든? 놀아나? 말 좀 심하다. 큭! 누가 들으면 내가 바람피우다 들킨 줄 알겠네."

"그러니? 너도 나 아니면 안 된다는 거 누구보다 내가 잘 알고 있는데… 아냐? 난 니가 고등학교 3학년 때부터 널 알았고, 날 먼저 유혹했던 것도 너였어. 애인이 있는 날 뺏은 것도 너였구… 그래서 이렇게 서지훈이라는 인간한테 빠져서 헤어나올 수 없게 만든 것도 너야!!"

"그래서?"

"못 돌아가."

"야, 정미란. 이렇게 한심한 여자였어?"

"니가 이렇게 만들었잖아."

오랜만에 보는 앞집 총각의 진지함, 아니, 진지함을 넘어선 무서운 말투… 그리고 처음 보는 미란이 언니의 조금, 아주 조금 자기 얼굴에 어울리는 청순한 표정일 것 같은… 하지만 말투는 그다지 청순하다고 표현하고 싶지 않다.

여전히 욕실에서 둘의 대화를 도청하고 있던 난 총각의 앞에서 절대 꿀리거나 쫄거나 겁먹지 않고 돌아가지 않겠다는 자신의 소신있는 주장을 당당하게 펼치고 있는 미란이 언니의 대찬 발언에 왠지 모를 존경심이 들었다. 근데 앞집 총각은 고등학교 시절부터 나쁜 학생이었구나. 지레짐작은 하고 있었지만 놀라지 않을 수 없었다. 싹수가 노랗다고 하더니……. 미란이 언니도 결코 정상적으로 만나서 정상적으로 사귄 게 아니라 자기가 먼저 유혹해서 꼬셨구나. 것도 애인이 있는 사람을 뺏어서 말이지.

"왜 정희 같은 짓을 하고 돌아다녀, 총각?"

내가 조용히 중얼거리는 그 와중에도 둘의 팽팽한 긴장감은 끊어지지 않았고 한동안 말이 없는 그들이었다. 그리고 조용한 침묵을 먼저 깬 건 미란이 언니.

"보고 갈 거야."

"누굴?"

"욕실에서 샤워하고 있다는 여자."

"아, 봐서 어쩔 건데?"

뜨끔!!

난 지은 죄도 없는데 혼자서 뜨끔거려야 했다. 그리고 내 머리 속

엔 불현듯 지영이와 미란이 언니와의 며칠 전 싸움이 떠올라… 잠시 온몸에 다량의 닭살이 돋아 올랐다. 거울을 들여다보며 내 머리숱을 체크해 봤다. 한 올 한 올 소중한 내 머리칼이 뜯겨져 나갈 모습을 상상하니 가슴이 메어왔다. 난 머리숱도 적은데 말이다. =__=

 벌컥—!!

 거울을 들여다보며 머리매무새를 요리조리 만져 가며 안절부절 초조하게 가슴을 졸이고 있는데 갑자기 욕실 문이 열리더니 총각이 불쑥 고개를 들이내민다. 좀 황당하다. 내가 정말 샤워를 안 하고 있었으니 망정이지.

 "뭐, 뭐예요? 갑자기!!"

 "시끄러. 잠시 나와봐."

 "나, 나오라니?"

 "그냥 내 옆에 서 있기만 해."

 "시, 싫어요."

 총각이 잠시 날 바라보는가 싶더니 돌연 내가 틀어놓은 샤워기로 눈길을 돌린다. 그리고 저건 뭐냐라는 눈빛을 지어 보이며 다시금 날 쳐다봐 줬다. 순수한 마음에서 저런 짓 저질러 놓고도 참… 민망했다.

 "그, 그냥 들으려고 들은 건 아니고… 샤워한다고 거짓말하는 거 들킬까 봐……."

 "아주 눈물나게 고맙다. 나오라면 나와!!"

 따갑다. 시선이 따갑다. 총각의 손에 이끌려 현관 앞까지 끌려온

난 나를 노려보는 미란이 언니의 눈길이 너무 따가워서 차마 고개를 들 엄두가 나질 않는다.

"하… 얘니? 훗! 서지훈, 너 여자 보는 눈 많이 달려졌다? 너 이런 타입 좋아했었니? 이런 어린애 같은 애 좋아했었어? 하… 웃긴다, 진짜."

나도 웃겨요. 진짜 다 큰 처자한테 어린애라니……. 자기가 나이가 많으면 자기보다 어린 사람은 다 애로 보이는 걸까? 하긴… 섹시하고 도발적인 여성만 고집해 오던 앞집 총각이 돌연… 좋은 말로는 풋풋함이라 표현할 수도 있겠지만 좀 더 나아가서… 젖비린내 나는, 그야말로 섹시, 도발과는 담을 쌓은 나 같은 애를 만난다는 사실이 충격적이기도 하겠지. 그리고 이것이 내가 앞집 총각과 사귀려는 걸 거부하는 이유 중에 하나이기도 하다.

"얼굴 봤으면 분위기 깨지 말고 나가줄래?"

"인정 못해."

앞집 총각과 미란이 언니, 순간 그 둘의 모습이 날 비참하게 만들지 못해 환장한 인간들처럼 보여 씁쓸하지 않을래야 않을 수가 없었다. 세상살이가 참 고단하다. 인정 못해라는 저 무안한 말 한마디로 인해 난 잠시 비참의 구렁텅이에 빠져 한동안 헤어나올 수 없었다.

"이렇게까지 했는데도 못 나가겠다면… 내가 별수있나? 지민아, 고개 들어!"

화들짝—!!

난 내 두 귀를 의심하고 고개를 번쩍 쳐들었다. 등신, 고개 들어도

아니고… 지민이라니. 의심스런 눈빛으로 앞집 총각을 쳐다봐야 했다.

"왜, 왜요?"

"이 사람 밉지? 분위기 파악도 못하고. 큭!"

끄덕.

미란 언니의 눈치를 살피다 얼떨결에 고개를 끄덕였다. 사실 참 밉거든. 그리고 미란이 언니가 보는 앞에서 대뜸 날 끌어안더니 내 귓가에 작게 속삭이는 총각이었다.

"그냥 하는 척만 해, 갈 때까지."

"뭘… 하는… 척… 앗!"

내 말이 채 끝나기도 전에 앞집 총각은 갈 때까지 하는 척만 하라는 의미심장하고도 야시맹랑한 말을 남기고 자기 입술로 내 입술을 막아버렸다. 하는 척만 하라더니……. 두 눈을 동그랗게 뜨고 미란이 언니의 얼굴을 쳐다봤다. 미란 언니는 길거리에서 마주쳤다간 살인 날지도 모를 무서운 눈으로 날 노려봤다. 하지만 앞집 총각의 사람 혼을 쏙 빼놓을 만큼 노골적인 이 키스에 어느 틈에 내 두 눈이 스르륵 감겨 버렸기 때문에 날 죽일 듯이 노려보는 미란이 언니의 모습 역시 내 시야에서 사려져야 했다.

철렁—

풀썩—

철렁? 총각의 키스에 한동안 정신을 잃은 난 알 수 없는 효과음에 눈을 떴고 눈을 뜨자 앞집 총각이 아직까지 두 눈을 지그시 감고 내게 키스를 하고 있었다. 그리고 총각과 내가 있는 곳은… 더 이상 현관 앞이 아니었다. 파란색 침대 시트와 폭신한 솜이불. 소리를 질러야 했지만 소리가 나오지 않았다. 철저히 내 비명을 막아버리는 총각이었기에.

찌익—

키스를 하던 총각의 한 손이 대뜸 내가 입고 있는 점퍼의 지퍼를 내리기 시작했다. 더 이상 참을 수 없어 총각의 품에서 벗어나기 위해 발악하는 순간,

쾅—!!

부서질 듯이 문을 닫고 걸어나가 버리는 미란 언니의 구두 굽 소리가 들린다. 그제야 내 입에서 입을 떼는 앞집 총각.

"하아… 뭐, 뭐 하는 짓이에요!! 하는 척만 한다고 그랬잖아요!!"

"시끄러. 하는 척만 했잖아."

말없이 고개를 숙여야 했다. 따지고 보면 맞는 말이었기에. 정신을 차리고 벌떡 일어나 앉아서 총각이 다 내려 버린 점퍼 지퍼를 투덜거리며 목까지 올려 버렸다. 이런 내 모습에 돌연 총각이 고개를 파묻고 자지러지게 웃기 시작한다. 실성한 사람마냥 침대에서 떼구루루 구르는 그 모습이 내 눈엔 마냥 신기해 보였다.

"크큭! 등신. 큭!"

그러면서 등신이란 말은 빼먹지 않고 해줬다.

"저기… 자꾸 이렇게 키스하지 마세요. 아직 확실히 사귀는 사이도 아니고… 그보다 머리 속에 그 언니 생각 하면서 저한테 이렇게

키스하는 거… 기분 별룬데요."

내 말에 웃음을 멈추더니 침대에 거만하게 대자로 뻗어 있던 총각이 고개만 돌려 날 빤히 쳐다봤다.

"큭! 생각 안 하려고 무진장 노력했는데 들킨 거냐? 큭! 그러니까 니가 내 머리 속에 있는 저 여자 좀 빼주라. 너도 지갑 속에 있는 그 딴 놈 사진 빼버리고 말야. 또 아냐? 너 미련 없애주다가 눈 맞을지. 큭!"

지갑을 아주 샅샅이 뒤진 것 같다. =__= 현석 오빠 사진. 지갑 깊숙한 곳에 몰래 숨겨놨었는데 그걸 봤다면 말이다. 그리고 나에게 있어서 아주 심각하고도 심각한 질문을 저딴 말도 안 되는 말로 무마시키려는 총각의 저 행동, 참 거슬린다. 나에게 힘과 권력이 있다면 정말 한 대 때려주고 싶다.

"니가 그렇게 안 봐줘도 나 잘생긴 거 아니까 그만 시선 거두고 냉장고에 가서 맥주나 꺼내와."

아마 내가 개로 태어났더라면 주인 말 잘 듣는 충직한 명견이 됐을 것이다. 총각의 당돌한 지 자랑이 채 끝나기도 전에 냉장고에 있는 차가운 맥주 깡통 하나를 총각의 붕대 감긴 왼손에 꼭 쥐어줬다.

"뭐야? 하나로 나눠 마시자고?"

참을 만큼 참았어. 갈 데까지 갔어. 해줄 만큼 해줬어. 가사를 쓴 싸이의 심정을 이해할 수 있을 것도 같다.

"전 안 먹어요. 방금 먹고 왔어요."

"자랑이다."

"누가 자랑이랬나? 자랑은 누가 하는데?"

작게 중얼거리는 내 목소리를 언제 들은 건지 뒤통수를 살짝 어루만져 주는 총각이었다. 하지만 그 어루만짐이라는 게… 좀 많이 아팠다. 인정하기는 싫지만 어쩌면 어루만진 게 아니라 날 친 것 같기도 하다.

"너 낼 시간있어?"

"낼 학원 수강 신청하러 가야 돼요."

"큭! 재수 학원?"

우득—!!

"일본어 학원요."

"일본어? 하! 일본어 배워!? 큭! 왜 배우는 건데?"

"나름대로의 집안 사정이 있어요."

"크큭! 나한테 배워라."

니한테 배우라니? 침대에 거만하게 퍼질러 누워 있던 총각이 자기한테 일본어를 배우라고 한다. 그냥 약을 잘못 먹은 거라 생각하고 무시했다.

"됐구요, 지갑이나 빨리 줘요. 집에 가게. 거기 수강료 들어 있단 말예요."

"무료로 가르쳐 줄 수도 있는데?"

무료라는 말에 잠시 혹하기는 했지만 저 사악한 미소를 보아하니 또 날 가지고 노는 것 같았다.

"사기치지 마요. 그냥 집에 가볼게요. 지갑은 낼 아침에 돌려받으

러 올게요."

"りょうしんが 離婚して 僕の 母親が 今 日本に 住んで いるんだよ."

"에? 뭐, 뭐라구요?"

"부모님이 이혼해서 지금 우리 엄마가 일본에 살고 있다고. 등신. 내가 할 일이 없어서 너한테 사기치고 앉아 있겠냐?"

집으로 가려던 발길을 돌리고 얼빠진 사람마냥 총각을 바라봐야 했다.

"왜? 존경스럽냐? 등신."

8년 전 기억을 잠시 더듬어보건대 전혀 알아듣지 못할 듯 모를 말이었지만 총각이 내뱉은 말과 억양을 봤을 때 분명한, 확실한 일본어였다. 난 집으로 향하던 발걸음을 침대 쪽으로 돌려 여전히 침대 위에 거만하게 누워 거드름을 피우고 있는 앞집 총각에게 다가갔다. 그리고 다시금 침대 옆에 조신하게 꿇어앉아 맥주 캔을 들고 있는 총각의 붕대 감긴 왼손을 꼬옥 잡았다.

"뭐야?"

제 손에 개구리 손가락이라도 닿은 것처럼 정색을 하면서 내 손을 떼어내려 하는 총각.

"무료라는 말, 정말 사실이죠? 절 거둬주세요."

비굴하다 한들 어떠랴. 이 몸에게 수강료를 뒤로 빼돌릴 수 있는 절호의 찬스가 굴러 들어왔더란 말이다. 국회에서 일하시는 청렴 결백하신 국회의원 할아버님들이 주거니받거니 하는 일명 사과 박스라고 불리는 비자금을 나 같은 서민이라고 어찌 모른 척하랴. 말이 나왔으니 말이지, 그동안 수능 도중 도주했다는 이유 하나로 날 사람 취급도 안 해주던 사랑스런 엄마였다. 날 사람 취급도 안 해주는 그런 엄마가 용돈을 줬을라구? 거둬달란 내 말에 능기적거리며 침대에서 몸을 일으키던 앞집 총각이 침대 밑에 꿇어앉아 있는 내게 고개를 들이밀더니 사악한 미소를 지으며 입을 열었다.

"맨입으로?"

"무, 무료라고 그랬잖아요. 그리고 저기, 제발 사람 놀라게 갑자기 얼굴 가까이 들이밀지 말아주세요."

"큭! 후우~"

언제나 그랬듯 내 입에서 흘러나온 말은 깡그리 무시해 버린다. 지나가는 개가 짖었더라도 고개 한 번은 돌렸을 테지. 내 인생은 개만도 못한 불쌍한 인생이라는 생각이 들자 참 오랜만에 우울해져 버렸다. 금방이라도 입술이 닿아버릴 듯한 불안한 거리를 유지하던 총각은 돌연 버릇없게스리 내 얼굴이 음주 측정기라도 되는 양 훅 하고 입김을 불어댄다. 총각의 입김에서 흘러나오는 맥주 냄새에 가라앉았던 취기가 다시금 올라오는 것 같아 속이 울렁거렸다.

"왜 이래요? 술 냄새 나요."

"큭! 내가 약한 게 딱 세 가지가 있거든?"

"약한 거라뇨?"

"술, 여자… 엄마. 큭!"

앞집 총각에게 왠지 모를 동질감이 들었다. 나란 인간에게 약한 것

이 세 가지가 있다면 첫 번째는 돈, 두 번째는 잘생긴 남자, 그리고 세 번째는… 사랑하는 엄마라고 말해 주고 싶다. 누군가의 말에 의하면 술 앞에서는 모든 인간이 솔직해진다. 자고로 그 사람을 알려거든 술을 먹이라는 이야기를 지영이에게서 들었던 적이 있었다. 취중진담이라 했던가? 앞집 총각이 행여 볼세라 고개를 돌려 의미심장한 미소를 한 번 지어준 뒤 급하게 자리를 박차고 일어나 냉장고로 달려갔다. 냉장고 안을 수북이 채우고 있는 맥주 캔을 있는 대로 다 끄집어내 한아름 안아 들고 와 침대 위에 차르르 쏟아 부었다. 총각에게는 지금의 이런 내 행동이 조금은 황당하고 정신 나간 것처럼 비춰질지 모르겠지만 자기 입으로 자기 약점을 이미 나에게 불어버렸는걸? =__= 그렇지만 그 약점이란 것들 중에서 유독 내 신경을 자극하는 게 있다면 여자인데… 여자에게 약하다고 해놓고선 왜 나한텐 그 딴 식으로 대하느냐라고 물어보고 싶기도 하고, 또 조금은 궁금하기도 하지만 신경 쓰지 말자! 스스로를 다독여 가며 애써 잊으려고 노력해 봤다.

"뭘 어쩌자고 이걸 다 끄집어 내오냐? 어쩌라고!!"

"마십시다."

"뭐?"

"이거 오늘 다 마십시다."

"큭! 이 아줌마 또 수 쓰고 있네."

"수라니? 뭔 말인지 잘……."

아무것도 모른다는 표정으로 총각을 쳐다봤건만 이런 내 표정에 기가 막히다는 웃음을 짓는다. 또 티가 났나? 아니면 내 트레이드 마크인 가식적인 미소, 가식적인 연기… 이 모든 게 이제는 총각에게 식상해져 버린 걸까?

"술 약하단 소리에 옳타구나 술 먹여서 나 취하게 한 다음, 무슨 짓을 할라고? 어?"

"무, 무슨 짓이라니… 마시기 싫음 안 마시면 되잖아요."

"술맛 떨어지게 내가 왜 너랑 술을 마셔야 되는 건데?"

그래, 술맛 땡기게 안 생기고 술맛 떨어지게 생겨서 미안하구나. =__=

"됐어요. 집에 가면 되잖아요!!"

"큭! 잘 가라."

새벽 3시. 대현 원룸 301호.

"끅! 뭐야… 술 없어요?"

"큭! 다 떨어졌네? 어쩌나?"

"끅! 아차차… 집들이할 때 쓰고 남은 맥주, 집에 많이 끅! 남았는데… 집에 가서 들고 올게요."

새벽 3시 45분. 대현 원룸 301호.

눈이 반쯤 풀린 앞집 총각과 내 앞에는 수십 통의 맥주 캔들이 방을 어지럽히고 있었다.

"미란이 언니 끅! 뺏은 거예요? 끅! 이제 보니까 남의 애인 뺏는 게

취미예요?"

총각도 취기가 오를 대로 올랐고, 처자도 취기가 오를 대로 올랐다. 둘 다 취했으니 망정이지.

"시끄러. 좋아했으니까… 뺏을만 했으니까… 등신. 짜증나게 내가 왜 니 말에 이렇게 진지해져야 돼!!"

"끅! 딴 사람한테 애인 뺏기는 기분… 그 딴 거 알 턱이 없죠. 끅!"

"그래, 없다, 왜! 내가 다 뺏기만 했다, 왜!"

"의대생이란 것도 끅! 다 뻥친 거죠? 기부금으로… 돈 내고 들어간… 끅! 거죠?"

"큭! 너 한 번만 때려봐도 되냐?"

"언제는 물어보고 때렸냐? 끅!"

뒤통수가 따끔거리는 게 나 또 한 대 맞은 것 같다. =__=

새벽 4시 10분. 대현 원룸 301호.

"하… 정미란 더럽게 보고 싶네. 결혼? 큭! 웃기네. 나 같은 놈을 버리고? 큭!"

"흑! 석이 오빠… 씨, 왜 하필 정희냐고. 흑! 으앙~ 보고 싶다."

"야, 너 시끄러. 내 앞에서 석이의 석 자도 꺼내지 마."

"끅! 석……."

헤롱거리는 그 와중에도 뒤통수가 또 한 번 더 아파왔다. =__=

아침 7시 30분. 대현 원룸 301호.

딩동딩동—

"으음… 씨, 뭐야?"

내 단잠을 깨우는 저 무식한 핸드폰. 목이 타고, 가슴이 답답하고, 숨이 막힌다.

딩동딩동—

"아씨, 뭐야? 전화 받아. 등신아."

"으음… 에?"

번쩍—!!

그냥 꿈이라고 생각했다. 눈을 뜬 내가 지금 총각네 집 침대 위에서… 것도 총각의 품에 안겨 곤히 자고 있는 이 현실을 외면하고 싶었다.

"꺄악!! 뭐, 뭐 하는 거예욧—!!"

호들갑스런 내 목소리에 날 안고 있는 팔을 빼고 눈살을 찌푸리던 앞집 총각은 되려 니가 여기 왜 있냐고 반문하는 듯한 표정을 지어 보인다.

딩동딩동—

"뭐야? 아, 머리… 일단 전화나 받아! 벨소리 땜에 골 울려!!"

"아씨, 여보세요!"

[이년이 사근사근하게 전화 못 받아? 아침부터 부정타게 말버릇이 그게 뭐야!!]

발신자를 확인할 틈도 없이 급하게 플립을 열고 신경질적인 목소리로 전화를 받았건만… 어찌 됐든 앞집 남자 집에서 하룻밤을 보내

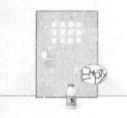

고 앞집 남자네 집 침대 위에서 엄마의 전화를 받고 있자니 딸내미로서 조금은 죄스럽다. =__=

"어, 엄마, 아침부터 왜?"

[왜기는!! 일어나, 이년아!! 그보다 학원 수강 신청은 했어?]

"아… 학원?"

핸드폰을 든 채 애처로운 눈빛으로 총각을 쳐다보자 날 향해 뜻 모를 눈웃음을 지어 보여주더니 기지개를 켜고 쌩 하니 욕실로 걸어가 버린다.

[왜 말이 없어!! 낼름 돈만 삼켰다간 봐!!]

"삼키기는… 돈 그거 뭐가 맛있다고. 학원 수강 신청했어, 엄마."

[정말이야? 또 엄마 속이는 거 아니지?]

"그럼. 아주 능력 좋고 실력있는 선생이던데 뭘."

[끊어, 이년아!! 한 달 뒤에 너 하는 거 보면 거짓말인지 아닌지 알겠지. 일어나서 학원이나 가!!]

"응, 엄마. 나 믿지?"

[시끄럽다!!]

탁—

"하아, 인생이란……."

그보다 지금 내 눈앞에 펼쳐져 있는 집 안 꼴이 꽤 볼만하다. 도대체 얼마나 마셔댄 건지… 취중진담이란 목적으로 앞집 총각과 술판을 벌인 것까지는 기억나는데 무슨 일이 있었는지, 무슨 대화가 오고 간 건지……. 필름이 끊겨 버렸으니 그저 답답할 따름이다. 그리고 무엇보다 내가 가장 궁금해하는 건 어찌하여 총각이 날 끌어안고 이 침대에서 자고 있느냔 말이다.

"등신. 겁도 없이 여자가 남자 혼자 사는 집에서… 무사한 것만 해도 다행인 줄 알아라."

드문드문 유리 조각처럼 흐릿하게 떠오르는 총각과 내가 지샜던 광란의 밤. 머리를 쥐어뜯으며 그 기억의 조각을 맞추고 있는 내게 언제 나온 건지 샤워를 마치고 온몸에 물기를 머금고 있는 앞집 총각이 수건으로 머리를 탈탈 털며 꺼낸 말이었다. 총각의 말은 다시금 내가 처한 이 기가 막힌 상황을 새삼 상기시켜 줬다. 침대에서 자리를 박차고 일어나 널브러져 있던 맥주 캔 속에 파묻힌 내 가방을 끄집어내 품에 고이 안고서는 현관으로 내달렸다.

"어디 가냐?"

거울 보며 머리를 매만지고 있던 앞집 총각이 현관에서 반쯤 정신 나간 듯이 신발을 신고 있는 날 거울 속으로 바라다보며 상당히 비아냥거리는 그리고 조금은 재수없는 말투로 내게 말을 건넸다.

"어, 어디기는 집에 가야죠."

"그래? 너 그대로 나가면 지갑은 물론이거니와 무료 수강이고 뭐고 없을 줄 알아라. 잘 가라."

우뚝!!

문고리를 돌리려던 순간, 돈 얘기에 또 한 번 마음이 약해져 버렸다.

보글보글—

마치 내 맘속을 들여다보는 것같이 보글보글 끓고 있는 북어국을 보고 있자니 괜스레 눈물이 났다.

"어제처럼 만들어놨다가는 알지?"

움찔!

"3분 즉석 북어국이에요. 사용법 그대로 물만 넣었어요. 안심해도 돼요."

내가 아무럼 정말 정신 나간 사람일라구……. 나란 인간은 어제 그 봉변을 당하고 같은 짓을 되풀이할 만큼 생명을 소홀히 하는 인간이 못 된다.

달그락— 달그락—

앞집 총각은 아침 준비가 끝나고 식탁 위에 음식을 다 차려놓을 때까지 옷장 앞에서 팔짱을 끼고 심각하게 이 옷 저 옷을 뒤적거리고 있었다. 그리고는 베이지 색 모자 달린 점퍼 하나와 검정 가죽 재킷을 양손에 들더니 식탁 앞에 뻘쭘하게 서 있는 날 바라봤다.

"셋 셀 동안 말해. 둘 다 잘 어울린다는 건 아는데, 둘 중에 어느 게 더 낫냐?"

갑작스런 총각의 돌발 질문에 당황한 나머지 깊게 생각할 틈도 없이 요새 젊은 총각들이 많이 입고 다니는 베이지 색 점퍼를 가리켰다.

"그래?"

끄덕.

보란 듯이 베이지 색 점퍼를 옷장 속에 집어넣고 검정 가죽 재킷을 몸에 두르더니 거울을 보며 옷매무새를 매만진다.

우득―!!

항상 저런 식이지. 저럴 거였으면 왜 물어보냔 말이다. 차라리 물어보지나 않았으면 내가 이렇게 무안해할 필요도 없을 텐데. 혼자서 멋들어지게 코디를 마치고 세련된 목도리를 목에 휘감더니 예의 그 거만한 표정으로 능기적거리며 걸어와 식탁에 털썩 주저앉는다.

"오늘 8시에 1층 우편함 입구에 서 있어라."

"왜요?"

"니가 알 필요까진 없고."

"아, 예."

"히라가나는 알지?"

히라가나라 함은 한국의 가나다라라고 불리는 아이우에오가 아니던가. 애석하게도 기억날 턱이 있나?

"몰라요."

북어국에 수저를 가져다 대려다 모른다는 내 한마디에 눈썹을 찌푸리며 짜증스런 얼굴을 지어 보인다.

"나돌아다닐 생각 하지 말고 오늘 집에 처박혀서 나 올 때까지 그거나 외우고 앉아 있어!!"

그냥 학원에 접수해 버릴까? 버릇없는 이 인간이 가르치는 일본어. 훗! 보나마나 스파르타식이겠지. 떼치! 떼치! 이 기집애, 똑바로 못 외워!! 설레설레 고개를 저어가며 그럴 리 없을 거라 스스로를 다

독였다.

"밥맛이 왜 이래? 국맛은 또 뭐 이래? 이건 또 뭐냐!! 아, 아침부터 입 버렸다."

식탁에 앉아서 자기 할 말만 하더니 정성스럽게 차린 내 음식을 꼭꼭 씹어먹진 못할망정 대신 나의 요리 실력을 아주 잘근잘근 씹어댄다. 재수없게 투덜거리면서도 밥 한 그릇을 다 먹어준 총각이 참 고마웠다. =__=

덜컥―

그렇게 총각은 학교 간다는 믿을 수 없는 말 한마디를 남기고 외출을 하셨다. 복도에 홀로 남겨진 난 결국 지갑을 돌려받지 못했다는 사실을 뒤늦게 깨닫고 밀려오는 쓸쓸함으로 인해 작은 한숨을 내쉬어야 했다. 총각을 떠나보내고 조금은 쓸쓸한 마음으로 집 안으로 들어왔다. 집에 처박혀서 히라가나나 외우고 있으라는 총각의 말을 곱씹으며 즉각 실행에 옮겼다.

30분이나 흘렀을까? 무료함을 느끼고, 보고 있던 〈일본어 30일만 하면 나처럼 된다〉라는 가식적인 글귀가 눈에 띄는 교재를 침대 위로 던져 버리고 노트북을 켰다. 그러고 보니 여기로 이사 오고 난 뒤… 앞집 남자를 만나고 난 뒤… 석이 오빠를 조금씩 잊어가고 있었나 보다. 헤어지고 난 뒤 매일 들락거렸던 인터넷 까페에 들어가는 횟수도 줄어들었고 밤낮이 바뀌던 생활도 없어졌다. 시간이 지나면 해결된다고 하더니… 모든 게 제자리를 찾아가고 있는 것 같다는 생각에 잘 됐다 싶다. 하지만 마음 한편으로는 왠지 모를 서운함이 드는 건 어쩔 수가 없나 보다.

　시계가 저녁 7시를 가리킬 때쯤, 버스 정류장에서 석이 오빠를 만났던 그날부터 헤어지게 된 수능 전날까지의 일들을 적어놓았던 일기들을 들춰보며 온갖 잡념에 빠져 있는 그때,

　띠—

　조용한 집 안에 울려 퍼지는 신경질적인 벨소리가 짜증스럽게 울려댄다.

　"누구세요?"

　덜컥—

　어떤 나같이 몰상식한 인간이 이렇게 신경질적으로 벨을 누르나? 약간의 궁금증을 품고 현관문을 열자 생각지도 못했던 사람이 집 앞에 서 있었다. 두 번 다시 꼴도 보기 싫다고 생각했던 정희가 마치 공포 영화의 한 장면처럼 날 노려보고 있었다.

　"웬일이야?"

　"나쁜 년… 재수없어."

　영문도 모른 채 재수없다는 소리를 듣고 있자니 한순간에 기분이 상해 버렸다.

　"뭐야? 뭐 할 말 남았어?"

　"내가 너보다 못한 게 뭐가 있어? 짜증나. 뭐야!! 너 뭐냐구!!"

　니 자랑하려고 찾아온 거니? 그래, 너 잘났다!

　"무슨 소린지 모르겠지만 내가 왜 너한테 이런 소릴 들어야 되는

건데?"

"하… 야, 박지민!! 장현석이 오늘 나한테 뭐라 그랬는 줄 아니?"

정희 입에서 튀어나온 장현석이란 이름에 뻣뻣하게 온몸이 굳어버렸다. 나… 아직 멀었나 보다.

"니 애인이 뭐라 그러든 내가 상관할 바 아니잖아."

"큭! 헤어지자고 그러더라? 큭! 첨엔 너랑 사귄다길래, 어떤 놈인가 싶어서 뺏어본 거였는데… 사귀다 보니까 꽤 괜찮은 인간이더라?"

"무슨 소리야?"

"근데 헤어지자고 말한 이유가 뭔지 아니? 크큭! 너랑 다시 사귀고 싶대나 뭐래나? 아, 짜증나!"

정희가 지금 무슨 말을 지껄이고 있는지… 도대체 뭐라고 지껄이는 건지…….

"야, 양정희."

"장현석 그 사람 말야, 큭! 같이 한 번 잔 거 가지고 꽤 촌스럽게 굴더라? 큭!"

"뭐?"

"큭! 너한테 말하지 말라고 했지만 이런 식으로 나오면 내가 입을 열 수밖에 없잖아, 안 그래?"

"잤다니?"

"한국 말 모르니, 아님 순진한 척하는 거니? 왜? 더 얘기해 줘? 현석 오빠랑 나랑 있었던 일, 더 듣고 싶어?"

"됐어. 가. 너한테 그 딴 말 듣고 있을 이유 없어."

"너 현석 오빠랑 키스도 안 했다며? 크큭! 솔직히 좀 놀랐거든? 키스 정도는 당연히 했을 거라 생각했어. 어떡하니? 현석 오빠랑 너는 안 해본 키스를 내가 해……."

짜악—!!

나도 모르게 손이 올라가 버렸다. 참는 데도 한계가 있으니까. 들어주는 데도 한계가 있으니까.

"하… 야!! 너 지금 나 때렸니? 미쳤어, 너? 니가 뭔데 날 때려!"

"너야말로 왜 그러는 건데! 언제까지 날 괴롭혀야 속이 시원한 건데!! 20살이면 이제 나이도 먹을 만큼 먹은 거 아냐?"

"착각하지 마! 장현석 그 자식이 갑자기 뭐 땜에 너랑 다시 사귀려 드는 건지는 모르겠지만 훗! 너무 좋아하지 말아줄래? 그럼 내 꼴이 좀 처량해지잖아? 큭!"

"착각한 적 없어!"

"큭! 너 이참에 현석 오빠랑 다시 사귈 생각이라면 사귀어. 남자한테 처음으로 차인 거, 게다가 차인 이유가 너란 년 때문이라는 게 미칠 정도로 짜증나. 근데 솔직히 조금은 질렸다 싶기도 해서 굳이 잡고 싶은 맘도 없어. 대신 니가 지금 사귀고 있는 애인 큭! 내가 가져도 돼? 꽤 맘에 들었거든."

"……."

"아무 말 없다? 뭐야, 그 반응은? 그래도 된다는 뜻으로 들리는데?"

"하아, 지겹다. 언젠 물어보고 뺏었니?"

"큭! 그랬던가? 장현석이랑 잘해봐. 얼빵하게 나 같은 년한테 또 뺏기지 말고. ^-^"

정희가 돌아가고 난 뒤에도 한참을 그렇게 서 있었나 보다. 정희가 내뱉고 돌아간 말들로 머리가 혼란스럽다. 이런 한심한 꼴을 당하고도, 이런 비참한 꼴을 당하고도, 현석 오빠에 대한 미련을 지우지 않아도 되는 걸까라는 괜한 기대감으로 또다시 착각의 늪에 빠져 버리는 내 자신이… 참 싫어진다. 자존심도 없는 이런 바보 같은 내 모습이… 참 싫어진다. 문을 닫아야 한다는 생각도 잠시 잊은 채 그대로 현관에 주저앉아 버렸다. 도대체 뭐가 그리 슬프길래 이리도 눈물이 나는 건지.

얼마간의 시간이 흘렀는지 모르겠다. 고개를 파묻고 한참을 쭈그리고 앉아 있었더니 담이 오려는지 목과 어깨가 결려왔다. 한순간도 진지해질 수 없는 나. 정신 상태에 문제가 있는 걸까? 눈물로 범벅이 된 추한 얼굴을 들어 담으로 인한 아픔을 견디지 못하고 주먹을 쥔 채 뒷목을 토닥토닥거리고 있던 그때 침대 위에 던져 놨던 핸드폰 벨 소리가 집 안 가득 쩌렁쩌렁하게 울려 퍼진다. 정희로 인해 온몸에 진이 다 빠져 일어설 기운도 없었던지라 잠시 힘없이 풀린 눈으로 멍하게 침대를 바라다봤다. 그리고 뼈가 탈골된 것처럼 능기적거리던 영화 링에 나오는 귀신을 떠올리며 어깨를 좌우로 삐거덕거리며 기어갔다. 탈골 연기가 조금은 어설펐던 그 우물 속 귀신의 연기를 완벽하게 소화하며 침대까지 그렇게 기어갔다.

힘겹게 핸드폰 플립을 열었을 때 액정에 뜬 낯선 발신 번호와 발신자. 011-9318-0000라는 발신 번호 밑에 뜬 '니 애인'이라는 세 글자가 울적한 내 신경을 더 자극하기 시작했다. 플립이 열린 핸드폰을 바닥에 모셔두고 침대 옆에 쭈그리고 앉았다. 니 애인이라는 조금은 신경에 거슬리는 발신 멘트를 바라다보며 받을지 말지에 대해 심각하게 고민해 봤다. 정말 웬만하면 받았겠지만… 온몸을 감싸는 왠지 모를 이 찜찜함. 누가 내 핸드폰에 저런 버르장머리없는 이름을 저장시켜 놓았을까? 순간 뭉게뭉게 딱 한 사람의 얼굴이 머리에 떠올랐지만 미친 듯이 고갯짓을 하며 부인해 봤다. 행여 앞집 총각일 리가 없다며 말이다.

한참을 미친 듯이 고갯짓을 하니 또 담이 오려는지 목과 어깨가 굳어서 뻣뻣해지기 시작했다. 어렸을 적에 있었던 불미스런 사건 때문이었을까? 장시간 고개를 숙이거나 세차게 고갯짓을 할 때면 어김없이 날 찾아오는 담.

아무것도 모르던 어린 시절, 나의 사랑스런 엄마는 피곤에 지쳐 곤히 잠든 어린 딸을 깨워 잠에 취해 사경을 헤매는데 늘 무리한 요구를 주문하곤 하셨다.

"아가야, 도리도리 까꿍! 해보렴."

잠이 고픈 어린 딸은 엄마의 그 무리한 요구에 귀찮아서 몇 번 고개를 흔들며 장단을 맞춰줬던 것뿐인데……. 그 요구는 몇 년간 지속

됐었다고 한다. 그리고 자기 의사를 전달할 수 있을 나이가 되었을 때, 엄마 싫어라는 말을 남기고 행한 4살짜리 어린 꼬마의 가출 소동. 이로써 엄마는 자신의 죄를 뉘우쳤고 사건은 일단락되었다고 한다. 그 때문에 아직도 이렇게 후유증이 깊게 남아 있다. 엄마라는 사람 덕에 내 몸은 여러 종류의 후유증이 몸 이곳저곳에 남아 있다. 참 씁쓸해 마지않는 현실이다.

딩동딩동—

우울했던 어릴 적 기억을 떠올리다가 그칠 기미 없이 울려대는 벨소리에 정신을 차렸다.

벌컥—

뒷목을 두드리며 하염없이 플립만 바라보고 앉아 있는데 갑작스레 현관문이 열리더니 붕대 감긴 왼손으로 핸드폰을 귀에 대고 있는 앞집 총각이 보인다. 들어오라는 말도 안 했거늘 정말 한 대 때릴 기세로 거칠게 신발을 벗고 날 향해 다가왔다.

"귀 막혔냐? 왜 안 받는 건데!!"

"에? 발신자가 불분명해서."

"등신."

탁—

앞집 총각이 손에 들고 있던 핸드폰 플립을 신경질적으로 닫자 그제야 내 핸드폰에서 울려대던 벨소리도 울음을 그친다. 벨소리가 그침과 동시에 액정 화면에 뜬 부재중 18통. 18통을 가리키는 저 숫자가 마치 총각을 대신해 내게 욕을 하고 있는 듯한 느낌이 들어 기분이 참 더럽더라. 조용히 플립을 닫아 호주머니에 핸드폰을 쑤셔 넣으며 앞집 총각의 눈치를 살폈다.

"핸드폰 번호는 언제 저장시켜 놨어요?"

"니가 알 필요 없잖아."

"그러네요. 그보다 무슨 일로?"

"죽고 싶어? 8시에 우편함 앞에 서 있으라는 말 못 들었어?"

총각의 말에 시계를 쳐다보자 애석하게도 시계는 8시 10분을 가리키고 있었다. 인내가 무엇인지, 끈기가 무엇인지도 모르는 어리석은 총각 같으니라고. 약속 시간 10분 늦었다고 이 난리를 치면 어떡해? 어디 무서워서 변명거리라도 만들 수가 있나. 요 며칠 나만 보면 부쩍 신경질을 내는 총각이다.

"정신이 없어서 깜빡했······."

"얼굴 꼴은 왜 그러냐?"

"에? 얼굴?"

총각의 말에 고개를 돌려 거울을 쳐다봤을 때 눈물, 콧물 범벅이 된 추하디추한 내 몰골이 두 눈에 들어왔다. 잠시 그렇게 내 모습을 하염없이 바라보다가 그냥 고개를 돌려 외면해 버렸다. =_=

"울었냐?"

"안 울었어요."

"누가 울리디?"

"정희요."

정말 무심결에 나와 버린 말이었다. 맹세컨데 정희를 비방하기 위

해서 고의로 내뱉은 말은 아니었다.

"그때 그 기집애?"

끄덕끄덕.

그리고 난 아주 가끔 내 의지와는 상관없이 고개가 끄덕여지기도 한다. 담으로 인해 심하게 끄덕이지 못했다는 아쉬움 가득한 표정도 총각에게 충분히 어필해 가며 은근슬쩍 정희를 모함했다. 내 끄덕거림에 잠시 알 수 없는 묘한 표정을 짓더니 눈물 범벅으로 침대 옆에 쪼그리고 앉아 있는 내 손목을 낚아채 어디론가 끌고 가려 한다.

"저, 저기 말로 해요!! 지금 기분 별로라서……."

"그동안 말 안 하고 있었는데 말야……."

가던 발걸음을 멈추고 상당히 흥분한 표정으로 또 한 번 말끝을 흐려준다. 말끝을 흐린 다음은 매번 저 입에서 무슨 말이 튀어나올지 몰라 항상 긴장을 늦춰서는 안 된다.

"말 안 하고 있었는데… 뭐, 뭐요?"

"내 이름 저기가 아니라 지훈이거든?"

"아… 네."

별것도 아닌 일에 심하게 흥분하는군. 난 수년간을 엄마에게서 이년이년 박이년이라는 소리를 들으면서 커왔어도 이렇게 민감하게 반응하지는 않았건만……. 꼴랑 저기저기 소리 좀 들었다고 흥분하기는. 어쩌면 총각이 나보다 더 소심한 사람일지도 모른다는 생각이 들었다.

"약속 다 뿌리치고 기껏 공부 가르쳐 주려고 왔더니 인상 안 펴? 기분 나쁘게 표정이 왜 그래!"

지금 내 표정이 보는 사람으로 하여금 거부감을 일으킬 정도로 기분 나쁘더라는 말인가? 정말 기분 나쁘게 날 쳐다보는 총각의 진심 어린 눈빛을 대충 가식적인 웃음으로 무마시켜야만 했다.

"인상 펴면 되잖아요. =__= 씨… 익."

"아씨, 기분 더 나빠졌어. 등신. 차라리 웃지 마!!"

훗! 내가 새삼스레 화를 낸다 한들 제 버릇 개 주는 것도 아니고. 늘상 그래 왔듯 총각 몰래 주먹만 불끈 쥐어볼 뿐이다.

오늘같이 한없이 우울한 날… 베개에 얼굴 파묻고 울어도 시원찮을 날… 다트 판에 정희 사진 걸어놓고 칼을 던져도 시원찮은 날… 그런 날에 총각네 집 식탁에서 유치원생 가나다 외우는 것도 아니고 히라가나를 복창해 가며 쓰고 있어야 했다. 애초에 무료로 수강해 준다는 말 따위에 넘어가는 게 아니었는데……. 난 돈에 너무 약하다. =__= 실력있고 능력 좋은 선생이라는 작자는 여전히 버릇없이 다리를 꼬고 앉아서 30분 안에 다 못 외우면 죽여 버리겠다는 진심 어린 협박성 멘트를 날렸다. 그리고 자기는 25분째 친구와 통화 중이시다. 그래도 상대가 남자라는 사실에 왠지 모르게 안심하고 있는 나였다. 내 손은 기계처럼 무언가를 쓰고 있었지만, 내 머리는 온통 정희가 내뱉고 가버린 말들로 꽉 차 이딴 히라가나가 머리에 들어올 리 없었다. 특히… 나와 다시 사귀고 싶어서 정희와 헤어졌다는 그 말, 정희 기집애랑 잤다는 그 말이 내 뇌리에서 떠나지 않고 있다. 총각

말처럼… 그래, 순수하게 잠만 잤을지도 모르지.

"야!! 30분 다 됐어!! 등신, 뭔 생각하는 거야!!"

"에? 자, 잤대요, 둘이. 아… 아니, 그게… 뭐라구요?"

"훗! 자기는 뭘 자! 둘이 잤대? 누구랑 누가?"

"아니, 뭐……."

내 입으로 내가 내뱉어놓고도 무안해져 대충 얼버무린 뒤 호기심 어린 눈빛으로 날 쳐다보는 총각의 눈길을 피해보고자 고개를 숙였다.

"금쪽 같은 시간 내서 공부시키러 들어왔더니 야한 생각이나 하면서 딴짓거리를 하냐!!"

야한 생각이라니. 누가 들을까… 행여 우리 엄마가 들을까 겁난다. 잠시 집요하게 질문 공세를 펼치는가 싶더니 묵묵부답으로 일관하는 내 모습에 짜증이 났나 보다. 내가 낑낑거리면서 3층까지 들고 왔던 10권의 책 중에서 한 권인 〈니홍고 15일 만에 씹어먹자〉라는 책을 조금은 신경질적으로 펼친다. 요즘 책들의 제목은 어찌나 살벌하고 가식적이던지……. 30일에서 15일로 단축하면 책이 더 잘 팔리는 줄 아나? 버르장머리없이……. 후에 알게 된 사실이지만 8시에 집 앞에 나와 있으라고 한 이유는 서점에서 무식하게 10권이나 사재기를 해서 차에 싣고 온 책이 무거워서 날 부려먹으려는 계략이었다.

"아직 다 못 외웠는데."

"30분 동안 아에이오우 하나 못 외우는 인간한테 뭘 바라겠냐? 일단 오늘은 일상 생활에 꼭 필요한 회화나 가르쳐 줄게, 등신."

"네."

식탁 앞에 버릇없이 앉아 있던 앞집 총각은 꼭 필요한 일상 회화를 가르쳐 준다며 돌연 손가락을 까닥이더니 자기 옆으로 오라는 손짓을 한다. 조금 불안했지만 거역할 수 없었기에 주춤주춤 총각 옆 자리로 가 앉았다.

"먼저 가장 중요한 표현. Kiss가 시따이."

"저, 저기 이렇게 귓속말로 안 해도 충분히 들리거든요."

"큰 소리로 세 번씩 복창! Kiss가 시따이!!"

"키스? 키스가 시따이… 키스가 시따이… 키쓰가 시따이!"

총각이 내뱉은 키스라는 말에 잠시 움찔하기는 했지만 난 바보같이 키스라는 일본어가 정말 있는 줄 알았다. 그랬기에 어학 녹음기마냥 크고 우렁찬 목소리로 세 번씩 반복 복창했다.

"그리고 다음, Kiss 시떼 구다사이."

이제는 내 어깨에 팔을 털썩 올려놓더니 더 더욱 노골적으로 소곤거린다.

"저기 키스가 시따이… 뜻은 안 가르쳐……."

"시끄러. 니가 선생이야?"

우득—!!

"네. 키스 시떼 구다사이… 키스 시떼 구다사이… 키스 시떼 구다사이!"

"큭! 와캇따."

뜻 모를 한마디를 남기더니 눈을 감고 내 입술에 입을 맞추는 앞집

총각. 이것 역시 뒤늦게 안 사실이었지만… Kiss가 시따이라는 말은 키스하고 싶어라는 야시맹랑한 뜻이 담겨 있는 말이었고, Kiss 시떼 구다사이라는 말은 키스해 주세요라는 심오한 뜻이 담겨 있는 말이었고, 내 말에 총각이 짧게 내뱉은 와캇따라는 말의 뜻은 그래, 알았다라는 뜻이었다. 일상에서 꼭 필요한 회화라 함은 스미마셍, 아리가또 고자이마스 이런 거 아닌가? 키스하고 싶다, 키스해 달라… 이런 게 총각에게 있어서는 지극히 일상적인 대화였나 보다. 조용히 지갑이나 받아서 내일 학원 수강 신청이나 해야겠다고 마음먹었지만 여전히 기분 좋은 총각의 샴푸 향에 취해 반항 한 번 못해보고 오늘도 내 눈은 스르륵 감겨 버렸다. 횟수로 치자면 5번 째가 되는 걸까?
=__=

위이잉— 위이잉—

한참 키스 삼매경에 빠져 있을 때, 호주머니가 간질간질하다는 느낌을 받았지만 몽롱한 정신 상태에서 헤어나오지 못했기에 별달리 신경 쓰지 않았다.

잠시 후, 내 목을 감싸고 있던 총각의 한 팔이 살포시 밑으로 내려가는가 싶더니 갑자기 내 몸을 더듬기 시작했다. 더듬거리는 손길에 덜컥 내려앉은 심장을 움켜쥐고 두 눈을 번쩍 떠야 했다. 눈을 감고 키스에 몰입하고 있는 와중에도 발칙하게 내 몸 이곳저곳을 더듬는 총각이었다. 총각의 손길을 저지하기 위해 무던히 노력했건만 필사적으로 저항하는 내 온몸을 샅샅이 더듬고 난 뒤 내 호주머니에서 핸드폰을 끄집어낸다. 핸드폰이 손에 잡혔단 걸 느끼고 그제야 두 눈을 뜨고 입술에서 입을 뗀다. 조금은 멍한 상태에서 왠지 헛다리를 짚은 것 같다는 생각에 괜히 무안해져 뒷머리를 긁적여야 했다.

위이잉— 위이잉—

핸드폰이 진동하고 있었다. 한 손으로 핸드폰 플립을 열어 내게 건네주는 건가 싶어 웬일로 매너있는 행동을 한다며 총각에게 가식적인 미소로 감사의 인사를 하려는 그때, 내게 건네줄 듯하던 전화 통화 버튼을 누르고는 돌연 자기 귀에 대더니 오만 신경질을 다 내며 버럭버럭 소리까지 지른다.

"야, 이 자식아!! 분위기 파악 못하고 어따 대고 전화질이야!! 웬만큼 안 받으면 끊어야 될 거 아냐!!"

이 버릇없는 놈. 발신자 확인은 한 거야?

[학생, 그거 지민이 폰 아닌가?]

"뭐? 지민이? 아마 그럴걸……?"

미심쩍게 말끝을 흐리며 날 바라보는 앞집 총각의 표정이 조금씩 굳어감을 느꼈다.

[음, 그래? 분위기 파악 못하고 전화해서 미안한데, 옆에 지민이 있으면 좀 바꿔줄래? 응?]

"누군데? …요."

마지못해 말끝에 요 자를 섞은 반말도 아니요, 높임말도 아니요, 이도 저도 아닌 저 거슬리는 말투에 심한 불안감을 느낀다. 초조한 마음에 입술을 잘근잘근 씹으며 총각을 주시했다.

[오호호~ 나 지민이 엄만데? 학생은 지민이랑 어떤 관계에 있는

사람인지 물어봐도 될까?]

"아… 급한 일이 있어서 이만."

앞집 총각은 돌연 영문도 모른 채 멀뚱하게 앉아 있는 내 손에 핸드폰을 꼭 쥐어주더니 호주머니에서 담배 하나를 꺼내 물고는 베란다로 유유히 걸어가 버렸다. 애써 아무렇지 않은 얼굴로 평소의 거만한 표정을 유지하는 듯했지만 내가 봤을 때 총각은 조금… 쫄고 있었다. 베란다로 고개를 돌리자 앞집 총각이 조금은 긴장된 얼굴로 담배를 꼬나 물고 난간에 기대선 채 날 지켜보고 있었다. 수전증 걸린 사람마냥 부들부들 떨리는 오른손을 꼭 부여잡고 떨리는 목소리로 힘겹게 입을 달싹거려 봤다.

"누, 누구니?"

[니 엄마다, 이년아!! 버르장머리없는 그놈 누구야!! 분위기 파악을 못해? 어른한테 야, 이 자식? 누구야!! 너 거기 어디야!! 이년아, 말 못해!!]

"어, 어어, 엄마, 그, 그게……."

[누구야!! 똑바로 말 못해!! 오늘 한번 엄마 손에 죽어볼까? 엄마 눈 뒤집히는 꼴 보고 싶어?]

그냥 눈물이 나왔다. 흐르는 눈물을 닦으며 원망 섞인 눈으로 베란다에 서 있는 총각을 노려봤다. 소리는 들리지 않았지만 총각의 입 모양이 이렇게 말하고 있었다.

"눈 안 깔아?"

나라는 인간은 아주 소심했기에 그다지 오래 버티지 못하고 살며시 두 눈을 내리깔아야 했다. 난 어찌하든 살아야 했다. 내일 아침 신문 일면에 대문짝만하게 '만 19세 박모 양, 어머니 현모 씨에게 구타당해 집 앞마당에서 숨진 채 발견'이라는 기사가 나는 것을 바라지 않는다. 딸로서 차마 엄마를 살인자로 만들 수는 없는 노릇이었다. 그러기 위해서 또 한 번 가식적인 연기로 내 온몸을 불사를 수밖에 없었다.

속닥속닥—

"엄마… 지금 수업중이야. 끊어야 돼."

[이년이 또 엄마한테 사기치고 앉아 있어!! 9시가 다 되어가는데 수업은 무슨 수업이야!!]

"오전에는 사람이 다 차서 오후반으로 옮겼어. 엄마, 나 믿지?"

[못 믿는다, 이년아!! 그럼 아까 미친놈마냥 소리 지르던 놈은 누구야!!]

미친놈? 훗! 우리 엄마 앞에서는 그 거만하고 버르장머리 없는 앞집 총각도 일개 미친놈 취급밖에 안 되는 거였어.

"내가 말했던 실력있고 유능한 하, 학원 선생님. 엄마가 수업 중에 전화를 해서 부, 부, 분위기 깨, 깼잖아."

[왜 더듬어, 이년아!!]

"더, 더, 더듬기는 누가… 수업해야 돼. 끊어, 엄마."

[선생이라는 놈 목소리가 젊던데? 성격은 또 왜 그리 지랄 같아!!]

"원래 성격이 좀 뭐 같아. 끊어."

탁—

　365일 쉬지 않고 팽글팽글 돌아가는 나의 잔머리. 나의 좌뇌와 우뇌는 보통 사람의 뇌에 비해 질이 현저히 떨어지지만 결코 뒤떨어지지 않는 잔머리. 덕분에 간신히 위기를 모면할 수 있었다.
　총각은 내 핸드폰 플립이 닫히는 소리가 들리자 기다렸다는 듯 피우고 있던 담배를 베란다 너머로 멋들어지게 날려 버리고는 아무 일 없었다는 듯 자기가 저지른 죄를 뉘우치며 반성할 기미도 보이지 않은 채, 능기적거리며 걸어와 내 옆에 털썩 주저앉는다. 그리고는 하던 거나 마저 할까라고 말하는 듯한 도발적인 표정을 지어 보여줬다. 너무 고마워서 다시 한 번 눈물이 나오려 했다. 정말 생각 같아서는 찰랑거리며 두 귀를 살짝 덮고 있는 저 머리 끄댕이를 잡고 좌우로 흔들어 젖히고 싶었지만 알다시피 난 소심한 인간인지라… 머리 속에서 잠시나마 총각의 머리 끄댕이가 복날 개털 뽑히듯이 너울너울 날리고 있는 모습을 상상해 보는 것만으로 만족해야 했다. =＿＿= 씨.익.
　"기분 나쁘게 변태처럼 실실거리지 마. 등신아!!"
　변태처럼 실실… 변태 같은 등신… 기분 나쁜 변태… 실실거리는 변태… 꽤 충격으로 다가온다. ㅠ_ㅠ
　"씨, 도대체 뭐예요!! 사람이 정말 왜 그래요!! 발신자 확인도 안 하고 무턱대고 전화를 받……."
　위이잉— 위이잉—
　내 울분을 담은 소견이 아직 끝나지도 않았거늘 식탁 위에 올려놨던 무식한 핸드폰이 또다시 요란한 진동음을 내며 부르르 떨어대고 있다. 식탁 위에 턱을 괴고 앉아서 너는 씨부려라 나는 듣기 싫다라는 표정으로 〈니홍고 15일 만에 씹어먹자〉책 페이지를 한 장 한 장 넘기며 설렁설렁 건방지게 고개를 끄덕이는 총각. 그랬던 총각이 식탁 위에서 부르르 떨고 있는 내 핸드폰을 잽싸게 손에 거머쥐는데 성공했다. 내 손이 미처 핸드폰을 잡기 전에 총각의 손이 0.0001초 빨랐다. 제길! 소크라테스 할아범이 너 자신을 알라고 했거늘. 방금 자신이 불쌍한 한 생명의 목숨을 끊을 짓을 저질렀다는 사실을 깨우치지 못하고 똑같은 범죄를 저지르려고 작정한 사람마냥 핸드폰 플립을 열어젖히는 총각이었다. 자기 자신이 조금은 정상적이지 않다는 거, 알고 있기는 할까?

그래도 다행스러운 건 이번에는 플립을 열고 액정 화면을 5초간 쳐다봐 줬다. 발신자를 확인하려는 듯한 인간적인 행동으로 받아들여졌다. 그래도, 그래도 내 핸드폰인데……. 내 머리 속은 수없이 내놔, 이 자식아를 연발하고 있었지만 차마 입은 달싹거려지지 않았다. 그냥 조신하게 그리고 안타깝게 총각이 통화 버튼을 꾸욱 누르는 그 모습을 지켜보고 있어야 했다.

"지민아!! 샤워 다 끝났어?"

화들짝—!!

"아, 저 누구… 누… 아, 혈압……."

혈압이 정상 수치를 훨씬 넘기 시작했다. 그와 동시에 뒷골이 땡긴다. 하마터면 순간 발작을 일으킬 뻔한 긴박한 순간. 인간적으로 전화를 받으려는가 싶던 총각이 귀에 들이대야 할 핸드폰을 입으로 가

져다 대더니 말했다. 누군지 모를 그 사람을 향해 간드러지는 목소리로 지민아, 샤워 다 끝났어라고?

"저, 저… 누, 누구… 왜 그래요, 진짜!! 엄마면 나 죽어, 죽어요."

호흡이 곤란해지기 시작하면서 눈앞이 뿌옇게 흐려졌다. 지금 당장 맨발로 파리채를 거꾸로 들고서 정말 날 죽이러 뛰어올 엄마의 모습을 상상하며 흐르는 눈물을 소매로 훔치는데,

"석아, 지민이 샤워하는데 바꿔줘?"

총각의 입에서 튀어나온 두 글자, 석.아. 온몸이 굳어버렸다. 차라리 엄마였더라면 응급실에 실려가는 걸로 끝났을 텐데……. 비록 온몸이 피멍으로 붉게 물들지라도… 파리채 뒤 꼭지로 뒤통수를 가격당해 체내에 있는 벌건 피가 벌컥벌컥 쏟아져 나왔을지라도… 그럴지라도 차라리 엄마였더라면 모든 걸 받아들였을 텐데……. 석이 오빠라니! 총각의 얄밉게 빈정대며 달싹거리는 저 입에 칼을 꽂아주고 싶었지만 눈물이 앞을 가려 칼을 찾을 수 없었다.

[너… 뭐냐?]

"지민이 기둥서방."

눈물을 훔치며 베란다로 뛰어갔다.

"꺄아아아아아악!!"

앞집 총각이 내뱉은 기둥서방이라는 말에 순간 머리 속이 뒤죽박죽 엉켜 버리고, 그리고 소심한 난 폭발했다. 참고, 참고, 참았던, 꾹 참았던 모든 것이 한순간에 터져 버리고 말았다. 베란다의 난간을 부여잡고 정말 미친 듯이 소리를 질러댔다. 정신병자 쳐다보듯 날 빤히

쳐다보며 전화 통화를 하고 있던 총각이 갑자기 베란다로 달려와 내 입을 틀어막을 때까지 쉬지 않고 말이다.

"꺄! 놔! 꺄… 참을 만큼 참았… 꺄! 읍!!"

붕대가 친친 감긴 왼손으로 내 입을 틀어막은 앞집 총각이 내 귓가에 작게 소곤거려 줬다.

"등신. 집 앞에 석이 와 있다더라."

일순간 모든 동작을 잠시 멈추고 이제는 풀려 버린 동태눈으로 총각을 바라보며 힘겹게 되물었다.

"뭐라구요?"

"훗! 쪽팔리겠다, 너."

총각의 차가운 비소를 바라보다 설마 하는 심정으로 베란다 난간 너머로 살짝 고개를 내밀고 아래를 내려다봤다. 귓가에 핸드폰을 대고 놀란 표정으로 위를 바라보고 있던 석이 오빠와 눈이 마주쳐 버렸다. 총각의 베란다는 우리 집과 반대 방향이었다는 거, 그 딴 거 생각할 틈도 없었다. 뿐만 아니라 집 앞에 석이 오빠가 와 있을 거라는 생각조차 해보지 않았었다. 눈물이 멈추지 않는다.

"오랜만이라고 해야 되나?"

"어? 어."

"하고 싶은 말 있어서 온 거야."

"무슨 말?"

"오늘 정희랑… 깨졌다. 이런 말 하는 내가……."

큭! 키스… 죽여줬다고? 큭!

우득—!!

현석 오빠가 집 앞으로 찾아왔다. 이 사람 때문에 많이 울기도 하고 상처도 많이 받았었는데 바보같이 아직까지 내 맘속에서 지우지 못한 채 미련이 남아 있는 그런 석이 오빠. 날 향해… 날 향해 진지하게 입을 열며 말을 이어가는데… 석이 오빠를 만나러 나온 날 따라나오던 총각. 담배를 사러 가는 길이라고 빈정대던 인간이 우편함에 기대서서 사악한 미소를 띤 채 들으라는 듯 핸드폰에 대고 큰 목소리로 궁시렁거리고 있었다.

"아, 신경 쓰지 마. 이런 말이… 뭐?"

"하아, 둘이 지금 사귄다는 건 아는데… 이런 말 하면 안 된다는 것도 아는데……."

"아, 아니! 꼭 사, 사귄다기보다는……."

"어, 누나, 나 전화 오거든? 어."

"아직 니 맘 변한 거 아니라면……."

"정훈이냐? 어, 아빠가 뭐라든?"

"…내 맘?"

"니가 어린애야? 한 번만 더 사고치다 걸리면 너 내 손에 뒈질 줄 알아!!"

"너랑 다시 시작하고 싶다."

"너 지금 개기는… 나중에 다시 해! 끊어!"

"뭐, 뭐?"

"나랑 다시 사귀자고."

"씨발! 끊으라면 끊어!!"

탁—

현석 오빠와의 대화 속에서 잡음처럼 바람을 타고 내 귓가를 자극하던 총각의 목소리도 더 이상 들리지 않았고 정적이 그들 셋을 반길 뿐이었다. 간간이 불어오는 바람으로 내 머리칼이 헝클어져 버렸지만 지금 머리매무새를 매만질 정신 따위가 박혀 있을 리 만무했다. 내 머리 속을 가득 메우다 못해 넘쳐흐르고 있는 현석 오빠의 말. 말. 말. 말. 사귀자… 사귀자… 사귀자. 이런 날이 오길 바라고 또 바랬었는데… 다시 시작하자는 현석 오빠의 말. 다시 사귀자는 현석 오빠의 말. 꿈속에서만 수없이 들어왔던 말.

"다시… 사귀어볼래?"

"줏대없는 새끼, 아주 생쇼를 하고 있네."

난… 난 분명히… 내 입은 분명히 꼼짝달싹하지 않았는데.

"너한테 물어본 거 아닌데, 조용히 좀 하지?"

"새끼, 입만 살아서는. 며칠 전까지 딴 기집애랑 사귀다가 무슨 바람이 불어서 멍청한 애를 꼬드기냐?"

머, 멍청한 애?

"말 다 했냐?"

"큭! 다 못했다, 왜? 잘하면 한 대 치겠다, 너?"

거만하게 벽에 기대 있던 앞집 총각이 이제는 트레이드 마크가 되어버린 버릇없고 거만한 표정으로 조용히 걸어왔다. 난 심상치 않은

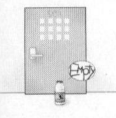

분위기에 말없이 움찔거리며 뒷걸음칠 수밖에 없었다. 움찔거리며 뒷걸음을 치는 그 와중에도 두 남자가 한 여자를 놓고 피 튀기는 싸움을 해대던 어젯저녁 드라마의 명장면이 떠올라… 나도 모르게 배시시 웃었다.

뒤늦게 손으로 입을 틀어막고 수습을 해보려 했으나… 훗! 내 쪽으로 다가오던 총각에게 그런 내 모습을 들켜 버렸다.

"등신. 좋냐?"

● 제4장

이게 질투라고?

제4장
이게 질투라고?

　현실적으로 봤을 때 쥐구멍은 무리겠지? 내 몸집으로 쥐구멍에 숨는다는 건 무리겠지? 어떤 자식이 저딴 말도 안 되는 속담을 만들었더라는 말인가. =__= 지금 이 순간, 요즘 마약 광고에 자주 나오던 광고 문구가 떠올랐다. 땅 구덩이를 삽질하고 있던 젊은이가 자기가 삽질해서 파놓은 구덩이에 들어가 시체처럼 드러누워서는 실성한 사람마냥 미소를 머금는 그 모습이 화면에 클로즈업된 뒤 사근사근한 목소리의 내레이션이 깔리며 자막이 올라간다. 자기 무덤을 스스로 파는 짓입니다… 짓입니다… 짓입니다……. 공익광고 협찬. 말 그대로 난 지금 내 스스로 내 무덤을 파버린 꼴이다. 이 심각한 상황에서 웃음을 머금는 저주스런 내 입을 원망하며 내 손은 여전히 수습이라

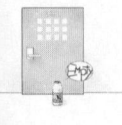

는 목적으로 입을 틀어막은 채였다.

"홋! 아주 그냥 좋아죽겠지?"

도리도리—

깐죽대는 목소리로 비아냥거리는 총각의 말에 필사적으로 고개를 좌우로 흔들어댔다. 그 덕에 또 담이 오려는지 목이 뻣뻣해져 옴을 느꼈다. 입을 틀어막고 있던 오른손으로 뒷목을 부여잡고 잠시 고통에 신음해야 했다.

"지민아, 괜찮아?"

화들짝!!

젠장, 잊고 있었다. 내 앞에 현석 오빠가 있었다는 사실을 잠시 잊고 있었다. 뒷목을 부여잡고 괴롭게 신음하는 날 애처로운 표정으로 쳐다봐 주는 현석 오빠. 독극물을 벌컥벌컥 들이키고 고통없이 평안히 이 세상과 작별을 고하고 싶을 뿐이다. 그렁그렁 눈물이 맺힌 두 눈을 들어 원망 섞인 눈길로 총각을 바라봤다. 이쁘게 물이 빠진 청바지에 흰색 반팔 티를 걸치고 석이 오빠와 날 향해 능기적거리며 걸어오는 지훈 총각. 바람에 옅은 갈색 머리칼들을 흩날리면서… 마치 자기가 영화 속 주인공이라도 되는 양 건방진 얼굴로 걸어오는… 얼굴 하나 믿고 대책없이 버릇없는 앞집 총각.

어느새 내 곁으로 다가와서는 익숙하게 내 어깨 위에 팔을 올려놓는다. 사람들은 괴롭거나 화가 날 때 욕을 내뱉음으로써 마음의 안정을 얻거나 애써 불안을 떨치려 하는 경향이 있다. 선천적으로 소심한 성격인지라 정말 웬만해서는 내 입에서 욕 따위 나올 일이 없었다.

그런 내 신경을 자극하는 사람이 이제껏 딱 한 명 있었을 뿐이다. 우리 옆집 살던 정희 기집애. 아마 내 자제력이 1%라도 모자랐더라면 난 지금 교양없게스리 XX이라는 말을 내뱉어 버렸을 것이다. 삭혀야 했다. 난 온순한 양처럼 세상을 살아가기를 바라는 가식적인 사람이니까.

"신경 쓰지 말고 둘이 하던 얘기나 마저 하지 그러냐? 석이 니가 사귀자고 그랬고… 야! 니가 대답할 차례네."

"내, 내가?"

"그래, 등신아."

이런 날이 오기를 그토록 바라고 바랬었는데… 매일 밤 꿈꿔왔던 일이 어느 날 갑자기 현실로 다가왔는데… 이 급작스런 기분, 얼마나 당황스럽고 황당한지 당해보지 않은 사람은 모를 것이다.

하지만 이건 아니다.

"대답하기 전에 그 팔 좀 내리지 그러냐?"

"왜? 부럽냐? 하긴 너 얘랑 키스도 안 했댔지? 참, 너 몸에 무슨 문제 있냐?"

"남 일에 신경 끄지 그래?"

"웃기고 있네. 큭!"

독극물 중에서도 제일 만만하고 시중에서도 구하기 쉬운 게 농약이라 생각했다. 농약을 꿀떡꿀떡 마시고 울컥 피를 토하며 생을 마감하는 멋있는 내 모습을 머리 속에 그려봤다. 아직까지는 현석 오빠가 좋은데… 바보같이 다시 사귀고 싶은데… 선뜻 입 밖으로 말이 나오

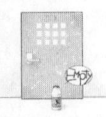

지 않는 건… 왠지 모를 허전함? 허탈함? 만약 현석 오빠랑 다시 사귄다면… 앞집 남자랑 나… 이렇게 마주 보고 만날 일 없을 테니까… 우린 어차피 사귄다는 가정 하에 서로의 미련을 없애주기 위해서 만난 거였으니까… 내가 석이 오빠랑 사귀면 미련을 지울 필요가 없으니까……. 정이 든 건가? 가슴이 콕콕 시려온다.

"내가 꼴 보기 싫다는 거 아는데, 그래도 아직 조금이라도 마음이 남아 있다면… 안 되겠어?"

나 어떡하지? 곤혹스런 표정을 지은 채 총각을 올려다봤다. 총각도 이도저도 아닌 무표정한 얼굴로 날 빤히 쳐다보고 있다.

1분 정도 흐른 뒤,

"오빠랑 사귈래… 다시 사귈래."

난 입을 열었다. 다시 사귀고 싶다고… 다시 시작하고 싶다고. 내 말이 끝남과 동시에 내 어깨에 허전함이 느껴진다. 아마도 앞집 총각이 내 어깨에 올리고 있던 팔을 내렸나 보다. 짧은 탄식을 내뱉는 총각이 안쓰러워 위로나 해줄 심산으로 총각을 올려다봤건만…….

"하! 서지훈, 갈 데까지 간 건가? 이 등신 같은 애한테 차였네. 아, 씨발… 기분 엿 같네."

움찔!!

등신 같은 애한테 차였다는 말이 비수가 되어 내 심장에 내리꽂혔다. 날 보며 욕지거리를 내뱉는 앞집 총각이 무서워 말없이 고개를 숙인 채 그 욕지거리를 온몸으로 다 받아들여야 했다.

"야!! 시력 1.5!!"

"나, 나요?"

"그래, 드럽게 눈 좋다는 너!!"

"왜, 왜요?"

"너 내일부터 안경 쓰고 다녀, 등신아!!"

내일부터 안경이나 쓰고 다니라는 총각의 친절한 충고에 눈이 좋아서 안경 따위 필요없는걸이라고 말해 주고 싶었지만… 내가 미처 입을 열기도 전에 원룸 옆에 주차시켜 놓은 자기 차를 몰고 휭 하니 사라져 버렸다. 총각은 꼭… 자존심에 엄청난 타격을 받은, 상처받은 영혼을 가진 인간 같았다.

집 앞에 덩그러니 남아 있는 석이 오빠와 나. 애써 가식적인 미소를 지어 보이며 이 상황을 은근슬쩍 넘겨보려 했다.

"너 저 자식이랑 만나지 마."

"어? 저 자식? 아, 저 자식. 앞집 사는 사람이라 안 만날래야……."

"만나지 마!!"

"어."

끄덕끄덕.

한두 번 고개를 끄덕여 줬기는 했는데 저렇게 무서운 표정으로 만나지 말라고 하니 무료로 일본어를 가르쳐 주고 있다는 말은 차마 할 수 없었다. 아니, 어쩌면 이제 무료로 일본어 교습받기는 틀린 것 같다. 내일 학원 수강 신청이나… 오늘도 지갑을 못 받았구나. 이런, 젠장.

"저기… 정희랑은 그냥 잠시……."

"어. 됐어, 됐어. 지난 일인데 뭐. 오빠가 다시 사귀자고 말할 줄은 정말 몰랐는데. 아, 기쁘다. 하하."

올라가지 않는 입꼬리를 억지스럽게 올리며 가식적인 미소를 지어 보였다. 정희랑 왜 사귀었는지… 갈 데까지 갔다는데 그게 사실인지… 정희랑 헤어지고 왜 다시 돌아온 건지… 정말 물어보고 싶었지만 오빠를 곤란하거나 귀찮게 하면 안 될 것 같았다. 내가 싫어져서, 나라는 인간한테 질려서, 그래서 또 나 버리고 어디론가 가버릴까 봐.

몇 마디를 더 나눈 뒤 현석 오빤 내일 만나자는 말을 남기고 돌아갔다.

믿을 순 없지만 현석 오빠랑 다시 사귀게 됐다. 기쁜데, 너무 기쁜데… 가슴 한편으로는 뭔가가 빠져 나가 버린 듯 많이 허전하다. 그나저나 자존심에 타격받고 겨울에 반팔로 집을 나간 앞집 총각은 도대체 어디로 간 걸까?

집으로 들어와 노트북을 켜고 오늘 일어난 믿을 수 없는 사실을 기록하기 위해 열심히 타자기를 두드려 댔다.

위이잉— 위이잉—

수업 중에는 진동으로 해놓으라는 앞집 총각의 말에 투덜거리며 매너 모드로 지정해 뒀었다. 수업이 끝났는데도 매너 모드를 해제하지 않은 핸드폰이 탁자 위에서 풍뎅이마냥 시끄럽게 윙윙거린다. 플립을 연 뒤 발신자 확인 결과 '니 애인'. =_= 또 전화기에 대고 무슨 엄한 욕지거리를 해댈지 몰라 겁을 먹고 받아야 하나, 말아야 하나 망설였다. 숨을 크게 내쉬고 통화 버튼을 눌렀다.

"여, 여보세요?"

[저, 죄송한데 그쪽이 등신이에요?]

총각한테서만 들어왔던 등신이라는 말을 낯선 사람의 입에서 듣고 있자니 기분이 묘했다.

"누, 누군데 등신 거려요?"

[지훈이 친구 정욱이라고 하는데 이사한 집 위치를 아직 몰라서… 어디쯤인지는 아니까 그 원룸 위치만 좀 가르쳐 주실래요? 이 자식이 술에 취해서 자꾸 등신한테 전화하라길래…….]

"등신한테… 전화를 하라 그러던가요?"

[핸드폰에 앞집 등신이라고 저장되어 있길래… 그쪽 이름이 등신 아닌가요?]

앞집 등신… 훗! 내 이름이 등신이라. 그럼 박등신이 되는 건가? 박이년은 여자 이름 같기나 하지. 박등신은… 남자 이름 같아서 왠지 신경질이 난다.

"제 이름 등신 아니에요."

[아, 그래요? 그보다 지훈이가 전에 살던 곳이 거기라서 그쪽 위치는 어느 정도 알거든요? 원룸만 옮긴 거라… 아! 혹시 세탁소 어딨는지 아세요? 청명 세탁소라고.]

"아다마다요."

[죄송한데 지금 출발할 테니까 30분 뒤에 세탁소 앞에 나와주실래요?]

"아니, 세탁소 앞에서 조금 걸어서 골목길로 들어오면, 가로등이 하나 깜빡거리고, 거기서 조금만… 여보세요?"

[뚜뚜뚜―]

버릇없는 앞집 총각의 버릇없는 친구였다. 내 말이 끝나기도 전에 전화를 끊어버렸다. 등신 같은 애한테 차인 게 얼마나 충격적이었으면 제 몸 하나 가누지 못할 정도로 마셔댔을까?

몇 분 뒤 투덜거리며 옷을 주섬주섬 챙겨 입고 세탁소 앞으로 걸어가야 했다. 왜 하필이면 세탁소 앞인지.

하얀 증기를 뿜어대며 오늘도 열심히 다림질을 하고 있는 청명 세탁소 주인 아저씨가 터덜거리며 걸어오는 날 반겼다.

"학생, 자주 봐. 허허. ―,.―"

"아, 네."

짧은 목례로 인사를 한 뒤 뒤통수에 느껴지는 아저씨의 부담스런 시선을 애써 모른 척하며 세탁소 문 앞에 목석처럼 서 있었다.

"누구 기다리나 보네, 학생?"

"아, 네."

"지훈이 학생이랑 아는 사이 같더만 사귀는 거여? 허허."

"설마요."

"그렇지? 허허. 그럼~ 그 학생이 보는 눈 하나는 기가 막히더만. 요샌 통 이쁜 색시들을 안 데리고 와서 일할 맛이 안 나. 허허."

"아, 네. =_="

나도 모르는 새 두 주먹에 힘이 들어갔다. 가만히 듣고 보니 내 욕을 한 것 같다. 그렇게 3분 정도 끈질기게 색시타령을 하는 아저씨의 말을 들으며 대충 고개를 끄덕여 줬다.

 잠시 뒤 앞집 총각이 타고 나갔던 검은색 날개 달린 스포츠카가 세탁소 앞으로 다가오는 게 보였다. 청명 세탁소 앞에 멈춘 차. 운전석에서 내린 사람은 위아래로 멋들어지게 까만 정장을 차려입은 앞집 총각의 친구로 추정되는 사람이었다. 왜 멋대로 전화를 끊어서 바쁜 사람을 불러내는 거냐고 닦달을 하려던 참이었는데, 난 잘생긴 남자에겐… 참 약하다. =__=

 총각의 친구로 추정되는 남자가 청명 세탁소 앞에 서 있는 내게 다가왔다. 겉으로는 아무렇지 않은 척 뻔뻔하게 세탁소 앞을 굳건히 지키고 있었지만, 내 머리 속은 수없이 같은 말을 되뇌며 중얼대고 있었다. 안녕하세요? 다시 말하지만 전 등신이 아니에요. 반가워요. 흠흠. 제 이름은 등신이 아니라 지민이거든요? 설마 우리 엄마가 아무리 내가 밉기로서니 등신이라고 이름 지었겠어요? 이년이면 모를까. 흠흠! 마른침을 꼴깍꼴깍 삼키며 머리 속으로 열심히 내 이름은 등신이 아니라는 걸 해명하기 위한 변명거리를 만들었다.

 드디어 내 앞으로 다가온 총각의 친구를 바라보며 예의상 입가에 가식적인 미소를 머금고는 입을 달싹거렸다.

 "아, 안녕하……."
 "아저씨, 혹시 여기 여자 한 분 다녀가지 않았어요?"
 문간에 서 있는 내게 다가오던 총각의 친구가 돌연 방향을 틀더니 내 뒤편에 서서 열심히 다림질을 하고 있는 청명 세탁소 주인 아저씨

한테 말을 걸었다. 악수 한 번 해볼 작정으로 손까지 내밀었었는데……. 밀려오는 무안함을 떨치기 위해 그 손을 들어 괜히 뒷머리를 긁적여 봤다. 이건 아니다. 분위기를 감지하고 서둘러 세탁소를 뜨기 위해 발걸음을 재촉했다. 그리고 인자하고 후덕하게 생긴 마스크를 지니신 세탁소 주인 아저씨의 매정한 한마디가 바람을 타고 내 귓가에 들리기 전까지 난 하염없이 도망치듯 그 자리를 벗어나려 발걸음을 재촉했다.

"여자? 여자라면 지금 가고 있는 저 학생밖에 없었는데? 누굴 기다린다는 것 같던디……. 어이, 학생!! 이리 좀 와봐!! 학생! 가지만 말고 이리 좀 와봐!! 이 학생이 볼일이 있다는디?"

고개를 돌려 젠장! 부르지 말라고 화를 내고 싶었지만 나이 든 어른에게 버릇없이 구는 건 어리석은 짓이라는 걸 총각을 통해 수없이 보고 깨우쳤기에 눈물을 머금고 가던 길을 멈춰야 했다.

"학생 맞지? 누구 기다린다고 그랬지? 내가 안 불렀으면 저대로 가버렸을 거구먼. 허허."

싸늘하게 굳어버린 얼굴로 아저씨를 쳐다봤다. 내 표정을 읽은 세탁소 아저씨는 뭔가 자신이 크게 실수했다는 사실을 금세 깨우치시고는 날 외면하더니 미친 듯이 다리미질을 해댔다. 잘생긴 총각의 친구가 고개를 갸웃거리며 나에게로 걸어왔다.

"저기 혹시… 에이, 아니죠? 방금 전화 통화해서 나오라고 하신 분, 아니죠?"

무턱대고 아니죠, 아니죠를 연발하면 내가 어디 무안해서 맞다고 고개를 끄덕일 수가 있나.

"맞습니다. 제가 그 앞집 등신이에요."

"네? 아, 지훈이 녀석 안 본 새 여자 타입이 바뀐 건가? 아, 아니, 일단 차에 타세요."

나라는 인간은 가식적인 미소를 생활화하는 사람이기에 다른 사람이 짓고 있는 미소가 가식인지 진실인지를 0.01초 만에 간파할 수 있는 비상한 능력을 가지고 있다. 지금 이 순간, 이 능력이 이렇게 원망스러울 수가 없다. 총각 친구는 지금 내게 애써 가식적인 미소를 지어주고 있었다. 그 기분 참… 더러웠다. =_=

사람을 무안하게 한 게 조금은 미안했는지 친절하게도 날 총각의 차까지 에스코트해 주는 탐탁지 않은 행동을 보여줬다. 차 조수석에 날 앉히고 다시 시동을 거는 총각 친구의 양복 자락을 살며시 당겼다. 적막한 어둠이 가득한 차 안에서 불쑥 허연 손이 튀어나와 자신의 양복 자락을 당겼다는 사실에 흠칫 놀라더니 날 바라봤다. 차 키를 돌리다 말고 날 바라보던 그 모습. 왠지 날 경계하고 있는 듯한 찜찜한 느낌을 받았지만 그럴 리 없다며 살짝 고개를 내저어봤다.

"무슨 일?"

"저기… 어딨어요?"

"아, 지훈이?"

말없이 뒷좌석을 향해 고갯짓을 해 보인다. 고개를 돌려 뒷좌석을 바라본 난 잠시 움찔해야 했다. 차창에 몸을 기대고 누운 것도 아니고 그렇다고 앉아 있는 것도 아닌 거만한 포즈로 날 빤히 바라보고

있는 총각과 두 눈이 마주쳐 버렸다. 반쯤 풀린 눈으로 날 노려보고 있는 그 시선을 피해보려 급히 고개를 돌려 총각의 친구를 바라봤다.

"빠, 빨리 출발 안 하고 뭐 해요?"

"야, 한정욱!!"

깜짝!!

게슴츠레한 눈으로 내 뒤통수를 노려보던 앞집 총각이 벌컥 화를 내며 자기 친구를 부른다.

"왜, 이 자식아!!"

"야, 차 돌려!!"

"시끄러, 임마. 집에 다 왔으니까 집에 가서……."

"한정욱!! 이 개자식아!! 차 돌려!! 지금 당장 사거리 앞까지 간다, 실시!!"

"그래, 너 내일 술 깨고 보자."

무섭게 이를 갈며 사거리로 차를 몰고 가는 총각의 친구였다. 술에 쩔어 허우적대는 자기를 집 앞까지 데려다 주는 고마운 친구인데, 그런 친구에게 수고했다는 말은 못해줄망정 개자식이라니.

여전히 뒤통수에 느껴지는 총각의 부담스런 시선을 외면하고 상가들이 즐비하게 늘어서 있는 번잡한 사거리에 도착했다. 우리 동네 사거리 버스 정류장 앞에 자리 잡고 있는 편의점이 눈에 들어왔을 때 훗! 요전에 내게 담배 심부름을 시키며 굴욕감을 심어줬던 그날의 기억이 떠올라 입가에 살며시 보일 듯 말 듯한 비소를 머금어봤다.

"야, 야! 등신, 이 문 열어!"

화들짝!!

편의점을 바라보며 회상에 잠겨 있다가 뒷자리에 거만하게 반쯤 누워 있던 앞집 총각의 목소리에 정신을 차리고 뒤를 돌아봤다.

"야! 어딜 나가려고 그래!!"

"훗! 저 등신한테 꼭 필요한 게 있어서 그런다, 왜!!"

나한테 꼭 필요한 거라……. 뭘까? 공짜로 무언가를 받을 생각을 하니 가슴이 들뜨기 시작했다. 그리고 앞집 총각, 참 괜찮은 술버릇을 지니고 있다고 생각했다.

비틀비틀―

정욱이라는 친구가 총각을 부축하고 그 옆에서 어부지리로 총각의 팔 하나를 든 채 부푼 가슴을 안고 총각이 가는 곳을 따라갔다. 도착한 곳은 〈눈사랑 안경〉이라는 간판이 걸린 안경점이었다. 들고 있던 총각의 팔을 힘없이 내려놓았다.

"뭐야? 너 안경 필요하냐?"

"하! 아니, 나 말고 우리 등신 사주려고… 크큭!"

우리 등신… 우리 등신. =__= 앞집 총각, 미미하게 제정신이 남아 있었기에… 그리고 총각의 잘생긴 친구가 두 눈 시퍼렇게 뜬 채 내 옆에 있었기에… 그랬기에 총각의 뒤통수까지 올라갔던 내 두 손은 머리칼 한 올 건드리지도 못하고 소심하게 내려올 수밖에 없었다.

위잉―

눈사랑 안경점 자동문이 열리고 40대 중반을 넘긴 듯한 흰 가운의 아저씨와 20대를 갓 넘긴 도발성이 묻어나는 야시맹랑하게 생긴 아

가씨가 우리를 맞이했다.

"어서 오십시오. 세 분 중 누가?"

"아저씨!! 얘가… 어? 이 등신 같은 애가 시력이 1.5거든? 눈 드럽게 좋은 애한테 안경 하나만 줘."

이 버릇없는 총각은 그다지 성격 좋게 보이지 않는 흰 가운 아저씨에게 반말을 해댔다.

"아, 그러세요? 미리미리 예방 차원에서라도 안경을 쓰시면 좋죠. 하하."

훗! 흰 가운 아저씨는 자기 얼굴에 어울리지 않게 입가에 상냥한 미소를 짓고 있었지만 난 0.01초만에 간파할 수 있었다. 사실은 머리 끄댕이를 쥐어뜯고 싶으면서 가식적인 연기를 해대다니. 쓰고 있는 안경 너머로 비치는 흰 가운 아저씨의 눈은 말하고 있었다. 야, 이 자식아! 내가 니 친구냐!! 내가 니 아비뻘이다. 이 버릇없는 놈아!!라고 말이다.

"저기… 술을 좀 드신 것 같은데. 호호~"

이제는 야시맹랑하게 생긴 흰 가운 아가씨가 날 옆으로 거칠게 밀치더니 총각과 총각 친구를 향해 스리슬쩍 다가온다.

"저, 죄송합니다. 친구 녀석이 술을 먹어서… 가보겠습니다. 야, 너 미쳤어!!"

"시끄러. 다 시끄럽고 얘한테 안경이나 씌워!"

지금 안경점 안에서 제일 시끄럽게 고함치는 사람이 누군데 되려 시끄럽다고 짜증을 내는 걸까?

"호호~ 네, 드릴게요. 손님, 진정하세요."

"아… 이쁜 누나. 큭! 나 잘생겼지?"

"어머, 호호~ 네, 잘생기셨어요."

"큭! 보는 눈이 높네. 큭! 이쁘니 키스해 줄게. 이리 와."

제 버릇 개한테 주는 게 그리도 아깝더라는 말인가? 저런 몹쓸 버릇 따위 개한테 줘버릴 일이지 쓸데없이 몸에 지니고 있어봤자 여자한테 치근덕거리기밖에 더하랴?

"손님도 참… 호호~"

총각의 말에 두 볼짝이 붉어지는 흰 가운 아가씨를 보고 있자니 그 기분 말로 표현할 수 없을 정도로 울렁거렸다.

"야! 나가자, 나가. 서지훈 정신 차려봐!!"

"큭! 등신한테 안경 사주고 가야… 지."

"저기… 나 안경 필요없거든요? 이제 집에 좀 가……."

"시끄러. 넌 입 다물고 가만히 있어!!"

"네."

질질질―

총각의 친구는 30분가량 안경점에서 난동을 부리던 앞집 총각을 차가 주차되어 있는 곳으로 말없이 질질 끌고 가버렸다. 그 뒤를 따라나서다가 무심결에 안경점을 뒤돌아본 난 씁쓸한 광경을 보고 말았다. 어디서 난 건지 소금 한 바가지를 퍼와서 문지방에 탈탈 뿌려대는 흰 가운 아저씨와 소금 뿌리는 몰상식한 행동을 저지하려 무던히 애를 쓰고 있는 흰 가운 아가씨가 실랑이를 벌이고 있었다.

12시를 조금 넘기는 야심한 밤중에 대현 원룸 앞에 도착한 세 명의 무리.

"하아… 서지훈, 너… 너 이 새끼, 내일… 내일 술 깨면 주, 죽여 버린다. 하아… 하아……."

3층까지 총각을 업고 온 총각의 친구. 한여름 핵핵대는 똥강아지 마냥 숨을 거칠게 몰아쉰다. 총각을 침대에 눕힌 뒤 여전히 거칠게 숨을 몰아쉬며 뻘쭘하게 옆에 서 있는 날 바라봤다

"그쪽 하아… 그쪽이에요?"

"뭐, 뭐가요?"

"지훈이 찼다는 사람이 그쪽이에요?"

"아, 아니, 사귀었다기보다는 그냥 미련을 지워……."

"큭! 이 자식 태어나서 처음으로 여자한테 차였다고, 그것도 등신 같은 애한테 차였다고 열받아서 술 먹은 거예요."

"그, 그랬군요."

역시나. 꺾일 줄 모르고 승승장구하던 자기 자존심에 크나큰 흠집을 내버린 내가 원인이었군. 게다가 등신 같은 애한테 처음 차였으니 그 충격으로 술이 고팠겠지.

"오늘 고생 많았네요. 큭! 전 여기서 자고 가야 되겠는데."

"아, 예. 싱크대 두 번째 칸에 보면 3분 즉석 북어국 있을 거예요. 아침에 끓여 드세요."

"큭! 잘 알고 계시네요."

"아니, 뭐… 안다기보다는……."

괜히 말을 꺼냈다 싶어 도망치듯 총각네 집을 뛰쳐나왔다.

덜컥—

집으로 들어온 나는 그대로 침대에 쓰러져 버렸다.

"아이고… 삭신이야."

토닥토닥—

뒷목을 두드리며 잠이 들었다.

다음날. 내 귓가를 쉼없이 자극하는 풍뎅이 날개 떠는 소리에 잠을 깨야 했다. 두 눈을 비비며 탁자를 바라봤을 때, 탁자 위에는 어젯밤 세탁소에 나가기 전 두고 갔던 그대로 핸드폰이 놓여져 있었다. 핸드폰이 시끄럽게 탁자를 두드리며 윙윙대고 있었다. 짜증스럽게 핸드폰을 열고 발신자를 확인한 난 석이 오빠라고 찍혀져 있는 액정 화면을 바라보고 새삼 어제 일이 꿈이 아니었다는 걸 깨달았다. 목소리를 가다듬고 통화 버튼을 눌렀다. 아직까지도 믿을 수 없지만.

"여보세요?"

[어, 난데… 잘 잤어?]

"아… 어. 잘 잤어."

[오늘 4시에 시간있어?]

"시간이야… 늘 비어 있지."

오늘 저녁 4시 XX대학교 앞 발리 커피숍에서 만나기로 했다. 마치 몇 달 전으로 되돌아간 듯한 야릇한 기분에 미친 사람마냥 입가에 미소를 띤 채 요구르트를 가져오기 위해 현관문을 열었다.

벌컥—

그리고 난 잠시 입가에 걸려 있는 미소를 걷고 바닥에 쪼그려 앉아 손을 뻗어 죄없는 땅바닥만 만지작거리며 조용히 중얼거려 봤다.

"늘… 늘 하나는 남겨뒀었는데……."

이대로 이 버릇없는 요구르트 도둑을 가만둬서는 안 되겠다는 생각에 자리를 박차고 일어나 무턱대고 301호 벨을 눌러댔다.

띠— 띠— 띠—

덜컥—

"뭐야!! 정신 나갔어!! 정신 나간 새끼처럼 벨 누를래?"

움찔!!

문을 열고 나온 총각은 샤워하는 도중에 벨소리를 들었나 보다. 허리에 수건 하나만 두른 채, 온몸에 물기를 머금은 그 모습 그대로 현관 바닥에 물을 뚝뚝 흘리고 있다. 짜증스럽게 날 바라본다.

"훗! 뭐냐? 너 석이나 만나러 가지, 뭐 하러 여길 찾아오냐?"

"요, 요구르트 하나만 가지고 가지."

날 보며 무섭게 인상을 쓰는 그 얼굴에 대고 차마 요구르트 훔쳐 먹지 말라는 소리를 할 수는 없었다.

"그 말 하러 왔냐? 변태처럼 계속 보고 서 있을 거야?"

쌀쌀맞은 놈. 화를 내야 하는데 이런 식으로 나오면 내가 또 소심해져 버릴 수밖에 없잖아.

"저, 저기 어제는 술이 과하셨더라구요."

"훗! 니가 나 술 먹은 걸 어떻게 아냐?"

애석하게도 어젯밤 눈사랑 안경점에서 자신이 저지른 난동에 대해 기억하지 못하고 있는 듯했다.

"그냥 저냥… 음… 그게……."

"어? 자주 뵙네요. 잘 잤어요?"

머뭇거리며 말을 더듬고 있는 날 향해 구세주처럼 등장한 총각의 친구. 자신의 친구가 등신 같은 나에게 다가와 친한 척을 해대자 총각이 인상을 찌푸리며 친구를 바라봤다.

"너 얘 알아?"

"크큭! 야, 서지훈! 너 어제 니가 무슨 짓을 저질렀는지 몰라?"

"뭔 소리야?"

"얘한테 안경 사준다고 안경점에 가서 난리쳤잖아. 크큭!"

친구의 말을 조용히 듣고 있던 앞집 총각, 미간이 조금씩 움찔거리기 시작했다. 그리고 물에 젖은 머리칼 사이로 섹시하고 도발적인 눈빛으로 날 바라보는가 싶더니 짧은 한숨을 내쉬어본다.

"저기, 그렇게 실수 많이 한 건 아니니……."

"아씨, 짜증나!!"

쾅—!!

신경질을 내며 현관문을 닫아버리는 총각. 총각은 분명… 쪽팔려 하고 있었다. 그리고 그 쪽팔림을 짜증으로 무마시켜 보려는 참으로 어리석은 행동이었다.

퍽퍽—

쿵—

"왜 말 안 했어!! 죽고 싶어? 진작에 말을 해줘야 될 거 아냐!!"

"크큭! 그래서 방금 얘기해 줬잖아. 큭!"
"너! 빨리 니네 집으로 꺼져!!"
"악!! 야, 이 새꺄!! 베개 던지지 마!! 내가 너 업고 오느라······."
"닥쳐!! 한정욱!!"

그렇게 신경질적으로 문을 닫고 총각의 집 안에서는 3분간 총각의 친구가 구타당하는 소리와 쪽팔림을 짜증으로 승화시킨 총각의 갖은 욕지거리가 바람을 타고 내 귓가에 전달됐다.

"나 아직 안 갔는데······."

점점 험악해져 가는 총각의 욕지거리가 무서워 움찔움찔 뒷걸음질치다 말없이 집으로 들어와 버렸다. 요구르트 도둑을 응징하기 위해 찾아갔다가 못 볼 꼴만 보고 와버려 왠지 모를 찜찜한 기분이 든다. 불쌍한 친구 녀석. 개자식이라는 소리까지 들어가면서 차 몰아줘, 부축해 줘, 업어줘, 별거 다 해줬더니 돌아오는 건 고작 구타와 욕지거리뿐이군.

현석 오빠와의 약속 시간 전까지 널널한 시간을 이용해 목간탕에 나 다녀올 심산으로 욕실에 들어가 이거저거 챙겨서 키티 바구니에 집어넣고 가슴속에 바구니를 품고 집을 나섰다. 1층으로 내려와 잠시 우편함을 뒤적거렸다. 전기세 지로 영수증, 핸드폰 요금 영수증, 은밀한 속삭임 여자 분 무료 통화 스티커. 슬며시 스티커를 확 구겨 버렸다. 그리고 단지 남들에 비해 호기심과 궁금증이 조금 많다는 이유를 들먹여 내 손은 어느새 301호 총각네 집 우편함을 뒤적거리고 있었다. 혹시 집에서 총각이 내려올까 심장을 졸이며 주위를 두리번거리다 우편함에서 아삭 하고 손에 잡히는 종이 쪼가리들을 죄다 끄집어냈다. 카드 고지서, 이런저런 쓰잘데기없는 여자들 편지, 그리고… 네모 반듯하게 각져 있는 딱딱한 카드 하나. 보고 난 뒤 침으로 다시 붙여놓을 생각으로 행여 찢어질세라 살포시 봉투를 뜯어봤다. 카드를 열고 제일 먼저 내 눈을 사로잡은 약도. 그리고 조금 더 내려가서 신부 정미란, 신랑 석현우, 영월 영일 영시 영분 그랜드 호텔. 15일 뒤에 결혼식을 올린다는 미란이 언니의 청첩장이었다.

"이 여자가 미쳤나?"

팔랑팔랑—

나도 모르게 청첩장을 갈기갈기 찢어버렸다. 내 연약한 손에서 갈가리 찢겨 버린 청첩장은 팔랑팔랑 바람을 타고 흔적도 없이 사라져버렸다. 총각이 보면 상처받을 것 같아서… 총각이 보면 슬퍼할 것 같아서… 그냥 총각이 보면 화가 날 것 같아서… 그런 말도 안 되는 이유로 청첩장을 찢어버리는 과감한 행동을 감행했다. 내가 저지른 만행이 옳은가, 그른가에 대해 내 뇌들이 찬반 논란을 하고 있는데 타박타박거리며 계단을 내려오는 발소리와 중얼대는 말소리가 들려왔다.

"학교 갔다 오늘도 바로 집? 너 집에 여자 숨겨놨냐? 왜 안 하던 짓을 하고 그러냐?"

"몰라."

"너 요새 안 온다고 기집애들이 나 붙잡고 닦달하는데 귀찮아."

"죽었다고 그래."

　　총각과 총각의 친구였다. 츄리닝 차림에 목욕 바구니를 품에 안고 있는 내 모습을 들킬세라 우리 동네 장수 목욕탕을 향해 뒤도 돌아보지 않고 냅다 뛰어야 했다.
　　얼마를 뛰었을까? 이마에 흐르는 땀을 소매로 닦으려는 그때,
　　빠아앙—!!
　　화들짝!!
　　저 신경질적인 클랙슨 소리. 참 낯익다. 설마 하는 심정으로 뒤를 돌아보자 설마라는 놈이 나를 잡았다. 총각의 검정 스포츠카가 꼭 날 치어죽일 기세로 거세게 달려오고 있었다. 순간 몸이 굳어버려 피할 생각도 못한 채 내 앞으로 돌진해 오는 총각 차만 멍하니 바라봤다. 차는 멈출 기미를 보이지 않고 점점 다가왔고 난 두려운 나머지 두 눈을 질끈 감아버렸다.
　　휘잉—!!
　　그리고 그렇게 5초가량이 흘렀나 보다. 너무나 조용하다 싶어 상황 판단을 하기 위해 슬며시 한쪽 눈을 치켜뜨자 내 몸과 닿을 듯 말 듯한 아슬한 거리에 차가 멈춰 서 있었다. 창을 내려 거만하게 팔을 올리고 고개를 내밀어 짜증스럽게 날 쳐다보고 있는 앞집 총각.
　　"아줌마 안 비켜?! 죽으려고 환장했어!!"
　　"딸꾹!"
　　"꼴 하고는… 그 소쿠리는 어디서 샀나?"
　　"소, 소쿠리 아니에요."
　　"시끄러. 길이나 비켜!!"

사랑스런 분홍 바구니를 품에 안고 투덜거리며 차가 지나가게 길을 비켜줘야 했다. 잠시 후 왼쪽 차창이 열리면서 얼굴에 반창고 하나를 붙인 총각의 친구가 이런 내 모습이 우스웠던지 입을 막고 애써 웃음을 참고 있었다. 내 미간이 꿈틀거리기 시작할 때까지 총각의 친구는 웃음을 참지 못했다.

"크큭! 아니, 웃으려고 웃은 건 아닌데… 큭!"

웃으려고 웃은 게 아니면 울려고 웃었다는 말인가?

"크큭! 또 봐요. 큭! 아, 손에 쥐고 있는 거 그거 주세요. 버려 드릴게요."

손에 쥐고 있는 거? 버려준다는 말에 아무 생각 없이 손에 들려 있던 종이 쪼가리를 총각 친구의 손에 쥐어줬다. 그리고 차 안 재떨이에 종이 쪼가리를 버리려던 총각의 친구가 내가 건네준 종이를 유심히 쳐다보기 시작했다. 급기야 운전대를 잡고 있던 총각마저 친구가 보고 있는 종이를 슬쩍 보고 고개를 돌리는가 싶더니 다시금 고개를 돌려 뚫어져라 종이를 쳐다보기 시작했다. 그 모습에 다시금 불안해져 초조하게 바구니를 품에 안고 입술을 잘근잘근 씹었다. 혹시 내가 건네준 종이가 방금 찢어버린 청첩장의 일부가 아닐까라는 불길한 생각이 엄습해 오기 시작했다. 갖가지 생각으로 혼자만의 상상의 날개를 펼치고 있을 때 총각과 총각의 친구는 동시에 고개를 들어 날 쳐다봤다.

"왜, 왜 그래요?"

"등신. 맨날 야한 짓거리나 하고 돌아다니냐?!"

"야, 야한 짓거리라니?"

"왜!! 밤이 외롭냐? 은밀한 속삭임? 훗! 여자는 무료? 도로 가져가서 은밀한 속삭임이나 실컷 나눠라, 어?"

알아듣지 못할 말만 남긴 채 차를 몰고 가버리는 총각. 총각의 차가 지나가고 난 뒤 문제의 종이 쪼가리가 바람에 팔랑거리며 내 발밑에 떨어졌다. 수영복을 입고 요염한 포즈를 하고 있는 야한 아가씨의 사진이 박혀 있는 스티커 쪼가리. 은밀한 속삼임 여자 분 무료 통화?! 젠장!

종이 쪼가리를 다시 들어 미친 듯이 찢어버린 뒤 꽃가루마냥 허공에 마구 뿌려댔다. 지나가던 유치원생 커플이 이런 날 보며 한마디 해줬다.

"쯧쯧, 미쳤나 봐. 불쌍하다."

"그러게. 정신 연령이 우리보다 낮은 것 같다. 아, 본다, 본다. 도망가자. 꺄악!!"

바구니를 품에 안고 목간탕으로 발길을 재촉했다.

"으아, 미안. 조금 늦었지? 차가 막혀서. 헤헤."

사실 차가 막힌 게 아니라 버스에서 졸다가 몇 정거장을 더 지나쳐 버린 거였지만 오랜만에 보는 석이 오빠였기에, 어렵게 다시 시작하게 된 석이 오빠였기에 가식적이더라도 좋은 모습만 보여주고 싶었다.

"아니, 나도 막 왔어. 오늘 영화나 보여주려고."

"아, 어. 나도 영화보고 싶었는데."

"무슨 영화?"

"아… 제목이 뭐였더라?"

땀이 삐질삐질 흘러내리기 시작했다. 그동안 느긋하게 문화 생활을 즐길 만한 기분이 아니었기에 극장에 안 간 지가 오래됐다. 솔직히 요새 극장 간판에 뭐가 걸려 있는지도 모른다. 아, 예전 같지 않은 이 어색함. 애써 이 남자에게 맞춰가려 애쓰는 내 모습이 바보 같아 보인다. 몇 달 동안의 공백이 불러온 이 어색함이 장애물처럼 현석 오빠 앞을 가로막고 있는 듯하다. 가슴이 시리기도 하고 많이 불편하기도 하다.

영화를 보고, 밥을 먹고, 보통 연인들이 그렇듯 집 앞까지 데려다 주고……. 무슨 영화를 봤는지, 어떤 밥을 먹었는지 기억하기도 힘들 만큼 정신없이 하루가 지나가 버렸다.

"오늘 재밌었어. 안 데려다 줘도 되는데."

"박지민, 근데 너 아직 나 좋아하는 거지?"

"어? 어."

"그래, 알았다. 갈게. 잘 자라."

"어… 잘 가."

흔들흔들—

현석 오빠가 보이지 않을 때까지 무리하게 손을 흔들어댔다. 아직 나 좋아하는 거지? 아직 좋아하는데, 아직도 가슴이 두근거리는데, 여전히 가슴 한 켠이 많이 허전하다. 갸웃거리다 고개를 들어 앞집

총각의 베란다를 올려다봤다. 불이 꺼져 있는 걸 보면 아직 들어온 것 같지 않다.

"음, 내 지갑 훔치러 총각네 집에 침입하다 걸리면… 그것도 수갑 찰 일일까?"

짧은 한숨을 내쉬고 계단을 올라갔다. 그리고 집 앞에 도착했을 즈음 누군가 문 앞에 서 있는 것 같다는 예감이 들었다. 빌어먹을, 내 예감이 적중했다.

301호 문패가 걸린 앞집 총각네 문 앞에 몸을 기댄 채 올라오는 날 지켜보고 있는 정희가 있었다.

"웬일이야?"

"너 만나러 온 거 아니니까 신경 쓰지 마."

"뭐?"

"내가 말했지? 니가 사귀던 그 사람 꽤 맘에 들었다고. 이렇게 기다려서라도 만나야 내가 가지든 사귀든 할 거 아냐?"

"……."

덜컥—

말없이 문을 닫고 집으로 들어와 버렸다.

"제대로 사귄 거라고 볼 수도 없는데 뭐. 키스 몇 번 한 것밖에 없는데 뭐. 좋아하지도 않았는데 뭐. 정희랑 잘되든 말든."

씻고 옷을 갈아입고 TV 앞에 앉았다. 한 여자를 놓고 두 남자가 피 튀기는 싸움을 하던 드라마가 시작하려 하고 있었다. 내 눈은 TV에 가 있지만 신경은 현관문에 집중돼 있었다. 총각이 이제나 오려나, 저

제나 오려나……. 과연 정희를 어떻게 할 것인가. 눈에 들어오지도 않는 TV를 꺼버리고 아예 현관문에 방석 하나를 깔고 그대로 퍼질러 앉아 버렸다.

현관문에 귀를 들이대고 있기를 30분. 다리에 쥐가 나는 듯하기도 하고 내가 뭐 하는 짓인가 싶어 포기하고 일어서려는데 계단을 올라오는 기척이 들렸다. 드문드문 들려오는 말소리. 잘 들리지 않아 더욱더 현관문에 귀를 붙이고 대화를 도청해 봤다.

"웬일… 무슨… 있다… 왔냐…….."

"할… 이야… 왔… 만나고… 어……."

도대체 무슨 말을 하는 건지.

"니까… 왜… 냐……."

"전… 맘… 안 돼… 없고……."

"…들어와."

헉!!

당최 알아들을 수 없는 말 투성이었지만 총각이 내뱉은 마지막 말은 확실하게 내 귀에 들어왔다. 들.어.와.라고. 앞집 문이 열리는 소리와 함께 총각을 따라 들어가는 듯한 정희의 구두 굽 소리가 들려온다. 괜스레 가슴이 콩닥콩닥 뛰기 시작했다. 그동안 정이 들어서 이러는 걸까? 왠지… 화가 난다.

새벽 2시까지 방석에 앉아서 정희가 나오길 기다렸지만 앞집 문은 열리지 않았다. 그날 난 세 시간 동안 침대에서 뒤척거리며 오지도 않는 잠을 청하려 노력해야 했고, 어렵사리 잠이 든 난… 앞집 총각

과 정희가 팔짱을 끼며 보란 듯 내 앞을 알짱거리는 꿈을 꿔야 했다.

 번쩍—

 악몽에 시달리다가 찜찜한 기분으로 잠을 깼다. 시계는 새벽 6시를 가리키고 있었다. 왜 이러는 거지? 정희라서 그러는 거겠지? 그래, 정희라서 이렇게 신경 쓰이는 거겠지? 앞집 총각이랑 정희가 사귄다 한들 달라질 것도 없고, 난 석이 오빠랑 사귀면 그만인데. 탁자 위에 올려놨던 핸드폰을 만지작거리며 이런저런 생각을 해봤다. 앞집 총각의 앞길을 위해 정희는 다시 생각해 봐야 되지 않겠느냐… 라는 충고를 해주기 위해 이른 새벽인데도 불구하고 총각이 내 핸드폰 1번에 지정해 놓은 총각의 번호로 전화를 걸었다.

 신호음이 간다. 자다 일어나 가라앉은 목소리를 가다듬고,

 "아, 여보세요? 나 지민인데요."

 [으음~ 뭐야, 박지민? 새벽부터.]

 "저, 정희니?"

 [훗! 왜? 내가 받아서 놀랐니? 옆에 자고 있는데… 바꿔줘?]

 "아, 미안."

 탁—

 그대로 핸드폰 플립을 닫고 침대에 누워버렸다. 나… 왜 이러지? 울고 싶다. 미쳤나 보다, 박지민!

 뜬눈으로 밤을 지샌 탓에 있는 대로 부어오른 내 눈은 세상 모든 것들과 작별을 고할 모양인지 당최 뜰 기미를 보이지 않는다. 부어버린 눈 틈으로 말없이 현관문만 노려봤다. 어릴 적 동심으로 돌아가

열려라 참깨라는 엄한 발언을 수없이 중얼거리고 중얼거렸지만 끝내 열리지 않았던 앞집 총각네 현관문, 총각의 전화를 받던 정희, 그리고 정희 옆에서 세상 모르고 잔다던 총각. 머리가 터질 듯이 아프기 시작했고 울분을 삭이지 못해 욕실로 뛰어갔다. 샤워기 꼭지를 돌리고 얼음장같이 차가운 냉수를 욕조 한가득 채워놓았다. 덤으로 냉동실에 얼려뒀던 얼음도 몇 개 동동 띄웠고 이제 내가 들어갈 일만 남았다. 얼음 하나를 아삭아삭 씹으며 옷을 벗지도 않고 심청이 인당수에 몸 던지듯 뛰어들어 가려 했지만… 소심했기에… 나라는 인간 참 소심한 사람이기에 들어가기 전 발을 살짝 담궈봤다.

찌릿—!!

너무 차가웠던 걸까? 찌릿 하는 아픔이 발끝에 전해졌고 이건 아니다라는 생각에 냉탕에 들어가기를 포기하고 그냥 욕실에 퍼질러 앉아 죄없는 얼음만 씹어댔다.

"아삭아삭! 양정희! 반석 유치원 다니던 시절 아삭! 내가 좋아하던 아삭! 형만이랑 아삭! 우유로 러브샷할 때 뛰어와서 아삭! 나 밀쳐 버리고 지가 마셨지? 아삭! 넘어지다 옆에 있던 짱돌에 머리 찍혀서 어린 나이에 아삭! 전치 2주가 나왔었던가? 아삭아삭!"

.

"아삭! 초등학교 3학년 아삭! 우리 반 반장 태욱이 아삭! 초등학교 6학년 때 축구부 상준이 중학교 2학년 때 아삭! 우리 뒷집 살던 오빠 아삭! 다 뺏어갔지? 아삭!"

…….

"훗! 고등학교 1학년 때 유일하게 정희 술수에 안 넘어간 듬직하고 착한 정현이 아삭아삭! 정희가 퍼뜨린 지민이랑 정현이 그렇고 그런 사이다라는 소문이 각 학교에 파다하게 퍼져서 아삭! 선생들 귀에 들어가 결국 사이좋게 정학 먹었던가? 정희 엄마가 학교 교실에 선풍기도 아닌 에어컨을 기부한 일이 빛을 보는 순간이었지. 아삭아삭!"

……

"아삭! 아삭아삭! 그리고 헤아릴 수 없을 정도로 많은 남자들을 가로채 갔는데, 그리고 마지막이 현석 오빠였는데 아삭! 그랬는데… 서지훈! 이 밝힘증… 여자 중독… 키스에 미친 총각… 아삭아삭! 버릇없는 총각! 색기에 굶주린 총각! 아삭!"

띠— 띠— 띠— 띠—

욕실에 퍼질러 앉아 우울했던 지난 몇 십 년을 되짚어보며 명상의 시간을 즐기고 있는 날 방해하는 초인종 소리. 총각의 표현을 빌려 정신 나간 사람마냥 정신없이 벨을 눌러대는 저 사람은 누굴까?

"아삭! 누구세요?"

덜컥—

"야! 야한 변태! 집에 들러붙어 있었으면 빨리 문을 열어야 될 거 아냐!!"

"윽! 캑캑……."

씹고 있던 얼음이 목에 걸려 한동안 미친 듯이 기침을 해대야 했다. 이런 날 세상에서 가장 한심하게 바라봐 주는 앞집 총각이 미천한 우리 집을 방문해 주셨다.

"등신. 니가 그지냐? 먹을 게 없어서 얼음을 씹어먹고 앉아 있냐!!"

"내가 얼음을 먹든 돌을 먹든 상관없잖아! 요."

"훗! 너 많이 컸다? 어디서 바락바락 대들어!!"

"크기는요. 1센티도 안 자랐는걸요?"

"시끄러. 너 오늘 저녁 8시까지 우리 집에 와."

"왜, 왜요?"

"일본어 때려치울래?"

"……."

"하… 바쁜 이 몸께서 이렇게까지 선심을 쓰는데. 등신 같은 너 교육하는 게 얼마나 뼈 삭는 일인 줄 아냐? 대답없어? 정말 때려쳐?"

고작 하루 가르쳤으면서 선심이 어쩌니, 교육이 어쩌니, 뼈가 삭니… 참 유난스럽다.

"가면 되잖아요."

"그리고 너 말야."

"왜요?"

"미련 지워준다고 했던 말 신경 쓰지 마. 나중에 나같이 잘생긴 놈을 못 알아본 썩어버린 니 눈이나 원망해라."

자기 자랑을 마지막으로 총각은 그렇게 돌아갔다. 정희 이야기를 꺼내보고 싶었지만 이젠 내가 상관할 바 아닌 일에 감 놔라 배 놔라 하는 게 좀 우스운 일 같아서 그냥 잠자코 있었다.

딩동딩동—

　　　언제 들어도 맑고 투명한 내 벨소리. 철천지웬수가 오랜만에 내게 전화를 걸어왔다.
　　"웬일이냐?"
　　[택시비 내놔.]
　　"그 소리 하려고 전화했냐?"
　　[어.]
　　"그래, 알았다. 택시비 내고 우리 인연도 여기서 끊자."
　　[미친… 인연 끊기 전에 돈 내놔. 근데 뭐 하냐?]
　　"아참, 너한테 말 안 했네. 나 현석 오빠가 다시 사귀자고 해서 사귀기로 했는데……."
　　[뭐? 미친… 야!! 미쳤어!! 돌았어!! 정희 년이랑 사귀던 놈이 왜 갑자기 사귀자 그래!! 미친 거 아냐, 그거!! 그 자식 길거…….]
　　탁—
　　차마 입에 담지 못할 말들이 핸드폰에서 쏟아져 나오기 시작했기에 살포시… 핸드폰을 닫아버렸다. 나도 궁금하다. 현석 오빠… 왜 다시 돌아온 거지? 돌아와 줘서 너무 고마운데… 너무 기쁜데……. 이유가 뭐야? 그냥 좋아하니까, 좋아하니까 돌아온 거라고 난 믿고 있는데.
　　총각이 돌아간 뒤에도 한동안 꼼짝 않고 현관에 머물면서 이런저런 잡념에 빠져 있다 불현듯 욕실에 채워놓은 냉수가 조금 아깝다는 생각이 들어 침대보와 시트를 벗겨 욕조에 집어넣고 정희를 생각하며 사정없이 밟아댔다.

날씨가 따땃해져서 이불 빨래하기 딱 좋은 날이었다. 베란다에 널어놨던 침대보가 바람을 타고 펄럭대며 날아가다가 스쿠터를 타고 짜장면 배달하는 불량하게 생긴 학생의 머리를 갑자기 덮치는 바람에 사고가 날 뻔한 작은 사건을 빼면 오늘도 해는 평화롭게 뉘엿뉘엿 넘어갔다. 짬뽕 국물이 묻은 키티 침대보를 들고 다니며 정신 나간 듯이 주인을 찾아 돌아다니던 불량하게 생긴 짜장면 배달부를 피해 문을 꼭 걸어 잠그고 아주 조용한 하루를 보내야 했지만 말이다.

째깍째깍—

"5… 4… 3… 2… 1. 땡!"

필기도구와 공책을 챙겨 들고 앞집 총각의 집 앞으로 뛰어갔다. 8시까지 오라는 총각의 말에 초침까지 세가며 집 앞으로 뛰어갔건만 날 반기는 건 굳게 잠긴 문과 한줄기 바람뿐이었다. 그리고 그렇게 8분이 흘렀다.

8분 동안 목석처럼 문 앞에서 꼼짝 않고 서 있다가 다리에 쥐가 내리기 시작해 오른손에 침을 살짝 묻혀 코끝을 매만지고 있는데 계단을 올라오는 발소리가 들려왔다. 하던 짓을 잠시 중단하고 고개를 빼꼼히 내밀어 내려다보자 비틀거리며 힘겹게 계단을 올라오는 앞집 총각이 두 눈에 들어왔다. 오늘도 어디서 술을 퍼마시고 들어오셨나 보다. 비틀거리며 계단을 오르는 위태위태한 총각의 모습을 보고 있자니 오늘 수업도 제대로 받기는 글렀다는 불길한 생각이 들었다.

"왜 이렇게 늦었어요? 늦지 말라더니."

"시끄러. 원래 학생은 지각하면 안 되지만 선생은 지각해도 돼."

우득—!!

어디서 저런 말도 안 되는 근거를 핑곗거리로 삼으려고 그러는 건지.

"큭! 어? 우리 등신이 공부하려고 필통 들고 왔네. 큭!"

술을 먹으면 한없이 망가지는구나, 앞집 총각. 갖은 난리를 피우다 또 내일이면 기억도 못할 거면서. 쪽팔림을 주체못해 죄없는 사람한테 짜증낼 거면서.

"오늘은 술 먹어서 안 될 것 같으니까 그냥 집에 가볼게요."

"가지 마. 수업해 줄게."

벽에 기대어 힘겹게 숨을 몰아쉬던 앞집 총각은 불쌍한 표정을 지어 보이며 가지 말라는 말로 날 붙잡는다. 불쌍한 표정에 마음이 약해져 잠시 고민하다 결국은 비틀거리는 총각을 따라 301호로 들어갈 수밖에 없었다. =___=

문을 열고 집 안에 들어온 총각은 옷을 갈아입을 생각도 않은 채 털썩 주저앉아 언제나처럼 건방지게 턱을 괴고 맞은편에 뻘쭘히 앉아 있는 날 게슴츠레한 눈으로 빤히 바라봤다. 까만 정장 속에 입은 하얀 셔츠에 비치는 총각의 허연 목덜미 이곳저곳이 모기 물린 것마냥 울긋불긋하다. 입가도 조금 뜯어져 있고, 무엇보다도 눈 밑이 퀭하니 거무스름한 게 분명 잠을 설친 사람의 모습이었다. 물론 나처럼 건전하게 잠을 설친 것 같아 보이지는 않았다. 정희를 떠올리지 않으려 미친 듯이 고갯짓을 하다 밀려오는 아픔에 뒷목을 부여잡고 얼굴을 찌푸리며 총각에게 말을 걸었다.

"오늘은 뭐 배워요?"

"안 되겠지?"

"뭐가요?"

"하면 안 되겠지?"

"뭐, 뭐를요?"

"키스."

"암요, 안 되다마다요. 왜 항상 내 얼굴만 보면 키스타령이에요!!"

"재미없다."

"저도 별로 유쾌하지 않네요."

총각은 날 향해 비웃음을 날리며 말하고 있었다. 웃기고 앉아 있네 라고. 비틀거리며 힘겹게 일어나 책장으로 걸어가더니 무식하게 사재기해서 사 온 열 권의 책 중 손에 잡히는 책 하나를 뽑아 들고는 돌아와 앉았다. 음주 강의가 시작되려는 순간이었다. 두 눈을 반짝거리며 총각을 바라보는 나에게 볼펜을 손에 쥐고 뭔가를 가르쳐 주려는 듯하더니 쥐고 있던 볼펜을 들어 자기 목을 가리킨다.

"안 궁금해?"

"뭘 가르쳐 줘야 궁금한 것도 있고 그럴 텐데요."

"큭! 그거 말고 이거 말야, 이거. 안 궁금해?"

볼펜은 총각의 목덜미에 새겨져 있는 울긋불긋 모기한테 물린 듯한 벌건 자국을 가리키고 있었다.

"그, 글쎄요? 모기한테 물렸나 봐요?"

오랜만에 가식적인 연기로 대답을 회피하려 해봤지만 또 티가 났나 보다. 나에게 비웃음을 날려주는 총각.

"큭! 싸가지없는 그 기집애가 만들어줬는데."

"그, 그랬나요?"

"어제 우리 집에서 자고 갔는데."

그렇게 노골적으로 말 안 해도 벌써 알고 있다고 말하고 싶었지만 어떻게 알고 있냐고 묻는다면 선뜻 대답할 변명거리가 없었기에 무덤덤한 표정으로 총각을 바라봤다.

"그래서요?"

"뒷 얘기 안 궁금해?"

"안 궁금해요."

안 궁금할 턱이 있나. 안 궁금하다던 인간이 새벽 2시까지 현관 앞에 쪼그리고 앉아서 열려라 참깨를 중얼거리고 있었을까.

"큭! 정말 안 궁금해?"

"정말 안 궁금해요."

"진짜 뒷 얘기 안 궁금해?"

"아, 왜 자꾸 궁금궁금 거려요!! 하나도! 절대로! 절대로! 네버! 안 궁금해요!!"

버럭 화를 내는 내 모습에 보일 듯 말 듯한 미소를 지어 보이더니 또 한 번 입을 달싹거린다.

"정말 안 궁금해?"

"도대체 무슨 말이 듣고 싶어서 이래요!!"

"질투난다는 말."

"네?"

"큭! 서지훈, 미쳤나 보다. 크큭!"

어깨를 들썩이며 웃음을 지어 보인다. 바보같이 내일이면 기억하지 못할 앞집 총각의 못된 말장난으로 인해 주체할 수 없을 정도로 심하게 가슴이 두근거린다.

질투?

넌 대체 누굴 보고 있는 거야. 내가 지금 여기 눈앞에 서 있는데. 날 너무 기다리게 만들지 마. 웃고 있을 거라 생각하지 마. 많은 것을 바라지 않아. 그저 사랑의 눈빛이 필요할 뿐야. 나의 마음 전하려 해도 너의 눈동자는 다른 말을 하고 있잖아.

질투라는 말과 함께 내 머리에 떠오르는 그 노래. 소싯적 크게 유행했던 질투라는 노래를 미친 사람마냥 흥얼대며 가사를 파악해 봤다. 사랑의 눈빛? 기다리게 하지 마? 이 버릇없는 총각이 나한테 저런 감정을 품을 이유가 없을 뿐더러 상상조차 가지 않았기에 말없이, 그리고 살포시 고개를 좌우로 흔들었다. 총각의 술버릇, 참 고약하다. 쓸데없는 말로 괜히 두근거리게 만들어놓고 다음날 아침이면 기억 못하는… 아주 질 나쁜 버릇.

"질투 안 나요, 정희랑 뭘 하든 말든."

"하기는 뭘 해?"

"글쎄요."

자네마저 정희랑 갈 데까지 간 건가라는 도발성이 다분한 발언을

입 밖으로 내지 않기 위해 입을 다물고 있기란 꽤 힘든 일이었다. 뿐만 아니라 그 표정을 관리하는 것도 여간 힘든 일이 아니었다. 가식쟁이 소녀. 인정하기는 싫지만 아주 궁금하다.

"큭! 그짓말하네. 진짜 안 궁금해?"

"그, 그짓말 아니에요. 하, 하나도 안 궁금해요."

"니가 아다다냐? 더듬기는."

아다다가 뭘까? 백치 아다다를 일컫는 말일까? 아다다가 뭐냐고 물어보고 싶었지만 지금은 그럴 분위기가 아니다

"더, 더듬기는 누, 누가 더듬었다 그래요!!"

"시끄러. 귀 울려."

"네."

그렇게 사람을 혼란의 구렁텅이에 빠뜨려 놓고 식탁에 반쯤 상체를 눕히고 볼펜으로 내 연습장에 뭔가를 끄적이고 있다.

"저기 술 깨고 나서 나중에 가르쳐 줘요. 저 그냥 가볼게요."

내 말에 끄적이고 있던 연습장을 턱 하고 덮더니 또다시 턱을 괴고 날 바라본다. 왼손에 감겨 있던 붕대 풀었구나. 총각, 축하해! =__=

"뒷 얘기가 궁금하지도 않을 뿐더러 질투도 안 난다?"

또 궁금이라는 말을 들먹이며 거만하게 고개를 설렁설렁 끄덕인다. 잠시 후 갑자기 자리에서 일어나 침대로 걸어가는가 싶더니 힘겹게 재킷을 벗어서 터프하게 바닥에 내팽개친다.

화들짝!!

그 모습에 한껏 쫄아 말없이 식탁에 고개를 파묻은 채 총각의 눈치

를 살펴야 했고 이런 내 모습을 바라보더니 왼손 검지를 까닥거리기 시작한다. 매번 말하지만 입은 어디 장식으로 달고 다니는 건지. 저렇게 손가락 까닥이는 것보다 이리 와 한마디가 더 편하다는 걸 왜 모르는 걸까? 사람 기분도 덜 나쁘고. 하지만 재킷을 바닥에 내팽개치는 모습을 이 두 눈으로 똑똑히 봤던지라… 뛰었다. 뛰었다. 의자를 박차고 총각 앞으로 세차게 뛰었다.

"왜 오라 가라 그래요?"

"오란다고 오는 너는 뭔데?"

"그거야… 무서우니까."

털썩—

내 말을 살짝 씹어주고 침대에 주저앉더니 그 앞에 서 있는 날 올려다본다.

탁탁—

그리고 말없이 오른손으로 침대를 두어 번 두드린다.

"먼지 털어요?"

"등신. 너 같은 건 두뇌 개조가 절실히 필요하다. 앉아보라고!!"

미심쩍었지만 재킷을 바닥에 내팽개치는 광경을 봐버렸기에, 그랬기에 한 대 맞을까 무서웠다. 그러므로 앉아야 했다.

"손 내밀어봐."

저렇게 그윽한 눈빛으로 사람을 안심시킨 뒤, 정말 안심하고 손을 내밀면 꼭 내 손목을 두 동강으로 절단해 버릴 것 같은 찜찜한 느낌에 겁먹고 두 손을 등 뒤로 감춰 버렸다.

"싫어요."

"한 대 맞을래?"

불쑥!

내 머리 속은 손 내밀지 마, 손 내밀지 마를 무려 29번이나 반복하고 있었지만, 이런 내 의지와는 상관없이 내 오른손이 뭐에 홀린 것마냥 총각에게 다가가고 있었다. 눈앞에 들이민 내 손을 낚아채더니 하얀 남방 위 자신의 가슴에 올려놓는다. 손끝에 총각의 심장의 떨림이 미미하게 전해져 오고 있다. 어디서 주워들은 것도 많고 본 것도 많은 총각이라고 생각했다.

"미친 거 같지?"

"미, 미치다니 뭐가요?"

"내 심장 미친 듯이 뛰지 않냐?"

"그, 글쎄요? 정상적인 것 같은데."

"큭! 이 등신 같은 거 앉혀놓고 뭐 하는 짓인지. 큭!"

"저 등신 아니에요."

"노르아드레날린과 도파민 호르몬 분비로 인해 심장 박동 증가, 혈압 상승, 혈관 수축, 근육 긴장, 하아… 그래, 됐다. 집어치우자. 내 입만 아프다."

멍한 표정을 지어 보인 채 의학 용어를 내뱉는 자신을 바라보는 내 시선을 느꼈는지 가슴에 대고 있던 내 손을 신경질적으로 뿌리쳐 버린다. 손목을 만지작거리며 투덜거렸다. 그냥 가슴이 두근거리고, 혈압이 높아지고, 피 지나가는 길이 줄어들고, 온몸이 긴장된다고 말하면 될 걸. 꼴에 의대 다닌다고 잘난 척하기는. 지금 이 시점에서 왜 저런 말을 하는 걸까? 술에 취하면 말도 많아지는 총각이군.

"자꾸 이상한 소리 하지 마요. 저 집에 갈… 읍!"

침대에서 일어서려는 날 붙잡아 앉혀 입을 맞춰 버린다. 이러면 안 되는데. 이러면 안 되는데. 그토록 바라고 바랬던 사람과 다시 사귀기로 했는데. 그랬는데 이렇게 반항 한 번 하지 않고 스스럼없이 감겨 버리는 내 두 눈은 도대체 뭘 바라는 걸까?

털썩—

등 뒤로 느껴지는 푹신한 느낌에 눈을 떴을 때 앞집 총각의 입은 내 입술에서 내려와 목에 머물고 있었다. 따끔거리는, 그렇지만 싫지 않은 입술의 감촉. 술에 취한 총각을 충분히 뿌리칠 수도 있었는데 난 그러지 못했다. 아니, 그러지 않았다. 나야말로 미쳤나 보다. 목에서 느껴지던 따뜻함이 서늘함으로 바뀌었을 즈음 총각이 내 귓가에 작게 속삭였다.

"이제 질투 안 나지?"

"뭐, 뭐예요? 처음부터 질투 같은 거 안 났어요. 정희랑 그쪽이랑 무슨 일이 있었는지 몰라도 저랑 상관없잖아요!!"

"너 말야… 내 가슴속에 있는 미련 없애달랬지, 누가 들어오라 그랬냐? 왜 멋대로 들어와, 이 등신아."

"나 갈래요."

그렇게 필기구를 챙겨 들고 도망치듯 총각네 집에서 뛰쳐나왔다. 어차피 내일이면 기억하지 못하는 총각의 못된 술수에 걸려든 것뿐

이라며 스스로를 다독여 잠을 청했다. 내가 어딜 멋대로 들어갔다는 걸까? 나 머리 나쁜 거 알면서… 알아듣기 쉽게 말할 일이지!

"나쁜 놈!"

다음날. 세수하러 욕실에 들어갔다. 거울에 비친 내 모습에 입에서 새어 나오는 비명과 욕지거리를 막아내기 위해 입을 틀어막느라 어찌나 고생을 했던지. 내 목덜미를 가득 채우고 있던 시뻘건 모기 물린 듯한 자국들. 맹랑한 총각 같으니라고!

혹시 지워지지 않을까 하는 순진한 생각에 비누칠을 하고 목을 문질러 봤지만 지워지지 않았다. 한동안 죄없는 목만 만지작거리며 방 안을 서성거리다 현관으로 뛰어나가 현관문을 빠끔히 열어봤다. 문이 열리고 내 눈에 들어오는 두 개의 요구르트. 오랜만에 요구르트 두 개를 손에 쥐고 고개를 갸웃거리며 301호 문 앞을 잠시 배회해야 했다.

"아직 안 일어난 건가? 어제 저지른 만행을 기억할 리는 없을 테고. 아니, 기억나서, 쪽팔려서 나오지 못하고 있는 건가?"

10여 분간 총각의 집 앞을 얼쩡거리다 별로 내키지는 않았지만 궁금한 마음에, 단지 궁금한 마음에 살포시 벨을 눌러봤다.

띠— 띠—

띠— 띠— 띠—

맞을 각오까지 하고 미친 듯이 벨을 눌러봤지만 굳게 닫힌 문은 열릴 생각조차 하지 않았다. 허탈한 마음에 현관 앞에 쪼그리고 앉아 요구르트 하나를 마시고 있는데 호주머니에 들어 있던 핸드폰이 요란하게 울린다.

딩동딩동—

불분명한 발신 번호와 함께 그칠 줄 모르고 울려대는 벨소리. 혹시 총각일까 하는 걱정 반 기대 반으로 플립을 열고 통화 버튼을 눌렀건만,

"여보세요?"

[지민이니? 나 정희거든?]

"실례지만 누구신지?"

[큭! 너 시치미 떼는 거니? 웃기고 있네. 장현석이랑 사귀기로 했다며?]

"글쎄요, 정희는 우리 할머니 이름인데요?"

[너 장난쳐? 하! 됐고 큭! 지훈 씨 집에서 하룻밤 같이 보…….]

"전 댁 같은 사람 모릅니다."

탁—!!

"젠장, 내 폰 번호는 어떻게 안 거야? 지훈 씨는 얼어 죽을 지훈 씨! 이 기집애 앞에서 사악해져야만 해. 절대 쫄지 않으리. 잘했어, 박지민!"

그로부터 일주일이 흘렀나 보다. 그 일주일간 난 매일 요구르트 두 개씩을 꼬박꼬박 챙겨 먹어야 했다. 혹시 내가 집을 비운 사이에 총각이 들어오지는 않을까 하는 생각에 외출도 자제하고 집 앞에서 앞집 총각을 기다리는 미쳐 버린 날 발견할 수 있었다. 앞집 총각은 내

목에 지워지지 않는 딱지 여러 개를 만들어놓고 홀연히 실종되어 버렸다.

만 일주일이 되는 일요일 아침 9시. 오늘도 혹시나 하는 기대감에 요구르트를 마시며 301호 문 앞에서 총각을 기다렸지만 돌아오는 건 사람들의 수군거림뿐이었다.

"어머, 또 저러고 있네? 일주일째 집 앞에서 저러고 있더라. 소문 들으니까 저 여자가 앞집 남자 스토킹해서 잘생긴 그 남자 잠적했다며?"

"정말? 이사 가버릴까 보다. 무서워서 살겠냐?"

묵묵히 요구르트 두 개를 꿀떡꿀떡 목구멍으로 넘겼다. 훗! 스토킹이라……. =___=

"죽었나? 뒷 얘기를 안 물어봐서 충격받고 자살한 건가?"

짧은 한숨을 쉬고는 자리를 털고 일어나 집에 들르라는 엄마의 명령을 수행하기 위해 터덜터덜 계단을 내려왔다. 우편함에 수북하게 쌓여 있는 301호 앞으로 온 우편물들. 또 한 번 금단의 그곳에 손을 뻗었지만 불현듯 앞집 남자를 스토킹한다며 날 손가락질하던 위층 사람들이 떠올라 아쉬움을 머금고 입맛을 다시며 우편함을 그냥 지나쳐야만 했다.

펄럭펄럭—

집을 나서자 바람에 천 쪼가리가 펄럭이는 소리가 내 귀를 자극했고 그 소리의 근원지를 찾으려 한동안 주위를 두리번거렸다. 우리 원룸 앞 화단에 심어져 있던 조그마한 벚꽃 나무에 짬뽕 국물을 머금은 키티 침대보가 자랑스럽게 펄럭이고 있었다. 행여 저 추한 광경을 누가 볼세라 잽싸게 달려가 나무 위에 걸려 있는 침대보를 걷어내는데 정신이 팔려 난 미처 발견하지 못했다. 누군가 화단 앞에 하얀 A4용지 위에 매직으로 글을 갈겨쓴 뒤 바람에 날아갈세라 종이 위에 짱돌 하나를 올려놓은 모습을 말이다. 침대보를 품에 안고 쭈그리고 앉아 짱돌을 치우고 종이를 집어 올렸다.

　이 원룸에 사는 놈인 거 눈치 챘으니까 좋은 말 할 때 자수해라. 잡히면 죽여 버린다.

　=＿＿= 침대보가 바람에 날려 인위적으로 나무에 걸린 게 아니라 고의로 누군가 걸어놓은… 쉽게 말해 고기를 잡기 위해 일부러 미끼를 걸어놓은 것이라는 게 밝혀지는 순간이었다. 그리고 그 누군가는…
　"일루 와! 일루 와! 너 딱 걸렸어!!"
　저기 저 멀리서 바람을 타고 들려오는 날 부르는 소리에 고개를 들자 현미 반점이라는 문구가 박혀 있는 스쿠터를 탄 남자 하나가 정신 나간 듯이 날 향해 달려오고 있었다. 침대보를 품에 안고 쪼그리고 앉아 있다가 이건 아니다 싶어 들고 있던 종이를 구겨 버리고 일단 냅다 달렸다. 일주일 전 내 침대보에 봉변을 당했던 불량하게 생긴 짜장면 배달부였다. 젠장!
　"야!! 거기 안 서!! 죽여 버린다!!"

"헉헉! 그쪽, 그쪽 같으면 서겠어요?"
"너 때문에 내 월급 깎이게 생겼잖아! 서!!"
부릉부릉—
"꺅! 오지 마! 오지 마!"
"너 잡히면 죽을 줄 알아!!"
우뚝—

키티 침대보를 품에 안고 미친 듯이 뜀박질을 하고 있는데, 일주일 만에 드디어 모습을 드러낸 앞집 총각이 호주머니에 두 손을 찔러 넣고 능기적거리며 걸어온다. 이런 내 모습을 보고는 놀라는 표정이다.

=___=

"저, 저, 저, 어디, 어디 갔다……."
"야!! 박지민!! 너 안 피해? 야! 피해!!"
퍽—!!

스쿠터를 타고 날 쫓아오던 불량하게 생긴 학생은 내가 갑자기 멈춰 서는 바람에 당황한 나머지 방향을 틀어보려 무던히도 애를 썼지만 결국 길 한복판에 멋지게 슬라이딩해 버렸다. 난 그 덕에 날아오는 묵직한 철가방에 머리를 맞고 정신을 잃어야만 했다.

"야! 박지민!! 야! 정신 차려! 괜찮아? 씨발! 너 뭐야, 이 새꺄!!"

정신을 잃어가는 와중에도 앞집 총각이 내 눈앞에 있다는 사실이 너무도 반가워 눈물이 났다. 도대체 어딜 갔다 온 거냐고… 많이 걱정됐다고… 사라진 그 일주일 동안 많이 보고 싶었다고… 나 어쩌면 석이 오빠보다 지훈이 총각을 더 좋아하는 건지도 모른다고… 말하고 싶었다.

"아씨, 아프다."

난 누군가가 날 안는 느낌을 마지막으로 완전히 정신을 잃었다.

●제5-1장
그 남자와 그 여자의 두 번째 사랑

제5-1장
그 남자와 그 여자의 두 번째 사랑

"머리에 출혈이 심한데요."

"당연하지! 철가방 안에 자장면 5그릇에 군만두까지 들어 있던데!! 야, 이 새꺄! 너 뭐야, 도대체!!"

"아, 형! 저도 억울해요. 저한테 그러지… 아아! 다리! 다리가 부러진 것 같단 말예요!!"

"더 맞고 싶어? 시끄러! 엄살 피우지 마! 죽을 정도는 아니니까!"

"아아! 이게 죽을 정도가 아니에요? 아!"

"너 지금 개기냐? 자빠지려면 혼자 곱게 자빠질 일이지 철가방은 왜 집어 던지냐!!"

참 시끄럽다. =__= 잠을 자고 싶은데 당최 시끄러워서 잠을 잘

수가 없다. 여기는 어디란 말인가? 그보다 현미 반점 철가방에 머리 맞고 입원했다는 소리… 아, 쪽팔린다. 지영이는 뭐라고 놀려댈 것이며, 현석 오빠는 날 어떻게 생각할 것이며, 뒤통수에 철가방을 맞고 자지러지는 모습을 현장에서 생생하게 목격해 버린 앞집 총각은 날 뭐라 생각했겠는가. 차라리 이대로 눈이 감기기를 바랄 뿐이다.

얼마 동안 잠들었을까? 통닭 뜯어먹는 소리와 향긋한 닭 가슴살 냄새가 내 후각을 자극한다. 배가 고프다.

번쩍!!

"배고파. 나도 줘."

"이년아! 쩝쩝~ 자장면 철가방에 대가리를 맞고 병원에 실려왔냐? 쯧쯧."

"엄마! 아픈 딸한테 대가리라니."

"그렇죠, 어머니? 쩝쩝~ 철가방 안에 자장면 다섯 그릇이나 들어 있었다며? 쩝쩝~"

"지영아, 하나만 줘. 배고파."

"쩝쩝~ 저번에 봤던 앞집에 잘생긴 애 아빠가 너 신고 왔다더라. 쩝쩝~"

"쩝쩝~ 애 아빠요? 음, 앞집이면……."

헉!!

"지, 지영아, 옥상에 널어놓은 빨래 걷으라고 너희 어머니가 전화하셨드라."

"옥상? 쩝쩝~ 우리 집 옥상 없는데? 그리고 너 하루 내내 잠만 자다가 이제 일어났잖아."

"꿈에서 말이지."

"이년이 철가방에 대가리를 잘못 맞아서 정신이 나갔나? 쯥쯥~ 이것만 먹고 엄마도 아빠 밥 챙겨주러 집에 들러야 돼."

"쯥쯥~ 나도 이것만 먹고 갈래."

차라리 내 눈앞에서 다들 사라져 버리라고 외치고 싶었다. 물론 내 마음속 간절한 외침일 뿐이지만. 그러고 보니 병실에 아무도 없다. 이게 말로만 듣던, 그리고 TV에서만 봐왔던 혼자 쓰는 입원실… 독실이라는 건가?

"어? 엄마, 병실에 왜 나만 있어? 서, 설마 독실? 입원비 비쌀 텐데 웬일이야? 응? 나 걱정돼서 이렇게 해준 거야?"

"시끄러, 이년아! 병원에서 입원실 빈 데가 없다고 여기로 들어가라더라. 너 운 좋은 줄 알아! 니가 언제 이런 독실에 입원해 보겠냐!!"

"그래."

배가 고프다고 애원하는 딸을, 닭다리 하나만 달라고 구걸하는 친구를 철저히 무시하고 외면하는 그들. 그들은 그렇게 먹다 남은 뼈다귀만 덩그러니 남겨놓은 채 돌아갔다. 홀로 병실에 남아 너무나 배가 고팠기에, 절실히 배가 고팠기에 침을 꿀꺽 삼키고 뼈다귀 하나를 손에 집었다. 다행스럽게 살점이 조금 붙어 있는 왕건이었다. 덥석 베어 물었다. 온몸에서 짜릿짜릿하게 닭살이 퍼져 나가는 그 느낌이란…….

"맛있지?"

끄덕끄덕—

소량의 닭살을 음미하는 데 정신이 팔려 있었기에 누군가가 말을 걸어왔지만 대충 몇 번 끄덕여 주고 또 한 번 뼈다귀를 베어 물려는 찰나… 이건 아니다 싶었다. 먹다 남은 뼈다귀를 손에 들고 고개를 올려다봤다. 오랜만에, 실로 오랜만에 내 앞에 모습을 드러낸 앞집 총각이 길거리에 퍼질러 앉아 동냥질하는 그지 쳐다보듯 날 쳐다보고 있었다. =___=

"등신. 그지 같은 짓만 골라 하냐!"

"배가… 배가 고파서……."

왼손에 종이 가방 하나를 들고 서 있던 총각은 침대 옆에 놓여 있는 의자에 앉는다. 늘 버릇처럼 해 보이던 턱 괴고 사람 무안하게 쳐다보기로 어김없이 날 무안하게 만들어줬다. 침대에 팔을 걸친 채 턱을 괴고선 날 빤히 쳐다본다. 더 이상 뼈다귀를 먹고 싶다는 구미가 당기지도 않았을 뿐더러 내 모습이 조금은 처량하게 느껴졌던지라 먹고 있던 뼈다귀를 살포시 내려놓았다.

"너 진짜 추하다."

"아… 네."

"그 붕대 내가 감아준 건데 고맙다는 말도 안 하냐?"

"붕대?"

붕대라는 소리에 벽에 걸려 있는 거울에 내 모습을 잠시 비춰봤다. 이마와 뒤통수를 중심으로 돌돌 감겨 있는 붕대. 머리가 조금 답답하다 싶더니 이유가 있었구나.

"진정 기부금 입학은 아니었나 봐요. 근데 의사 놔두고 왜 그쪽이 무허가로……."

"시끄러. 그쪽그쪽 거릴래!!"

"그, 그보다 어디 갔다 왔어요? 일주일 동안 안 보이던데."

"큭! 왜, 걱정되든?"

"걱정은 무슨. 그냥 매일 요구르트 하나만 먹다가 두 개씩 먹으려니까 배가 불러서……."

"가지가지한다. 맞을 데가 없어서 그래, 철가방에 뒤통수 맞고 입원하냐? 스쿠터 타고 너 쫓아오던 놈도 이 병원에 입원했다."

"나, 나 못 봤다고 그래요."

"훗! 너 죽이러 온다길래 연장 하나 손에 쥐어주고 왔다."

제발 죽이네 사네라는 말을 저렇게 진심 어린 눈빛으로 내뱉지 말라고 부탁하고 싶다. 작은 농담도 총각의 입에서 튀어나오면 진담이 되어버린다는 그 사실이 날 참 무섭게 한다.

"제발 조용히 병상 생활을 즐기고 싶은데요?"

"하! 이야… 그보다 너, 나보다 더 화려하더라? 더하면 더했지 덜하지도 않네. 석이랑 뜨거웠나 보네? 키스도 안 했다더니 뭐냐? 벌써 갈 데까지 간 거야?"

"뜨겁다니? 가, 갈 데까지 가다니?"

그건 내가 자네한테 물어야 정상이지 않을까? 턱을 괸 채 날 바라보고 있는 총각의 눈길은 내 목덜미를 향하고 있었다. 역시 기억 못하는구나. 짧은 한숨을 내뱉고 옆에 있던 두루마리 화장지를 도르르

벗겨내 목에 친친 감아버렸다. 질투니, 가슴이 미쳤다느니, 멋대로 들어왔다느니 별 이상한 소리로 사람 혼란시켜 놓고선 깡그리 잊어버리고……. 자기가 이렇게 목에 벌건 딱지들을 새겨놓고선 그렇게 무섭게 노려보면 나보고 더 이상 어쩌라는 말이냐? 두루마리 휴지를 목에 휘감고 씩씩거리며 총각과 눈싸움을 벌이고 있는데,

꼬르르륵—

잠시 잊고 있었지만 난 배가 고팠다.

"배에 그지 키우냐?"

"배가 고프다는 걸 어쩌라구요."

배에서 밥 달라고 꼬르륵대는 소리는 그칠 줄 모르고 흘러나왔고, 쪽팔린 마음에 말없이 고개를 숙였다. 잠시 후 부스럭거리는 소리가 들려 고개를 들었다. 앞집 총각이 들고 왔던 종이 가방 안에서 뭘 끄집어내는 듯하더니 참치 김밥 세트 하나를 꺼내 들었다.

번쩍!!

침을 꿀꺽 삼키고 동경에 가득 찬 눈빛으로 김밥을 쳐다봤다.

"훗! 맛있겠지?"

끄덕끄덕—

상당히 빈정거리며 거들먹거렸지만 지금은 비굴하게 굴어서라도 참치 김밥을 먹어야겠다는 생각뿐이었다. 참치 김밥이 눈에 들어오자 뱃속에서는 김밥을 목구멍에 넘겨달라고 폭동을 일으키며 아우성치고 있었다. 플라스틱 뚜껑을 열고 김밥 하나를 손에 집는 총각.

꿀꺽!!

"아……."

총각이 먹여주겠다고 입을 벌리라는 소리도 안 했지만, 난 두 눈을 지그시 감고 입을 벌렸다.

넘겨라!! 넘겨라!! 넘겨라!!

뱃속에서는 그지들이 일제히 합창하기 시작했다. 입을 벌리고 있기를 10초. 김밥을 아작아작 씹어 목구멍으로 넘기고도 남을 시간인데? 이상한 기운을 감지하고 입을 벌린 채 슬그머니 눈을 떠보자 김밥 하나를 손에 쥔 채 상당히 짜증나는 표정을 짓고 있는 총각이 두 눈에 들어왔다.

"웃기고 앉아 있네."

"우, 웃기기는 누가 웃겼다고 그래요?"

"누가 손으로 입에 넣어준대?"

"내 손으로 먹으면 되잖아요! 이리 줘요!!"

"큭! 자, 먹어라. 손으로 말고 꼭 입으로."

꼭 입으로 먹으라는 말과 함께 손에 쥐고 있던 김밥을 반쯤 입에 베어 물더니, 이제 어쩔래라고 비아냥거리는 표정으로 날 쳐다봤다. 난 배가 고팠다. 정말 절실히 배가 고팠다. 뼈다귀에 남아 있던 살점은 내 허기진 배를 채우기에 턱없이 부족한 양이었다. 총각은 눈웃음을 흘려가며 어찌할 줄 몰라 아둥바둥거리는 내 모습을 즐기고 있었다. 난 내 뱃속에 일어나고 있는 그지들의 폭동을 이겨내지 못하고 입술을 덜덜 떨면서 총각이 물고 있는 김밥을 향해 얼굴을 들이밀었다.

　꼭… 꼭 키스하는 기분이었다. 총각은 여전히 사악한 눈웃음을 지어 보인 채 김밥을 먹기 위해 애쓰는 날 놀리려는 듯 반쯤 물고 있던 김밥을 입 안으로 조금씩 조금씩 더 집어넣고 있었다. 이제 입술이 닿지 않는 이상 김밥을 먹기 곤란할 지경까지 만들어 버렸다.
　"나 안 먹을래요."
　꼬르르륵―
　"씨, 반도 아니고 그렇게 물고 있으면 어떻게 먹… 읍!"
　갑작스럽게 김밥이 총각을 입을 통해 내 목구멍으로 넘어왔다. 뱃속에서는 그지들이 환호하고 있었지만 내 목구멍은 씹지도 않고 넘어간 김밥으로 인해 상당히 괴로워야 했다.
　"캑캑!! 갑자기, 갑자기 미쳤… 캑!"
　"아직 다 끝나지도 않았는데 입을 떼면 어쩌자는 거야, 이 등신아!!"
　"캑! 끄, 끝이 안 나다니… 캑!"
　순수하게 김밥을 먹여주려는 의도가 아니었나 보다.
　덜컥―
　"지민… 아."
　"어? 캑캑! 혀, 현석이 캑! 오빠."
　양손 한가득 음식 봉지를 들고 병실로 들어오는 현석 오빠. 내 눈은 나도 모르게 현석 오빠가 들고 온 음식 봉지에 집중돼 있었고 이런 내 모습과 현석 오빠의 모습을 재수없다는 듯 쳐다보던 앞집 총각은 들고 있던 참치 김밥 세트를 휴지통에 버려 버리고 병실을 나갔다. 건방진 놈. 눈물을 머금고 휴지통에 버려진 참치 김밥을 쳐다봤다. 제대로 씹어보지도 못했는데…….

"아, 오빠 어떻게 왔어?"

"연락이 안 되길래 지영이한테 전화해 보니까 입원했다고 하더라. 어떻게 다쳤길래 머리에 붕대까지 감고 있어?"

"아, 하하… 오토바이에 살짝 부딪쳤어. 별거 아니야."

철가방에 뒤통수를 맞고 기절했다는 소리, 차마 입 밖으로 낼 수 없었다.

"저 자식은 여기 왜 온 거야?"

"아, 병원에 데려다 줬어."

"만나지 말라는 소리 못 들었어?"

"아, 아니, 그게……."

무섭게 화를 낸다. 저렇게 화내는 모습 처음 본다.

"왜? 혹시 너 저 자식한테 마음 있는 거 아냐?"

"아, 아니, 그게… 근데 왜 갑자기 화를 내?"

"하! 서지훈 능력도 좋다. 한 번도 아니고 두 번씩이나."

"무슨 소리야?"

"미안. 그만 가볼게. 몸조리 잘해라. 전화할게."

현석 오빠가 어떻게 앞집 총각을 알지? 전부터 궁금했었는데…….
이 심각한 상황에서도 난 배가 몹시 고팠다. 궁금증을 잠시 접어두고 침대에서 내려와 현석 오빠가 내려놓고 간 봉지를 뒤적거리며 아이스크림 하나를 꺼내 정신없이 퍼먹었다.

아이스크림 통이 바닥을 드러낼 때쯤,

덜컥—

환자복을 입은 웬 남자 하나가 다리에 붕대를 감고 절뚝거리며 들어왔다.

"어? 누구… 꺄아아아!!"

"하! 야, 너! 너 내 손에 가만 안 둬!!"

병실 바닥에 퍼질러 앉아 있던 난 갑자기 들어온 자장면 배달부를 피해 먹고 있던 아이스크림 통을 든 채로 줄행랑쳐야 했다.

절뚝절뚝—

"야!! 서!! 알바 자리도 짤리고 스쿠터도 다 망가져서 월급도 못 받았어!! 돈 내놔!!"

"그, 그런 게 어딨어요!! 나는 책임없어요!! 나도, 나도 철가방에 맞았단 말예요! 꺅!!"

"못 서?! 죄도 없는데 그 형한테 맞았단 말야, 이 기집애야!! 손해 배상하고 가!!"

내 주위엔 손해 배상해 달라는 인간들이 왜 이렇게 많은 걸까? 형이라니? 형한테 맞다니? 하지만 일단 뛰었다. 뛰고 봤다. 절뚝거리면서 잘도 쫓아오는 끈질긴 놈이었다. =＿＿=

"이봐요!! 병동에서 무슨 짓이에요!! 다른 환자 분들도 생각해 주셔야지!!"

우뚝!!

어딘지 모르게 낯이 익은 얼굴의 의사 선생님의 꾸지람에 잠시 줄행랑을 멈춰야 했다. 고개를 숙이고 의사 선생님의 설교를 들어야 했다. 그만 해, 이 할아범아라고 외치고 싶은 걸 간신히 참아내며 조신하게 고개를 숙인 채 두 주먹만 불끈 쥐었다. 다가오고 있었다. 점점 날 향해 죽음의 그림자가 다가오고 있는 듯했다.

절뚝절뚝—

"너, 너 잡혔어!!"

"제가 바빠서!! 나머지는 나중에 들을게요!! 꺄아아!!"

나의 뜀박질은 다시 시작됐다. 그랬기에 저 의사 선생님이 누군지 알 수도 없었고 굳이 알고 싶지도 않았다. 내 인생 최대의 실수로 기록되는 순간이었다.

"허참, 김 간호사, 어느 병실에 있는 환잔가?"

"저기 그게… 지훈이가 직접 데리고 왔는데 친군지, 애인인지 잘……."

"애인?"

"꺄아아!! 오지 마!! 오지 마!!"

"안 서? 너, 너 거기 서!!"

20년이라는 길지도, 짧지도 않은 삶을 살아오면서 오늘처럼 살고 싶다는 욕망 하나로 미친 듯이 뜀박질을 했던 적은 없었다. 순수했던 초등학교 6학년 어린 시절, 운동회 때 100m 뜀박질에서 1등 하면 공책 10권을 상으로 주겠다는 제안에 눈이 뒤집혀 죽기살기로 뛰어 기어이 공책을 받아 가슴에 품고 돌아왔던 것을 마지막으로 이렇게 젖먹던 힘을 다해 뛰었던 적은 없었으리라 기억된다.

"헉헉! 이제, 이제 그만 해!! 히, 힘들어. 아이, 아이스크림 다 녹았

어!! 젠장!!"

절뚝절뚝—

"힘들면 서면 될 거 아냐, 이 기집애야!! 엎어버린다!"

"어, 엎을 테면 엎어봐!! 나도 갈 데까지 가, 갔어!!"

얼마간을 달렸을까? 다리에 힘이 풀리기 시작했고, 머리에 두른 하얀 붕대에 땀이 고이기 시작했으며, 지칠 대로 지친 만신창이의 몸으로 더 이상 뜀박질을 하기란 무리였다. 절뚝거리며 날 쫓아오는 배달부의 눈치를 살피다 배달부가 잠시 멈춰 서서 숨을 고르고 있는 틈을 타 병동의 후미진 곳에 있던 병실로 잠입했다.

절뚝절뚝—

"어? 야, 너 어디로 튀었어?! 안 나와?"

나오라고 순순히 나갈 일이었으면 이렇게 미친 듯이 도망치지도 않았다, 이놈아. =__= 아무도 없는 빈 병실에서 혼자 조용히 중얼거렸다. 다행인지 불행인지 내가 잠입한 병실에는 입원해 있는 환자들이 보이지 않았다. 덩그러니 비어 있는 침대 두 채가 마지못해 날 반겨주는 듯했다. 살포시 침대에 걸터앉아 녹아 출렁거리는 아이스크림을 바라보며 뜨거운 눈물을 삼켜야 했다.

"나쁜 놈, 다섯 숟가락은 더 떠먹을 수 있었는데."

꼬르르륵—

"총각, 참치 김밥 왜 버렸어."

허기진 배를 달래보려 침대에 몸을 뉘이고 병실 밖에서 들려오는 자장면 배달부의 악에 바친 목소리를 자장가 삼아 잠을 청했다.

"이제 봐줄 때도 되지 않았어?"

"지금 웬 기집애 하나 때문에 머리 복잡해 죽겠으니까 신경 거슬리게 하지 마."

"이제 결혼하잖아. 미란이 이제 결혼하잖아! 친구라는 이름으로 널 봐온 게 몇 년인지 아니? 이럴 줄 알았다면 미란이한테 너 소개시켜 주지도 않았어!"

"미란이라는 이름 꺼내지도 마."

"이 병실 지금 비었어. 잠깐 얘기 좀 해."

화들짝—!!

입가에 흐른 침을 손으로 닦으며 침대에서 몸을 일으켰다. 얼마 동안 잠들었더라는 말인가. 내가 오랜 시간 동안 잠의 늪에 빠져서 허우적대다 깨어났다는 사실을 깨우쳐 주기라도 하듯 병원 창 너머로 보이는 가로등이 반짝반짝 누런빛을 내고 있었다. 어느새 깜깜해져 버린 병실 안. 말투에 거만함이 배어 있는 웬 사내 목소리와 말투에 도발성이 묻어나는 웬 아녀자의 콧소리가 내 신경을 자극하며 귓가를 파고들어 와 난 깊은 잠의 늪에서 헤어나올 수 있었다. 두 사람이 금방이라도 내가 있는 병실 안으로 쳐들어올 기세였기에 일단 아이스크림 통을 품에 안고 침대 밑으로 숨어들었다. 저 두 남녀에게 깜깜한 빈 병실 안에서 머리에 붕대를 감고 아이스크림 통을 품에 안은 내 모습을 들키기라도 한다면… 쉽게 말해 정상적인 뇌를 소유하고 있지 않은 듯한 내 모습을 들키기라도 한다면 무슨 일이 일이 일어날지 뻔했다. 이 병원 끝 병실에 아이스크림 퍼먹다가 정신 나가 자살

한 귀신이 살고 있다는 찜찜한 소문이 나기를 난 결코 바라지 않았는다. 그래서 머리카락 보일라 꼭꼭 숨어야 했다. =___=

덜컥—

"뭐야! 사람 찾고 있다 그랬잖아!!"

문을 열고 빈 병실을 방문한 두 남녀는 어이없게도 앞집 총각과 간호복을 입은 웬 아녀자였다.

"큭! 니가 데리고 온 그 얼빵하게 생긴 여자애 찾는 거야?"

얼빵? 살며시 고개를 내저었다. 아무렴, 그 얼빵한 여자애가 나일 리 없다며…….

"할 얘기가 뭐야? 빨리 말해."

"꼭 할 얘기라기보다는……."

"알았어."

"알았다니… 읍!"

침대 밑에 숨어서 바닥에 고개를 처박고 걸리지 않기를 기도하며 주기도문을 외고 있었다. 그런데 아녀자가 남기는 읍이라는 야시맹랑한 입막음 소리에 고개를 들고 두 눈을 동그랗게 떠야 했다.

부들부들—

간호사 언니를 벽에 밀치고 격렬한 키스를 해대고 있는 앞집 총각의 모습이 내 두 눈에 박혀 들어오자 깊숙한 곳에서부터 용트림처럼 솟아오르는 알 수 없는 분노에 동화되어 온몸을 부르르 떨어야만 했다. 아이스크림 통을 움켜쥐고 그 상황을 숨죽이며 지켜보고 있기를 3분. 앞집 총각은 거친 숨을 몰아쉬며 간호사 언니의 입에서 입을 떼었다.

"뭐, 뭐니? 갑자기……."

"원하는 게 이런 거 아니었어?"

꼬르르르륵—

잠을 자느라 잠시 잊고 있었지만… 그랬다. 난 아직도 배가 고팠다. 내 뱃속의 꼬르륵 소리로 인해 병실 안에 한동안 정적이 감돌았고 간호사 언니가 새하얗게 질린 얼굴로 주위를 두리번거리기 시작했다.

"무, 무슨 소리 못 들었어?"

"못 들었어. 됐으니까 나가봐."

"어? 같이 나가."

"됐어. 일 안 해? 놀면서 월급 받아먹냐?"

"하아! 정말 차갑다, 너."

덜컥—

그렇게 나간 간호사 언니에게 저건 차가운 게 아니라 버릇이 없는 거라고 큰 소리로 외치고 싶었지만 입을 열었다가는 어떤 봉변을 당할지 모르는 상황이었기에 꾹 다물고 두 눈을 질끈 감아버렸다.

꼬르르륵—

"나와라."

"……."

"좋은 말 할 때 나오라고."

"네."

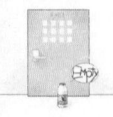

엉기적엉기적—

나 총각에게 들켜 버렸나 보다. 아이스크림 통을 부여잡고 엉기적거리며 침대 밑에서 기어나와야 했다.

"하아, 너!"

"네?"

"언제부터 여기 있었어!!"

"그게 아까… 낮부터 나 죽이러 쫓아오길래… 피한다고 깜빡 잠이 들어서……."

덥석—

"걱정했잖아. 이 기집애야, 머리에 붕대 싸매고 없어져서 정신 병원에 이송된 줄 알았잖아. 등신!"

갑자기 날 안고는 한다는 소리가 참… 사람 기분을 은근슬쩍 상하게 하는 것 같아 총각에게 안긴 상태에서 뒷머리를 긁적거렸다.

꼬르르르륵—

"나 배, 배고파요."

"존경스럽다, 이 등신아. 석이 자식이 사 온 거 안 먹었어?"

"아이스크림 먹고 있었는데 자장면, 자장면 흑! 자장면 배달하던 배달부가 흑! 죽인다고 쫓아와서 도망치다가 흑! 여기 숨어 있느라고 굶었… 흑! 굶었어요. 배, 배고파요, 흑!"

총각의 품이 너무 따뜻해서였을까? 배를 곯았다는 서러움이었을까? 나도 모르게 어깨를 들썩이며 울어버렸다.

꼬르르륵—

토닥토닥—

"하아… 너 왜 사냐?"

"윽! 바, 밥 사줘요. 흑!"

배고프다고, 밥을 사달라고 흐느껴 우는 내 모습을 기가 막히다는 듯 잠시 내려다보던 총각. 잠시 등을 토닥여 주는 듯하더니 내 손목을 잡고 병실 밖으로 데리고 나갔다.

깜깜한 병실에서 나와 병원 복도에서 내리쬐는 형광등 불빛에 잠시 눈살을 찌푸리며 총각을 올려다봤다. 씨, 흔적없이 일을 치를 것이지. 끓어오르는 감정을 애써 삭혀야만 했다. 어두운 병실 안에서는 보이지 않았거늘… 형광등 불빛에 총각 입가에 묻어 있는 립스틱 자국을 발견할 수 있었다.

우뚝—

"뭐야? 기분 나쁘게 표정이 또 왜 그래!!"

"거, 거기 뭐가 무, 묻었네요."

"요즘은 입에도 수전증이 오냐? 뭐! 뭐가!!"

"리, 립스틱 묻었어요."

꼭 내 입으로 불어야 되는 거니? 말하고도 민망해지는 이 기분, 참으로 오랜만에 느껴본다.

"이 변태, 또 훔쳐봤냐!!"

조금이라도 쑥스러워하면 좋으련만. 어쩜 저렇게 낯짝 하나 변하지 않고 버럭버럭 화를 낼 수 있는 걸까?

"내가 변태가 아니라, 아무도 없는 병실로 들어왔다는 그 자체야

말로 사상이 의심스러운 거예요. 아무 여자한테나 키스하고."

"시끄러. 빈 병실에서 세상 모르고 자빠져 자는 니 사상이나 되짚어보고 지껄여라. 그리고 감정없는 키스랑 감정있는 키스, 다른 거거든?"

"나, 나는 살기 위해서 그랬던 거고. 그리고 감정이 있든 없든 아무 여자……."

"시끄럽고 자, 닦아."

"닦다니?"

내게 불쑥 얼굴을 들이밀더니 닦으라는 말을 한다. 한 대 때리고 싶다는 내 바람을 가슴속 깊이 고이 묻어두었다. 이를 악물고 환자복 소매를 당겨 입가에 묻어 있는 불그스름한 립스틱 자국을 쓱쓱 문질러 댔다. 그랬는데… 점점 번지고 있었다. 총각의 눈치를 살피며 나름대로 수습하기 위해 무던히 애를 써봤지만, 문지르면 문지를수록 립스틱 자국은 번져만 갔다.

"뭐야, 또 그 표정? 표정 안 펴?"

"자꾸 버, 번져요."

"집어치워라. 너한테 뭘 맡긴 내가 미쳤지."

잡고 있던 내 손목을 뿌리치더니 화장실로 걸어 들어가 버렸다. 진작에 자기가 지울 일이지. 환자복 소매에 묻은 시뻘건 립스틱을 바라보면서 야시맹랑한 간호사 언니를 떠올렸다. 그리고 말없이 이를 갈아봤다.

"오호호~ 지민아, 몸도 성치 않은 우리 딸! 어디 갔다 왔니? 엄마

걱정했잖아."

"엄마, 무서워. 잘못했으니까 그러지 마."

꼬집—!!

"아악!!"

"아유~ 우리 지민이가 신세 많이 지고 있죠? 저희 딸 찾아와 주셔서 고마워요. 오호호~ 부인은 순산하셨나 몰라. 오호호~"

"훗! 아예, 딸이더군요."

"누나… 왜 이제 왔어? ^—^ 나 누나 많이 기다렸어. 아픈데 어딜 갔다 온 거야?"

이거 꿈이라 생각했다. 가식적이야, 다들 가식적이야! 교양있는 척 하는 우리 엄마, 애써 눈웃음을 지어 보이는 총각, 그리고 낮에 날 죽여 버릴 듯이 쫓아오던 배달부가 돌연 날 향해 지어 보이는 저 뜻 모를 웃음. 모두 다 가식적이야. 난 0.01초 만에 간파할 수 있단 말야. 병실에 모여 날 보는 저들의 부담스런 시선을 보지 않으려 이불을 뒤집어쓰고, 듣지 않으려 귀를 틀어막았다. =_=

"그럼 실례 많았습니다. 지민아, 금방 퇴원해야지?"

"누나, 몸조리 잘해. 퇴원하고 보자, 알았지? ^—^"

덜덜덜—

배달부와 총각은 이를 갈며 복화술로 퇴원하고 보자는 말을 남기고 병실을 나가 버렸다.

덜컥—

"야! 이년아!! 어디 갔다 왔어!!"

퍽퍽—!!

"어, 엄마, 차, 차라리 머리를 때려, 머리를! 등 따갑단 말야!!"

"시끄러, 이년아!! 가면 간다고 전화를 해야 될 거 아냐!! 앞집 애 아빠가 정신 병원에 실려갔을지도 모른다고 해서 병원이란 병원은 다 뒤졌어, 이년아!!"

정신 병원에 이송된 줄 알았다는 그 말, 장난이 아니었구나. 역시 진담이었어. 참 무서운 사람이야, 총각.

꼬르르륵—

퍽퍽—!!

"이년아, 엄마 속썩일래?"

밥 사준다더니 밥도 안 사주고 매정하게 나가 버리다니. 배라도 찼으면 이렇게 개 잡듯이 맞아도 덜 아팠을 텐데……. 눈물나게 아프다. ㅠ_ㅠ

"흑! 엄마, 배고파. 흑!"

"시끄러, 이년! 굶어!! 밥 먹을 자격도 없어!"

내 괴로운 병상 생활은 이렇게 5일간 계속되었다. 낮에는 배달부를 피해 하루 종일 병동 안을 헤집고 다니며 만화 주인공 하니를 떠올리며 달리고 또 달려야 했다. 그러다 매번 병동 복도에서 낯익은 마스크의 의사 선생님에게 환자복 뒷덜미를 붙잡힌 채 설교를 들어야만 했다. 물론 그 딴 설교를 제대로 경청했던 적은 단 한 번도 없었다. 난 살아야 했기에 그때마다 의사 선생님의 손을 거칠게 뿌리치고 뜀박질을 강행했다. 총각과 키스를 나누던 도발적인 간호사 언니의 감정 섞인 주사에 내 엉덩이와 팔뚝에는 시퍼런 멍이 지워질 날이 없었다. 게다가 엄마는 5일 동안 딸을 구타하고 밥을 굶겼다. 가끔 음식을 싸들고 병실을 찾아오는 현석 오빠 덕에 간신히 연명할 수 있었다. 앞집 총각? 훗! 내 앞에서 깐죽대며 음식이라는 미끼를 이용해 날 농락하며 가지고 놀았다.

그렇게 5일째 되는 날 저녁. 끔찍했던 병상 생활을 청산하고 드디어 집에 돌아갈 일만 남았다. 의사 선생님의 설교만 끝난다면 집에 돌아가는 것이다. 30분 째 날잡고 닦달을 하신다. 참 끈질긴 할아범이다.

"그래요, 지민이 학생. 복도에서 뛰면 안 된다고 몇 번이나 말했어요? 내가 주의를 줬으면 지켜야지 하루도 안 거르고 그렇게 뛰어다니면……."

"저기 선생님, 말씀 중에 외람됩니다만… 배고파요. 밥 먹으러 갈래요. 그만 퇴원시켜 줘요."

"오늘 퇴원한다고 해서 내가 이런 말 하는 거니까 잘 새겨들어요! 나도 학생 같은 아들이 둘이나 있어. 학생이 내 자식 같아서 한마디 해주는 거예요! 그렇게 어른 말을 한 귀로 듣고 한 귀로 흘렸다가 시집을 어떻게 가려고 그래요! 옛날이면 지민 학생 같은 나이에는 시집을 가서 아기를 낳고……."

=___= 치킨, 피자, 떡볶이, 순대, 빵, 김밥, 우동…….

꼬르르륵—

젠장! 이제 그만 할 때도 됐잖아! 의사 선생님같이 이렇게 말 많은

할아범 집에 시집갈 일 없을 테니 걱정 붙들어매라고 말하고 싶었지만… 퇴원하는 마지막 길 어른에게 공경하는 모습을 보이자고 다짐하며 간신히 참고 있었다. 그러나 조금씩 내 미간이 꿈틀거리기 시작했다.

꼬르르륵―

"어른이 말을 했으면 잘 듣고 실천을 해야 이쁨도 받고 그러지. 지민이 학생같이 멋대로 행동하면 어쩌려고……."

"아저씨, 너무 싫어요! 배고프단 말예요!!"

내 인내심의 한계를 넘지 못하고 그렇게 울면서 원장실에서 뛰쳐나왔다. =_=

덜컥―

"어? 야, 박지민! 너 어디 가, 이 기집애야!!"

"지훈이 왔냐? 흠, 어떤 사이냐, 둘이? 니 친구냐?"

"아빠, 쟤 아세요?"

부들부들―

"오냐. 아다마다."

누군가 내 욕을 하고 있는 건지 왼쪽 귀가 몹시 간질거렸지만 대충 머리를 흔들었다. 환자복을 벗어 던지고 배고픔에 허덕이는 뱃가죽을 부여잡은 채 집으로 뛰었다.

수군수군―

집으로 돌아오는 지하철 안. 모든 사람들의 시선이 내게 집중됐다. 주위를 살피다 살짝 자리에서 일어나 지하철 유리창에 다가가 내 모습을 살펴봤다. 머리에 붕대를 풀지도 않고 바로 뛰쳐나왔나 보다. 망할 놈의 의사 선생. 붕대를 풀으라고 진작에 말을 했었어야지. 죄지은 사람마냥 고개를 푹 숙이고 어렵사리 집에 도착할 수 있었다. 날 정신 병원에서 뛰쳐나온 정신 질환자처럼 쳐다보던 시민들의 그 동정 어린 눈길이 내 뇌리에서 잊혀지지 않아 참 서글플 따름이었다.

타박타박―

"어이구, 학생! 머리가 왜 그랴!! 어디 박이라도 깼어?"

시끄러워요. =___=

"아, 예. 접촉 사고가 있었어요. 수고하세요. =_= 씨.익."

세탁소 아저씨에게 애써 가식적인 미소를 지어 보인 뒤 서둘러 골목길로 걸음을 재촉했다.

깜빡― 깜빡―

오늘따라 유난히 현란하게 깜빡대는 가로등을 올려다보다 홧김에 발길로 두어 번 차버렸다.

툭―!!

헉!! 가로등 불이 꺼졌나 보다. 주위를 두리번거리다 누가 볼까 곧장 집으로 내달렸다. 소심한 인간이 한번 폭발하면 그보다 무서운 게 없다고 했거늘 근 5일 동안의 병상 생활로 심신이 지쳐 신경이 곤두설 대로 곤두서 버린 오늘의 내 모습은 나조차도 나를 외면하게 만들어 버린다.

"하아… 오늘 왜 이러냐?"

꼬르르륵―

뱃가죽을 부여잡고 힘겹게 한 발 한 발 계단을 올라갔다.

타박타박—

대접에 밥과 먹다 남은 반찬을 비벼 먹을 행복한 상상으로 침을 꼴깍꼴깍 삼키며 얼마 남지 않은 계단을 죽을힘을 다해 올라갔다.

"아, 지훈이, 니… 하… 뭐니, 너야?"

다리에 힘이 풀려 그 자리에 주저앉아 버렸다. 내 머리 속은 일제히 웅성거리기 시작했다. 젠장, 망할 놈의… 꺼져! 꺼져! 아줌마, 뭐하러 왔니!! =_=

"그 표정은 뭐야? 너 보러온 거 아니니까 니네 집에나 들어가지 그래?"

집에 들어가서 대접에 밥을 비벼먹고 싶지만… 이건 아니다.

"아, 안 돼요. 돌아가 주세요."

"훗! 니가 뭔데 돌아가라 마라 그래? 지훈이랑 너 사귀는 사이 아니지? 훗! 그럴 줄 알았어. 넌 내가 봐도 지훈이 타입이 아니거든. 큭! 내일 나 결혼해. 원해서 하는 결혼도 아니고 형식상이지 뭐. 한마디 하겠는데, 지훈이도 나 절대 못 잊어. 나 상관 말고 니네 집에나 기어들어 가!!"

"돌아가요. 그쪽이 자꾸 찾아오면 계속 맘 못 잡고 힘들어한단 말이에요."

"큭! 머리에 그건 뭐냐? 너 진짜 웃긴다. 큭큭!"

우득—

"처, 철가방에 뒤통수 맞고 휘감았다. 어쩔래!!"

입술을 잘근잘근 씹으며 미란 언니를 노려봤다. 말했다시피 오늘 난 나조차도 외면하고 싶을 만큼 신경이 곤두서 있었으므로… 좋게 말해 대담한 거고, 나쁘게 말해 간이 배 밖으로 나왔다고 하고 싶다. =＿＿=

"하, 웃기네. 어디서 나이도 어린 게 대들어, 대들기는!!"

"대, 대들기는 누가 대들었다 그래요!!"

"너도 니 친구 년 꼴 나고 싶어? 미쳤어? 어? 신경 건드릴래?"

"가란 말이에요!! 결혼한다는 사람이 뭐, 뭔데 여길 와서 사람 맘 아프게 해요!!"

"니가 뭘 알아, 이년아!!"

"씨… 이, 이년? 니가 우리 엄마야? 우리 엄마도 아닌데 어디서 이년이년 거려!!"

인간 박지민, 미치지 않고서야 어찌 이런 대담한 발언을 내뱉을 수 있었을까? 오늘 난 예전의 소심했던 박지민이 아니었다. 병원에서의 악몽 같던 5일이 사람을 바꿔놓은 게 아니라면 철가방에 머리를 잘못 맞고 정신이 나갔나 보다. 하지만 무엇보다 앞집 총각이 더 이상 미란이라는 여자로 인해 마음 아파하는 모습 따위… 보고 싶지가 않다.

"놔! 놔, 이년아!!"

"아! 오늘 퇴원했단 말이야!! 머리 아파!! 당기지 마!!"

"내일 나 결혼식이야, 이년아!! 안 놔?!"

"이년이년 거리지 마!! 듣는 이년 얼마나 기분 나쁜지 알아? 놔!! 아!! 아직 실밥도 안 풀었어!! 놔!!"

　배고픔도 잊고 그렇게 서로의 머리를 쥐어뜯었다. 구경만 했을 땐 몰랐는데 직접 현장 체험을 통한 산 교육을 해본 결과, 싸움은 구경하는 것보다 직접 하는 게 훨씬 스릴있고 박진감 넘쳤으며 아픔의 강도도 상상을 초월할 만큼 강했다. =＿=

　딩동딩동―

　"자, 잠깐 기다려 봐! 저, 전화 받고. 악!"

　머리를 쥐어뜯기는 와중에도 전화는 받아야겠다는 생각에 호주머니에서 핸드폰을 끄집어내 발신자를 확인했다. '니 애인'. =＿=

　"여, 여보세… 악! 집에 오지 마요!!"

　[미쳤어? 뭐라는 거야!! 너 거기 어디야!! 싸워?]

　"꺄악! 오지, 오지 말라면 오지 마!!"

　탁―

　"아! 먼저 놔! 내 얼굴에 흠집 냈다간 봐!! 죽여 버린다, 너!"

　"그러니까 돌아가라는 말이야!! 찾아오지 말라는 말이야!!"

　타박타박―

　"지민… 아!! 야, 그만 해! 뭐 하는 짓이야!!"

　낯익은 사내의 목소리에 잠시 싸움을 멈추고 목소리가 들려오는 계단으로 시선을 돌렸다. 애석하게도 현석 오빠가 이런 추한 광경을 봐버렸다.

　"혀, 현석 오빠, 어, 어쩐 일이야?"

　"뭐? 장현석? 너 장현석이니?"

　"미란이 누나, 뭐 하는 건데… 여기서?"

쨍—

"마셔, 마셔. 뭘 울어, 이년아! 니가 잘했다고 울어! 대들기는 어디서 대들어!!"

"훌쩍! 이. 이년 거리지 마요. 듣는 이년 기분 나빠요. 훌쩍!"

"시끄러. 붕대나 풀어, 이년아. 쪽팔려 죽겠네."

돌돌돌—

한 술집 모퉁이에서 술을 마시는 현석 오빠와 미란 언니, 그리고 주위 사람의 눈치를 살피며 붕대를 풀고 있는 나. =__= 언밸런스한 사람들이지만 뭔가 속사정이 많기도 한 사람들이다. 머리에 휘감았던 붕대를 풀어 바라봤다. 시뻘건 피가 스며들어 있었다. 조금은 불안한 마음에 손을 들어 뒤통수를 더듬거려 보자 진득한 느낌이 느껴졌다. 아닐 거라며… 다시 병원 따위 가는 일 없을 거라며… 그 말 많은 의사 선생님을 다시 만나게 되는 일 따위 없을 거라며… 스스로를 다독이고 귀를 쫑긋 세워 현석 오빠와 미란 언니의 이야기를 도청했다.

"결혼식 언제야?"

"내일."

"겨우 이러려고 나 버리고 지훈이라는 놈한테 간 거였어?"

"나 아직도 지훈이 많이 좋아해. 결혼은 내 의사와 상관없이 집안끼리 합의한 건데 뭐. 내 남편 될 사람 얼굴도 제대로 못 봤다, 야. 큭!"

"나 누나 많이 좋아했었어. 큭! 예전에 누나가 지훈이 자식 공부

가르쳐 줬잖아. 그때부터 누나는 입만 열면 지훈이는 뭘 좋아하더라, 지훈이는 이런 여잔 싫어하더라, 지훈이가 XX의대 합격했다더라… 머리에 박힐 만큼 많이 들었어. 그때 얼굴은 못 봤지만 서지훈이라는 이름에 노이로제 걸렸었던 거 알아? 큭!"

"그 정도였어? 쿡!"

"그때 누나랑 사귀면서 많이 좋아했었는데… 뭐 결국은 지훈이 자식한테 뺏겼지만. 난 둘이 아직까지 사귀는 줄 알았거든? 그래서 지훈이 자식이 지민이랑 사귄다는 소리 듣고 양다리 걸치는 건 줄 알았지. 큭! 헛다리 짚은 건가? 결혼한다는 것도 모르고."

"훌쩍! 실밥 풀렸나 봐."

"시끄러, 이년아! 못 그쳐? 술이나 퍼마셔! 술판 깨지 말고!"

내일 말 많은 의사 할아범을 만나러 다시 병원에 들러야 할 것 같다. 뒤통수에서 피가 흘러내리는 것만 같다. 눈물을 삼키고 아픔을 삼키며 술을 들이켰다.

한 잔, 두 잔… 세 병, 네 병……. =___=

"끅! 정희랑은… 정희랑은 왜 사귀었어? 내가 끅! 내가 얼마나 끅! 수능 시험도 못 치고 끅! 담벼락 넘어서… 그래서 엄마한테 구박받고 끅! 대학 떨어지고……. ㅠ_ㅠ"

"하아… 너한테는 말 안 하고 싶었는데… 지민이 너 데려다 주고 오는 길에… 그때 지민이 친구라고 정희가 와서 지민이 일 때문에 할 얘기가 있으니까 얘기 좀 하자더라. 그래서 한두 잔 술 마시다 술에 취해서… 일어나 보니까… 아니다, 됐다."

일어나 보니 호텔이나 기타 숙박 업소였겠지? 그래서 갈 데까지 가게 된 거였군. 말없이 술잔을 꼬옥 움켜잡았다.

"울길래 너무 미안해서 나름대로 책임지려고 했던 건데 어째… 오해가 커져 버린 것 같네. 수능은… 입이 열 개라도 할 말이 없다."

"끅! 할 얘기가 뭐였대?"

"지민이라는 애 끅! 얼빵하고 뒤떨어지고 질 안 좋으니까… 깨라고 그러더라."

우득—!!

정희. 정희. 양정희! 양쟁이!!

"아자씨!! 여기 술 한 병 추가!!"

"정희? 그건 또 어떤 년이야?"

"있어요. 끅! 아주 못된 년 하나 있어요."

술잔을 움켜쥐고 미란 언니를 쳐다봤다. 훗! 잠시 입가에 회심의 미소를 짓고는 입을 달싹여 봤다. 정희 기집애… 머리숱 많으려나? 나는야, 잔머리가 아주 발달한 가식적인 소녀!

"그거 나쁜 년이네."

"끅! 정희가 앞집 지훈이 총각을 꼬시고 있어요, 지금."

내 의지와는 상관없었어. 정희야, 날 원망하지 마. 내가 존경하는 우리 할아버지가 그랬다우, 사람은 뿌린 대로 거두는 거라고. 슬며시 표정이 굳어진다. 그리고 얼굴이 달아오른다. 이제 폭발하겠지?

"정희라 그랬니? 그년이 누구라고?!"

내 주위엔 능숙하게 이를 갈며 복화술을 사용하는 사람이 너무 많

다는 사실에 잠시 화들짝 놀랐다. 난 여태껏 일어났던 정희와의 일들과 앞집 총각과의 썸씽, 목에 남긴 모기 자국까지 하나도 빠짐없이 낱낱이 다 불어버렸다.

"야! 너랑 내 일은 나중에 매듭 짓고 일단 정희라는 년부터 손봐야 겠다. 뚜껑 열리네."

"끅! 왜 나중에 매듭 지어요! 이제 앞집 남자 만나러 오지 마세요. 끅! 아직, 아직 미란 언니 많이 좋아하니까… 슬퍼할 거란 끅! 말예요!"

"시끄러. 난 내가 보고 싶으면 만나야 돼."

"그러면 앞집 남자는… 슬프잖아요. 끅!"

내 말에 미란 언니의 눈동자가 살포시 동요하는 듯했지만 이내 눈을 치켜뜨고 날 노려봤다.

"닥쳐, 이년아!"

"끅! 네."

조신하게 고개를 숙이고 술잔에 든 술만 홀짝홀짝 마셔댔다. 사람은 싸우면서 크는 거고, 그로 인해 정이 들고, 친해진다더니 사악한 마녀처럼만 보이던 미란 언니가 오늘은 왠지 평범한 인간처럼 비춰진다. 술에 취해 그런 걸까? 머리가 뱅글뱅글 돌아간다. 아~ 좋다!

"지민아, 너 혹시 지훈이라는 그놈 좋아… 하냐?"

"어? 끅! 지훈이? 앞집 총각? 현석 오빠… 근데 나 아직도 오빠만 보면… 가슴이 끅! 뛰고 그런데 아직도 너무 좋은데… 끅! 자꾸 보고 싶고… 딴 여자랑 엄한 짓 하는 거 보면 화가 나고… 얼굴 하나 믿고 끅! 나한테 버릇없이 구는데도… 그건… 끅! 화가 안 난다? 나 왜 이래? 끅!"

"하아… 그 자식 좋아하나 보네 뭐."

대롱대롱—

"야, 이년아! 좋아하기는 누굴 좋아해! 그 말 취소해! 지훈이는 날 좋아한단 말야!! 야!!"

"아… 담, 담… 머리 흔들지 마요!"

뒤통수에서는 실밥이 터져 아픔이 밀려왔고 내 목은 이 여자가 흔들어대는 바람에 담이 밀려와 몹시 아프다.

"서지훈 그 자식… 그 건방진 놈. 매력이 뭐냐? 왜 내가 사귄 여자들은 다 그 자식한테 가는 거야? 끅!"

"걔 나한테 정말 잘했어. 간, 쓸개 다 빼줄 것처럼. 바보야, 서지훈. 끅! 여자를 다루는 방식은 거칠어도… 걔는 그렇게 사랑 표현을 하는 거야. 끅!"

"훌쩍! 머리에 실밥… 뒷목… 훌쩍! 다, 다 미워."

"야! 저 얼빵하고 바보 같은 애가 어디가 좋아서 사귀었냐?"

돌연 날 쳐다보더니 얼빵하고 바보 같다는 말을 당연하게, 사실이라도 되는 양 지껄여 댄다. 뒷목을 부여잡고 미란 언니에게 살짝 눈을 흘기다가 발각돼 다시 조신하게 고개를 숙이고 홀짝홀짝 술잔을 비웠다.

"어리숙하고 한없이 바보 같은 거, 그게 쟤 매력이야. 지훈이 자식을 좋아하는 것 같은데? 하아… 나 또 뺏기는 건가? 끅!!"

번쩍—

　누군가 날 들쳐 업고 어디론가 끌고 가는 듯하다. 난 어디로 가는 것이라는 말이던가? 미란이 언니랑 싸움을 하다… 현석이 오빠가 와서… 술을 마신 것까지… 기억이 나는데 날 들쳐 업은 이 사람… 나를 도살장에 끌고 가는 돼지처럼 다룬다. =__=
　"헉! 누, 누구야!!"
　"시끄러. 죽여 버릴 거야, 너."
　"주, 죽여? 니, 니가 뭔데 날 죽여!! 안 내려? 나 내려줘, 이놈아!! 나, 나 죽기 싫어!"
　"닥쳐. 무거우니까 말 시키지 마."
　"딸꾹!"
　내가 끌려가는 곳은 도살장이라며… 내 생명이 끊기는 곳은 재수 없게 도살장이라며… 쥐 죽은 듯이 마지막 주기도문을 외고 있었다. 이 건장한 사내는 날 대현 원룸으로 데리고 가는 듯했다.
　"저기……."
　"말 시키지 말라 그랬지."
　"혹시 앞집 사는 지훈이 총각?"
　"시끄러. 너 정신 돌아온 거야? 그러면 빨리 내려, 이 기집애야!! 짜증나게 무거워!"
　철푸덕―!!
　공중에 떠 있던 내 몸은 삽시간에 차디찬 콘크리트 바닥으로 내팽개쳐 져야 했고 바닥에 널브러진 채로 고개를 올려다보자 앞집 총각이 씩씩거리며 날 노려보고 있었다.

"나는 술 마시고 있었는데… 어떻게 왔어요?"

"전화기에 대고 비명을 지르면서 오지 말라고 그러면 어떤 놈이 진짜로 안 오겠냐!! 어디서 두들겨 맞는 줄 알고 튀어왔더니 현관 앞에 머리카락만 수북이 쌓여 있어서 죽은 줄 알았잖아, 이 등신아!!"

"주, 죽기는 누가 죽어요?"

왜 항상 정신 병원에 실려간 줄 알았다느니, 죽은 줄 알았다느니 하는 극단적이고 재수없는 상상만 하는 건지……. 총각 눈에 내가 그런 한심한 인간으로만 비춰지는 걸까? 네 앞가림도 제대로 못하는 멍청한 인간 말이다.

"태평하게 술이 목구멍으로 넘어가든?"

끄덕끄덕—

"하아! 말을 말자. 그보다… 머리 많이 뜯겼냐?"

끄덕끄덕—

"미란이 누나 결혼식이 내일이라며? 이상하단 말야. 청첩장을 보냈다는데 왜 난 못 받았지? 너도 이상하지 않냐? 누가 우편함을 뒤진 건가? 어? 그런 건가? 어?"

움찔—

"뒤, 뒤지기는 누가 뭘 뒤져요!!"

"이럴 줄 알았어. 너 지금 지나치게 화를 낸다? 누가 뭐래? 아씨, 언제까지 자빠져 있을 건데! 안 일어나?"

괜히 과민 반응을 함으로써 총각의 의구심만 키워 버린 꼴이 되어 버렸기에 민망함에 죄없는 옷만 탈탈 털며 자리에서 일어났다.

꼬르르륵—

"배에 아직도 그지 새끼들 키우냐?"

"밥 못 먹었단 말이에요. 밥 먹으려고 그랬는데… 미, 미란이 언니랑 싸우느라고……."

"너 왜 싸운 건데? 미란이 누나한테 집에 오지 말라고 그랬냐? 청첩장도 니가 없앤 거지? 왜? 큭! 야, 말해 봐. 왜 그랬는데?"

젠장! 다 들켜 버리고 말았어. 어째서 나란 인간은 완전 범죄를 저지르지 못하는 것일까?

"아직도 미란이 언니 많이 좋아하잖아요. 그래서……."

"아~ 나 상처받을까 봐? 큭! 착한 척은."

"차, 착한 척이 아니라……."

"쫑알거리지 마. 귀 아파. 너 붕대 도로 매야 되겠다. 약국 가서 붕대 하나 사들고 우리 집에 들러라."

나름대로의 변명 거리를 만드느라 혼자서 궁시렁대고 있는 날 남겨두고 계단을 올라가는 앞집 총각. 참 신경 거슬리는 짓거리를 해대며 걸어가는구나, 총각. 어깨를 두드리는 그런 버릇없는 행동을 취하면 꼭 무거운 날 들쳐 업고 오느라 육체가 피로해 어깨가 결린다는 뜻으로 받아들여지잖아. 산발이 된 머리로 약국에 가자 아저씨가 내 모습에 흠칫 놀라시더니 붕대를 달라는 내 손에 소독약이며 이것저것 이름 모를 약들을 쥐어주신다.

꼬르르륵—

약 봉지를 손에 들고 일단 집으로 내달렸다. 집에 도착해 약 봉지를 침대 위에 던져 버리고 냉장고 문부터 열었다. 은색 양푼에 식은 밥을 담고 냉장고에서 끄집어낸 콩나물 반찬, 시금치 반찬, 김치를 다 털어 붓고 정신 나간 듯이 비벼댔다.

꿀꺽—

입가에 행복한 미소를 짓고 한 숟가락을 떠 입으로 집어넣으려다가 아까부터 두 눈에 거슬리게 놓여 있던 연습장을 치워야겠다는 생각이 들었다. 입맛을 다시며 숟가락을 양푼에 고이 모셔놓고 연습장을 집어 들었다. 연습장을 탁자 위에 올려놓으려다가 어렴풋이 총각이 이 연습장에 뭔가를 끄적이던 희미한 기억이 떠올랐다. 술에 취해 뭘 끄적인 건지 궁금한 마음에 연습장을 팔랑팔랑 넘겼다. 삐뚤삐뚤하게 휘갈겨 쓴 낯선 글씨체 하나가 내 눈을 사로잡았다. 술에 취한 총각이 쓴 그 글은 배고픔도 잊은 채 그 자리에 날 얼어붙게 만들어 버렸다. 술에 취한 다음날이면 어김없이 전날 있었던 일들을 기억 못 하는 맹랑한 총각이 크게 실수해 버린 것 같다. 이렇게 증거물을 남겨둬 버렸으니.

등신. 혼자서 미란이 미련 지우려고 술을 마셔댔는데… 니가 보고 싶더라. 짜증난다, 씨발. 나 병신 됐다. 내 눈이 썩었나? 니가 여자로 보인다.

2권에 계속…

"날 여자로 보지 마! 난 여자이길 거부한 몸이야"

세간의 화제 속에 베스트 셀러에까지 오른 N세대 연애 소설!
설문 조사를 통해 당당히 선호도 1위로 선정된 초.기.대.작!

하이수 N세대 연애 소설
『여자이기를 거부한다』 1~3

항상 죽도를 메고 다니며 여자이길 끔찍이도 거부하는 한수아.
소년들은 두려워했고 소녀들은 동경했다.
모든 학생들이 선망하는 F.F 중에서도 가장 예쁘고(?) 조각 같은 리더 신지휴.
하지만 성격은 무척이나 더럽다.
이 둘이 학교 담벼락 낙서로 인해 꼬일 대로 꼬인 최악의 첫만남을 갖게 된다.
수아를 남자로 착각한 채 심술궂게 괴롭히는 지휴와 다른 F.F들과의 새로운 만남.
깡다구로만 가득 찬 수아는 모든 학생들의 우상인
꽃미남얼음왕자 지휴의 신경을 계속 건드리다가 급기야 지휴에게 샤워하는 장면을 들켜 버리는데……

"나… 나가주지 않으련? -_-"
힘겹게 말을 꺼낸 내 목소리는 가늘게 떨리고 있었다.
지휴 놈, 내 말엔 아무 대꾸 없이 너무도 뻔뻔하게 내 몸을 빤히 바라본다.
"…계집애였잖아."

 하이수 지음

도서출판 **청어람**
부천시 원미구 심곡1동 350-1 남성빌딩 3층 우420-011 ☎ 032-656-4452 FAX 032-656-4453
E-mail : eoram99@chol.com

세간의 화제 속에 베스트 셀러에까지 오른 N세대 연애 소설!

하늘엔슬픈비 N세대 연애 소설

『악마VS왕자』

동시에 두 녀석 모두 사랑하면 안 되나요?

"사귀면서 두고두고 괴롭혀야 기분이 풀릴 거 같거든.
대신 내 기분 풀리면 언제든지 헤어져 줄게."
위명희 열일곱 인생에 이런 놈은 처음이었다!!

-> 사악 만땅의 악마 송원일. 바로 이놈이다! -_-;;

"넌 안 좋아? 나랑 키스했는데 안 좋아?
딴 여자들은 다 좋아하면서 나보고 막 웃어주는데. *^^*"
때마침 등장을 넘어서 접근까지 시도한 멋진 놈이었다!

-> 한창 잘 나가는 모델에 여자보다 더 예쁜 꽃미남 예원근.

● 하늘엔슬픈비 지음

도서출판 **청어람**   E-mail : eoram99@chol.com
부천시 원미구 심곡1동 350-1 남성빌딩 3층 우-420-011   ☎ 032-656-4452   FAX 032-656-4453

사랑이라는 게…그리 쉬울 줄 알았어?

다죽자 N세대 연애 소설

『그래도 지구는 돈다』 1~2

나 하나 사랑해 주는 것보다 죽는 게 더 쉬웠니?

'나 살아도 되는 건가? 너도 날 떠날까 봐 두려워.'
불안하고 아슬아슬한 자유 비행을 꿈꾸는 자살 중독증 소년 아로하.
'내 삶, 가도 가도 상처뿐인 삶이었다.'
행복이 갖고 싶다며 두 눈을 감은 외로운 영혼 사천.
'그 딴 약속, 하는 게 아니었는데…
차라리 1년 후에 온다고 할 걸 후회하고 또 후회했다.'
야쿠자의 아들, 초코 아이스크림이면 죽고 못 사는 귀여운 아림돼지 이데.
'그렇게 살아가겠지. 그렇게 살아야지. 그렇게 살다 가야지.'
친구를 위해 마음을 숨긴 채 한 여자의 곁에 머무는 바보사랑 반산.
'아슬아슬한 널 잡고 싶었는데 끝내 놓쳐 버렸어.
네가 없는데도 이 빌어먹을 지구는 돌아간다.'
눈물보다 밝은 웃음으로 아픔을 대신하는 굳센 소녀 산어래.

다죽자 지음

도서출판 **청어람**
부천시 원미구 심곡1동 350-1 남성빌딩 3층 우420-011
E-mail : eoram99@chol.com
☎ 032-656-4452 FAX 032-656-4453